完全なる白銀

岩井圭也

小学館

完全なる白銀

主要登場人物

藤谷緑里《ふじたにみどり》　日本人カメラマン。学生時代に訪れたサウニケでシーラやリタと知り合う。

シーラ・エトゥアンガ　デナリ国立公園レンジャー。アラスカ州サウニケ出身。リタの幼馴染み。

リタ・ウルラク　登山家。アラスカ州サウニケ出身。デナリの冬季単独登頂に挑戦。

柏木雅治《かしわぎまさはる》　カメラマン。緑里の師匠。

カナック・エトゥアンガ　シーラの兄。

パルサ・ウルラク　リタの母。

ダニエル・ウェバー　タルキートナに本拠を置くブッシュパイロット。

藤谷真利子《ふじたにまりこ》　緑里の母。

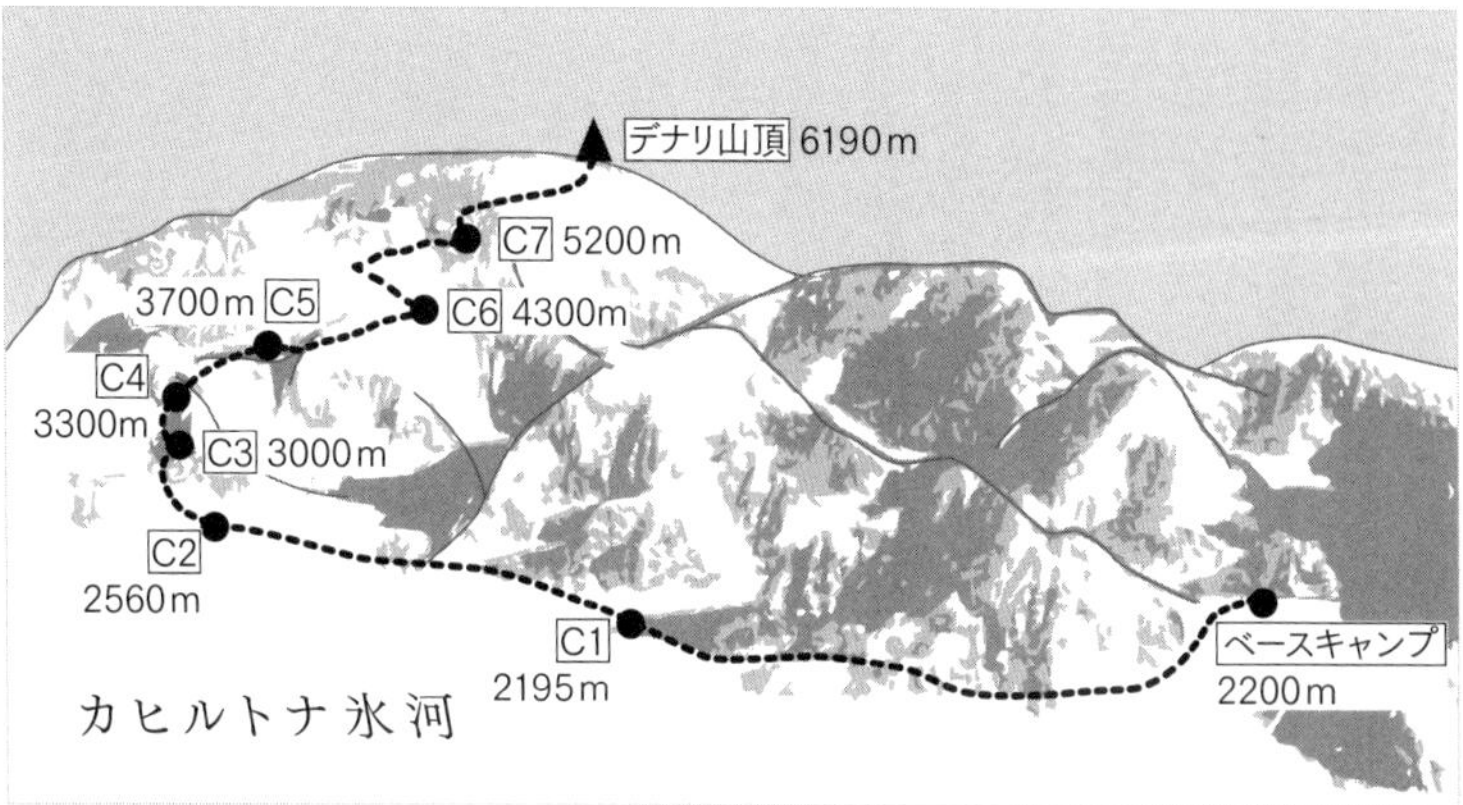
デナリ山頂 6190m
C7 5200m
3700m C5
C6 4300m
C4
3300m
C3 3000m
C2
2560m
C1
2195m
ベースキャンプ
2200m
カヒルトナ氷河

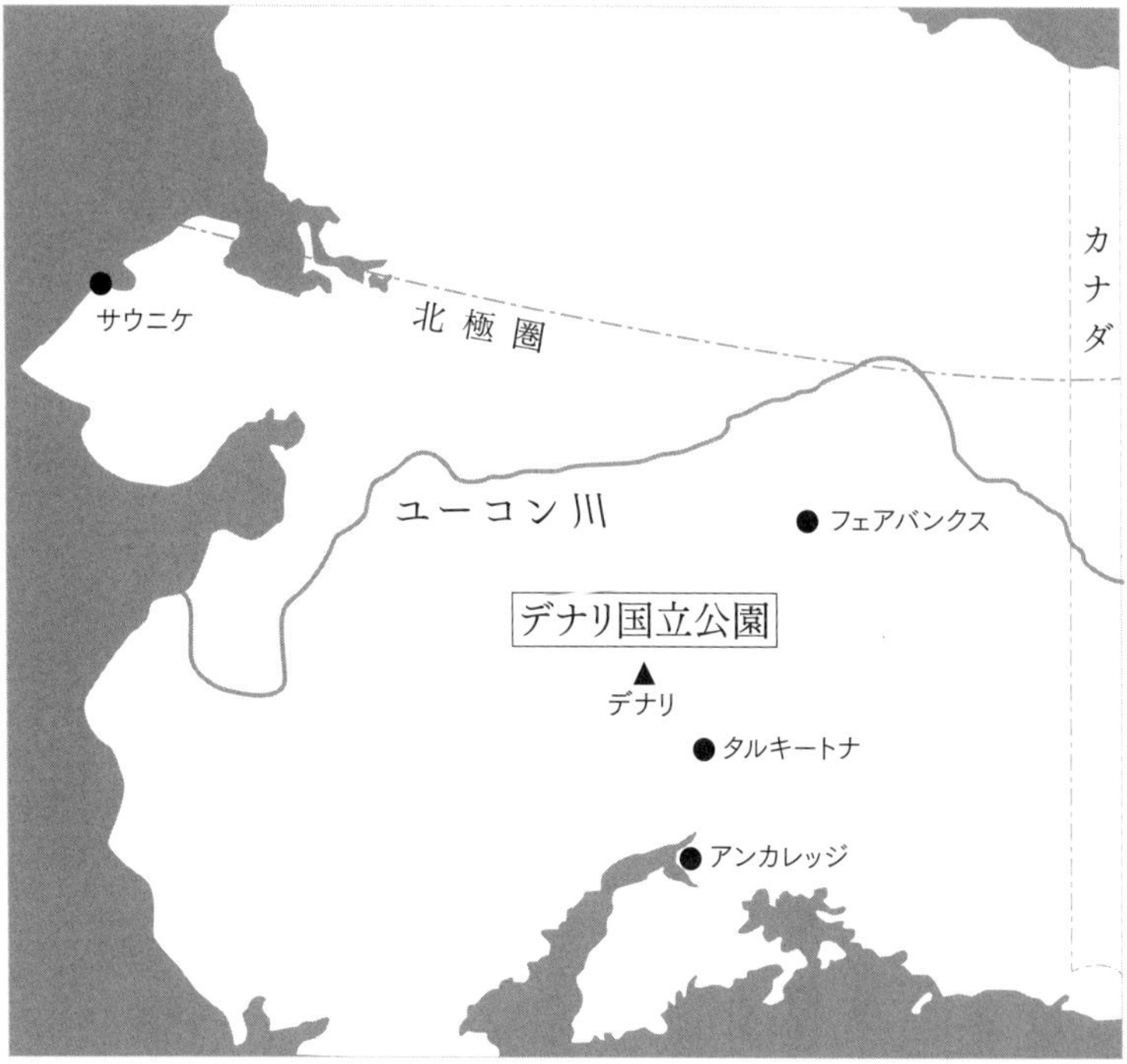
カナダ
サウニケ
北極圏
ユーコン川
フェアバンクス
デナリ国立公園
デナリ
タルキートナ
アンカレッジ

I
invisible
2023

藤谷緑里《ふじたにみどり》は東へと走る４ＷＤの助手席で、広大な冬空を見上げていた。

テッド・スティーブンス・アンカレッジ国際空港からミッドタウンの定宿へ向かう最中だった。

一月のアラスカは一日の日照時間が六時間ほどしかない。午後一時の今は太陽が出ている貴重な時間帯だが、空模様はあいにくの曇天だった。

目に見えないものを見るには、どうすればいい？

フライトの最中、そればかり考えていた。一面の銀世界を眺めつつ、想《おも》いは東京へと舞い戻る。

日本を出立する直前、師匠の柏木《かしわぎ》から告げられた言葉が蘇《よみがえ》った。

――カメラが何のために発明されたかわかるか？

緑里が首を横に振ると、柏木は嬉《うれ》しそうに笑った。

――幽霊を撮るためだよ。

師の言葉がどういう意味かはわからない。幽霊、という単語が何を指すのかも。

柏木はいつもそうだ。意味ありげな言葉をぽつりとこぼすだけで、正確な意図を説明してくれることはない。そのやり方には幾度も反感を覚えたが、一方で、それらの言葉から写真家としての心構えを学んできたのも事実だった。

柏木は静物撮影のプロで、緑里が作家として取り組む自然風景にはさらさら興味がない。山岳写真家としての技術を教えられたこともなかった。それでも緑里にとっての師匠は、撮影対象である自然を除けば、柏木しかいない。

雪に覆われた針葉樹が窓の外を流れていく。曇天を戴《いただ》いた白い木々は、神殿の柱列のように厳かだった。

「一年ぶりのアンカレッジはどう？」

運転席の男が英語で問いかけた。黒髪にがっしりとした顎。太い眉とくっきりした二重、黒い瞳からは生命力の強さを感じる。黄緑色のパーカーは昨年も着ていた。零度はとうに下回っているというのに、ずいぶん薄着だ。しかしアラスカでは冬に厚着をする住民を探すほうが難しい。日本人とは皮膚の構造が違うのだ、と緑里は思っている。

「一年ぶりのアラスカ、とは言わないんだ」

「君にとっては、ここはまだアラスカとは呼べないだろ？」

緑里は含み笑いでごまかした。言わんとすることはわかる。たしかに、緑里がアラスカに求めているのは、整備された道路や碁盤の目状の街並みではない。青白く凍った山々や、鮮やかな星空、白く輝く氷河だ。

「もちろん、アンカレッジも好きだけど」

I
invisible―2023

「市民としては嬉しいね」

「へえ。もうすっかり都会人ってわけ？」

「そうだよ。身も心もね」

ハンドルを握る男――カナック・エトゥアンガは、笑い声を車中に響かせた。緑里としては皮肉を言ったつもりだが、まったく通じていない。

カナックは人口三十万人のアンカレッジで、燃料会社の社員として働いている。年齢は三十六歳。緑里の一歳上だ。二十二歳で西アラスカの故郷から出奔し、サンフランシスコで数年過ごした後、アンカレッジへ移った。両親には十年以上会っていないという。

「この一年、どう過ごしていたんだ？」

「これまでと同じ。山に登っていた。たまに生活のための仕事をしながら」

話しながら、見栄《みえ》を張った自分を少しだけ恥じた。実際には、日々のほとんどを生活のための仕事に費やしている。山に登るのは月に一、二度で、仕事の他はトレーニングとスポンサー集めに励んでいた。

「君くらいの写真家でも、山だけじゃ食べていけないのか」

「私なんてまだまだ。登山も機材もタダじゃないし」

フリーのカメラマンである緑里がこれまで刊行した写真集は二冊。いずれも初版止まりだった。写真集が出たところで、入る金額などたかが知れている。主な収入源は広告用の撮影だった。

専門学校の同期だったカメラマンたちとは今でも付き合いがあるが、作家活動を続けているのは緑里だけだ。学生時代、せっせとコンテストに応募していた同期たちもとうに見切りをつけ、商業プロの仕事に専念している。はっきりと話したことはないが、作家の仕事に時間と予算を使っている緑里は、彼ら彼女らに比べて収入も少ないはずだった。そこに劣等感を覚えないと言えば嘘《うそ》になる。

同性の友人に対しては、そこにプライベートの事情も加わる。

女友達の大半はすでに結婚し、子どももいる。妹のゆかりも半年前に二人目を産んだ。結婚した、出産した、という報告を耳にするたび、じわじわと外堀を埋められていくような息苦しさを感じる。

独身でいることも、子どもがいないことも、自分で選んだことだ。別に後悔はない。ないけれど、違う人生があったのかもしれないと想像することはあった。

ふう、と腹から息を吐き、沈みかけた気持ちを無理に奮い立たせる。アラスカまで来て、しみったれた東京での生活を思い出しているのが嫌になった。数日後には、大げさでなく生死を懸けた挑戦がはじまる。余計なことを考えている暇はない。

「どうかした?」

カナックが尋ねてきたが、取り合わず、白雪に覆われた街を見ていた。

じきに車は市街地へと入った。コストコの看板を通り過ぎた時、カナックが「緑里」と唐突に口を開いた。

「シーラに会わなくていいのか」

自分の顔がこわばるのを自覚した。

「……会わないわけじゃない。三日後には合流するんだから」

I

invisible—2023

「ぼくが口を出すのもおかしいが、君とシーラはこれから一緒にデナリへ登るパートナーだろう。冬のデナリは危ない。連携が必要だ。それなのに、タルキートナに行く車で初めて合流なんて、それでいいのか」

緑里はカナックの胸のうちを推測する。

彼は登山の素人だが、冬のデナリの危険性は知っているだろう。先住民の言葉で〈高いもの〉や〈大きな山〉を意味する名を冠された北米最高峰は、これまで数々の登山客を葬ってきた。特に冬のデナリはあまりに危険であり、挑戦者自体が多くない。歴戦の猛者《もさ》であってもおいそれと登れるものではなかった。

その冬季デナリにシーラが——カナックの妹が、挑もうとしているのだ。パートナーである緑里との関係を危惧するのも無理はない。

「登山隊が麓で初めて顔を合わせるなんて、珍しくもないけど」

あくまで冷静な口調で応じた。

「大勢いるわけじゃない。今回は君とシーラの二人きりだろう」

「人数の多さと成功の確率は、関係ない」

「なら質問を変える。すぐにでも会える距離まで来たのに、なぜ会わない？」

カナックがバックミラー越しに刺すような視線を寄越《よこ》してくる。いい加減な答えではぐらかせる雰囲気ではなかった。

「まだ会わないほうがいい」

それが緑里の本音だった。

「会えば、後悔するかもしれない。冬のデナリに——死ぬかもしれない場所に登るなんて言わなければよかった、とね。そんな心理状態で出発までの数日間を過ごせば、本当に失敗する。だからギリギリまで会わない」

カナックに驚いた素振りはなかった。予想していた通りの返事だったのかもしれない。会いたくない理由はもう一つあったが、それはひとまず口にしない。

「素朴な疑問なんだが」

ハンドルを切りながら、カナックは問う。

「そこまで思うなら、中止したほうがいいんじゃないか」

「なら、シーラに言ってくれる？　中止しろって。私にはできない」

車内は重い沈黙に支配された。それがカナックの答えだった。シーラに何を言っても無駄だと彼も理解しているのだ。彼女が見ているのは冬のデナリの頂上、そして消えた幼馴染《おさなな じ》みの姿だけだ。たとえ兄でも、もはや制止はできない。こうなることは七年前、リタ・ウルラクが行方不明になった時から決まっていたのかもしれない。

凍える窓の外を、アパートメントや競技場が流れていく。アンカレッジの中心部にある建物は一つひとつの構えが大きく、空間もたっぷりと取られている。つい、限られた土地にマンションや商業ビルが密集する東京と比較してしまう。

「そろそろ着くぞ」

しばらくすると、左手にこぢんまりした三角屋根の小屋が現れた。二階建てで、外壁はレンガ色に塗られている。カナックは車庫ではなく、除雪された駐車スペースに４ＷＤを停《と》めた。この後、すぐ買い出しへ行くためだ。

緑里は一人で車を降りた。寒気が首筋を撫《な》でる。小屋に足を踏み入れると、正面のフロントに還暦前後と思《おぼ》しき女性がいた。この宿を営むジョンストン夫人である。視線が合うなり、ふくよかな彼女の顔にぱっと光がさした。

「緑里！　一年ぶりね」

「またお世話になります」

二人の会話を聞きつけ、帳場から夫も現れた。白く豊かな髭《ひげ》をたくわえた風貌は、いかにも山の男という風情だった。

緑里はこれまでにも数度アラスカを訪問している。そのたびに世話になるのが、このＢ＆Ｂ《ベッド・アンド・ブレックファスト》であった。個人経営の小規模な民泊だが、ジョンストン夫妻のサービスは行き届いており、不自由を感じたことはない。朝食には、サーモンのパティを挟んだバーガーと、ホタテのクラムチャウダーが出される。

用意された個室で、日本から発送した荷物を点検する。テントや寝袋、衣類の入った大型ザック、保存食を詰め込んだダッフルバッグ、山スキー。それらが揃《そろ》っていることをざっと確認してから、再び４ＷＤに乗り込む。

「お待たせ」

運転席のカナックは妙に真剣な面持ちでスマートフォンを操作していたが、すぐにハンドルを握り直した。食料調達のため車は総合スーパーへと向かう。車中には何となく、息詰まる空気が漂っていた。

「……ぼくは、三か月前に離婚したんだけどね」

唐突に、カナックが低い声で語りだした。離婚の件は初耳だったが、緑里は視線だけで先を促す。

「五歳の息子は妻が育てることになった。断っておくと、そこに不満はないんだよ。しかし……イヌピアットの子どもであることは本人にも伏せておきたい、というんだ」

緑里は黙った。答えるべき言葉が見つからなかった。

カナックやシーラの故郷である〈サウニケ〉は小さな島だ。アラスカ西部、ベーリング海峡のほど近くにある。サウニケで暮らす数百人の人々は、イヌピアット・エスキモーと呼ばれるアラスカ先住民族が中心だった。

「子どもに苦労をさせたくないという気持ちはわかる。ぼくも今まで、イヌピアットであることを理由に不愉快な思いをしてきた。けど、血を偽ることはできない。いなくなった父親は忘れてもいいが、自分にイヌピアットの血が流れていることすら知らないなんて、それこそ不幸だ。そう思わないか？」

人が変わったように、カナックは語り続ける。緑里は曖昧な頷《うなず》きを返すしかなかった。

「わかっている。ぼくはあの村から、家出同然で飛び出した。そんなやつが血だなんだというのは筋違いだと言いたくもなるだろう。でも、ぼくはイヌピアットであることを隠したことはない。それに村が海に沈んだら、サウニケの存在を証言できるのは、ぼくらしかいなくなるんだ」

緑里を待っている間、スマートフォンで誰と連絡を取っていたのか、薄々理解した。カナックは総合スーパーの駐車場に到着するまで語り続け、停車と同時に口をつぐんだ。

「……悪い、取り乱した。忘れてくれ」

「気にしないで」

そう答えるしかなかった。


マウント・デナリ。

標高六一九〇メートルの北米最高峰。かつてはマッキンリーとも称されていたが、現在は正式名称としてもデナリと呼ばれている。〈高いもの〉という意に違わない、北アメリカの頂点。

人類がデナリの登頂に成功してから、百年余りが経過した。その間、大勢の登山者が夏季登頂を達成した一方で、冬季の登頂成功者はいまだ数えるほどしかいない。真冬になれば最低気温は零下五〇度にも至り、体感温度は零下一〇〇度を下回る。風速七〇メートルの暴風が吹き荒れ、人も物も容赦なくさらっていく。

冬のデナリは日本人と少なからず縁がある。一九六七年に冬季初登頂を達成した登山隊には、日本人の西前四郎《にしまえしろう》が参加していた。一九八四年には、冒険家の植村直己《うえむらなおみ》が冬季の単独初登頂を成し遂げ、下山時に行方不明となった。現時点で冬季単独登頂を果たした者のうち、最年少での達成者も日本人である。

これまで、冬の単独登頂はいずれも男性によって果たされてきた。女性複数名による達成はあるが、単独ではまだない。〈冬の女王〉ことリタ・ウルラクは、冬季単独登頂を果たした初の女性となり、故郷サウニケの名を世界に知らしめるはずだった。

だが、彼女は消息を絶った。登頂成功の証《あかし》を残さないまま。

入山準備の三日間は、慌ただしかった。

購入したドライフルーツやミックスナッツ、チョコレートを袋に小分けし、缶詰やインスタント食品と一緒にダッフルバッグへ詰める。食料は五週間分用意した。長期戦は覚悟のうえだ。

カメラやレンズはほとんど防寒対策をしない。寒さで消耗が激しいため電池は大量に必要だが、デジタル一眼レフそのものに手当てはしていなかった。ニコンD4Sがメインで、サブとしてD700も持参する。グローブをはめた状態でも使えるよう、レンズ付きフィルム、いわゆる使い捨てカメラも日本から持っていった。

登山計画書提出のために訪れたミッドタウンの北、ダウンタウンの領事事務所では、玉木《たまき》という顔見知りの職員が応対に出てきた。四十代くらいの人のよさそうな男性である。応接ソファに座った玉木は、書類の確認もそこそこに最近の天候を教えてくれた。

「今年の冬はタイミングとしては悪くないんじゃないかな。気候も安定しているんでね」

せり出た腹を揺らしながら、日本語で話す。

「ただね、十一月にヨーロッパ隊がデナリに入った件、聞いてます？」

「いいえ」

「六人で入山したんですが、山頂付近でブリザードにやられて引き返したそうです。帰りに一人、クレバスに落ちたそうで」

クレバスとは、氷河の表面に形成された裂け目のことである。その深さは数メートルから数十メートルにも及び、落下は死を意味する。玉木は落下した登山家の名も教えてくれた。緑里も耳にしたことがある、冬季登山では有名なフランス人だった。

どんな一流登山家でも無事に帰れる保証はない。危険な冬山ならなおのことだ。緑里の胸にうっすらと影がさした。

「ブラックバーンを登ると聞いた時もびっくりしたけど、今年はデナリですか」

玉木はむっちりとした顎に手を当てて唸《うな》る。

ブラックバーンは、標高四九九六メートルを誇るアラスカ第五の高峰である。アンカレッジの東にあるランゲル山地に位置し、デナリと同様、冬季になれば登攀《とうはん》難度は桁違いとなる。昨年の二月、緑里はシーラと二人でそのブラックバーン登頂に成功した。

「去年登る時から、デナリもいこうと決めていたんですか」

「いや、そのつもりはなかったんですが」

あくまで緑里は、という意味の答えだった。おそらく、シーラは最初からデナリを見据えていた。リタが眠る山に挑むための前哨戦《ぜんしょうせん》を兼ねていたのだろう。

「あの時も評判になりましたよね。冬のブラックバーンを制覇したというだけでもニュースなのに、それが女性の二人組となれば注目を集めますよねえ」

緑里は胸に刺さった違和感の棘《とげ》を無視し、苦笑を浮かべてやり過ごした。

女性だから、注目が集まった。玉木がそう言っているように聞こえたのだ。

トップ登山家は圧倒的に男性が多い。男と女では、持って生まれた体力が違う。同じ高峰でも、女性が登るほうがニュース性はある。それは事実かもしれない。だがそのニュース性は、動物園の希少動物へと向けられる好奇の目と同質のものではないか？

そして人々の好奇と期待が、リタを殺した。

ブラックバーン下山後、早々に帰国した緑里とは違って、シーラはいくつもの取材を受けたらしい。なかには「〈冬の女王〉の再来」と報じた地方紙もあるという。その二つ名は、かつてリタ・ウルラクに与えられたものだった。

「藤谷さん、どうかしました？」

玉木の声で我に返った緑里は、物思いにふけっていたことを自覚した。

「あ、私……」

「ぼんやりしていましたけど、大丈夫ですか」

「すみません。買い忘れた装備のことを思い出して」

下手な言い訳だったが、詮索はされなかった。玉木はその後も、ここ数日の気象情報を丹念に教えてくれた。緑里は時折メモを取りながら、シーラは今頃何をしているだろう、と思った。


国際電話が宿にかかってきたのは二日目の昼だった。荷造りをしている最中、ジョンストン夫人が緑里を呼びに来た。

「日本からの電話だけど。マリコ・フジタニだって。ご家族？」

母親の名前を聞いて、緑里はついげんなりした顔になる。スマートフォンはアンカレッジ行きの航空機に乗ってからこちら、ずっと機内モードだ。携帯がつながらないから、緊急連絡先として教えておいた宿にまでかけてきたのだろう。表情の変化を見たジョンストン夫人が笑った。

「出てあげたら」

「そうします。出なくても、またかけてくるだろうし」

時差は十八時間。あちらは今、午前六時頃のはずだった。ずいぶん朝早くから電話をかけてきたものだ。ジョンストン夫人に礼を言って、受付にある固定電話の受話機を持ち上げた。

「もしもし、緑里？　緑里なのね？」

真利子《まりこ》の高い声が鼓膜に響く。

「あのさ、連絡ならメッセージで頂戴って言ったでしょう」

「メッセージだと無視するじゃないの」

その言い分はもっともだった。緑里が母からのメッセージに反応するのは、五度に一度あればいいほうである。

「でも緊急連絡先って言ったよね。宿の人にも迷惑かかるんだから」

「緊急なんだから仕方ないでしょう」

その一言で、にわかに緊張が走る。

真っ先に頭に浮かんだのは父のことだった。来年七十歳になる父は、脳卒中で入院した経験がある。

「何かあった？」

「夢を見たの」

どこまでも真剣な真利子の声を聞いて、とたんに脱力した。

「よく聞いて。ただの夢じゃなくて。私は緑里と一緒に雪山に登っていたの。私が登れるわけがないんだけど、そこは夢だから」

「……切っていいよね」

娘の抗議を無視して、真利子は語り続ける。

「緑里が先に歩いていたら、急に横からびゅうっと風が吹いてきて。物凄《ものすご》く強い風で、私は何とか踏みとどまったんだけど、緑里は風に煽《あお》られて飛んでいって……雪でかすんだ谷底に落ちていったの。目が覚めたら、いてもたってもいられなくて」

登山を経験したことがない母にしては、妙に現実感のある悪夢だ。

娘として、母の行動原理は理解しているつもりだった。真利子は子に対して過保護なわけではない。ただいかなる時でも、自分の考えが正しいと信じて疑わないだけだ。国際電話をかけてきたのは、悪夢を押しつけるためだった。

「大丈夫。生きてるから」

「今はそうでも、山で死ぬかもしれない」

内心、緑里は嘆息した。これから北米最高峰に挑もうという娘に、よくそこまで幸先の悪い言葉をかけられるものである。

「私もう、三十五だよ？　責任くらい自分で持つ」

「責任の話はしてない。緑里に何かあったら悲しむ人がいるってこと」

「それくらい、わかってる」

真利子の話を聞き流しながら緑里は考えた。

ここで死んだら、自分が生きた証は残るだろうか？

親や妹、親しい友人たちの記憶には思い出として刻まれるかもしれない。あとは絶版状態の写真集が二冊と無記名で撮った広告写真の数々。生きた証と呼べるものは、それで全部だった。

冬季デナリでの死。それは突飛な妄想などではない。クレバスへの落下、突風による転落、遭難による凍死。いずれも十二分にあり得る事態だった。これから赴く山では、手を伸ばせば届く距離に死がある。

「就職もしなくていい。だから絶対、生きて帰ってきてよ」

急に真利子の言葉が耳に飛び込んでくる。その一言を聞き流せなかったのは、親としての切実さが滲《にじ》んでいたからだった。

「わかってるから」

緑里もまじめに答えた。それが終了の合図だったかのように、真利子は「頑張ってね」とあっさり通話を切った。ジョンストン夫人に再び礼を言って、部屋に戻る。荷造りを再開しようとしたが手に付かなかった。

私はデナリで、死ぬかもしれない。

恐怖が心の内側からじわじわと染み出してくる。これまで、同じことは幾度も考えてきたはずだった。この山が墓標になるかもしれない、と思いながら数々の高峰を登ってきたのだ。すべて覚悟の上だった。

だが、冬のデナリは別だ。

今まで意識したこともなかった恐怖の手触りを、はっきりと感じた。


アラスカ到着から三日後の朝。

辺りはまだ暗い。暗幕を引いたような空に星々が瞬いていた。室内からの視界だけで、氷点下十数度の寒さを感じる。冴《さ》えた寒気のなかで稜線《りょうせん》がくっきりと浮かび上がっていた。暗闇の濃度が、肉眼で視認できないほどゆっくりと薄れていく。

朝食を済ませた緑里は、B＆Bのロビーから屋外の風景を眺めていた。赤のダウンジャケットに、下はフリース製パンツ。周りは巨大ソーセージのようなダッフルバッグに囲まれている。傍らには巨大なザック。

窓には化粧気のない顔がうっすらと映っていた。薄い眉、奥二重の目、薄紫の唇。若い頃に比べて頬がこけた。シャープになったと言えば聞こえはいいが、要はやつれたということだ。ショートカットの黒髪も、輪郭を隠すため少しだけ伸ばしている。

日本を発《た》つ直前、洗面所で白髪を見つけたのを思い出す。

歯を磨いている最中、何気なく鏡をのぞいたら、前髪に白い線がすっと引かれていた。指先でつまんで引っ張ると、白髪はあっさり抜けた。五秒ほどじっと見つめてゴミ箱に捨てた。ショックというほどではない。三十五歳なら白髪の一本や二本あっても不思議ではない。ただ、それなりに歳《とし》を食ったんだな、と思っただけだ。

自分はいつまで、この仕事を続けられるだろう。

そう自問するたびに浮上するのが、四十三という数字だった。

幾人かの、名のある登山家がその年齢で亡くなった。植村直己がデナリに消えたのも、星野道《ほしのみち》夫《お》がカムチャツカ半島で亡くなったのも、長谷川恒男《はせがわつねお》が遭難死したのも、四十三歳の時だった。もちろん、年齢が同じなのは偶然の一致に過ぎない。それでも緑里には、その数字が取り憑《つ》いて離れなかった。

残り八年。その間に、心から納得できる仕事を、生きた痕跡を残せるのか。

わからない。

わからないが、心中に渦巻く恐怖から遠ざかるには、仕事のことを考えるしかなかった。

やがて窓の向こう、夜明け前の路上に見覚えのある4WDが現れた。ヘッドライトが闇を裂き、車は駐車場に停まる。助手席から二十代の女性が降り立った。

ふてくされたような表情のシーラ・エトゥアンガであった。

ベリーショートの黒髪に、引き締まったシルエット。背丈は一六八センチの緑里より少し高い。真新しい青のダウンジャケットはよく似合っている。黒曜石のような瞳は薄闇のなかでも光を反射していた。

屋内からシーラの姿を目の当たりにした瞬間、背筋を冷たいものが走った。

それはあまりにも、リタを彷彿《ほうふつ》とさせる出《い》で立《た》ちだった。短い頭髪もライトブルーのジャケットも、よく知られたリタのトレードマークである。何より、入山前の憂鬱そうな顔つきは彼女と瓜二《うりふた》つだった。

——山に登る前はいつも後悔する。なんで登山家になんかなったんだろうって。

生前、リタは幾度もそう語っていた。苦しくない登山、死の恐れがない登山は一つもない。本番が近づくほど気重になる点は緑里にもわかる。冬のデナリに挑んだ日も、さぞかし物憂げな表情をしていたことだろう。目の前のシーラのように。

緑里は外へ出た。立ち尽くすシーラに「一年ぶりね」と声をかける。

「……荷物は？」

再会を祝う挨拶すらなく、シーラは無愛想に言い放つ。遅れて車を降りたカナックが、緑里に向けて眉をひそめた。お手上げだ、と言わんばかりに。

三人で手分けして荷物を4WDに詰め込んだ。車内にあるシーラの荷物はザック一つだけだった。残りはすでに、目的地であるタルキートナへ送っているのだろう。

ジョンストン夫妻に礼を言って、緑里は宿を後にした。運転席にはカナック、助手席にはシーラが先に乗る。必然的に、緑里は自分のザックと一緒に後部座席へ乗り込むことになった。

「行くぞ。デナリの麓へ」

カナックがはしゃいだ声で言うが、シーラは冷たい顔でフロントガラスを見つめている。憂い顔は崩さないままだった。これから二時間以上、この車内で過ごすと思うと緑里まで暗い顔つきになる。

4WDはダウンタウンへ移動し、入り江を東に迂回《うかい》しながらハイウェイを北上する。

目指すはデナリへの登山基地として知られる、タルキートナ。人口千人前後の村で、三十分も歩けば一周できる広さだ。村の歴史博物館には、名物ガイドであり冬季デナリ初登頂メンバーの一人である海賊《パイレーツ》ことレイモンド・ジュネをはじめ、ゆかりのある登山家やブッシュパイロットにまつわる品々が保管されている。

緑里とシーラは、タルキートナから飛行機で標高二二〇〇メートルのカヒルトナ氷河へと移動する。そこがデナリのベースキャンプだ。

除雪された路面を走る車は、沈黙に支配されていた。高揚とはほど遠い空気である。

「ずいぶん静かだな。二人はパートナー同士だろう?」

あえてだろう、カナックが軽い口調で言う。

「そういえば昨日、FMラジオで君らのことを話していて驚いたよ」

「本当に? どういうこと」

緑里が思わず反応すると、図に乗ったカナックがDJの口調を真似《まね》て語りだした。

「今冬のデナリに、昨年ブラックバーンを制した二人の女性が挑戦。ミドリ・フジタニははるばる日本からやってきた写真家。シーラ・エトゥアンガはデナリ国立公園のレンジャー。二人をつなぐ絆《きずな》はかの有名な登山家、リタ・ウルラク。サウニケ出身のシーラはリタの幼馴染みにして——」

「いい加減にして」

助手席から叱責が飛んだ。怒りに耐えかねたシーラが顔を赤らめている。妹に叱られたカナックは首をすくめた。

「聞かれたから再現しただけだろ」

「再現してってって頼んだ?」

「サービス精神だよ」

悪びれる素振りもない。シーラは鼻を鳴らし、窓外に視線を戻した。ひどくナーバスになっている。

緑里は意を決して「シーラ」と声をかけた。カナックの軽口に従うわけではないが、さすがにこの空気のまま入山するのは好ましくない。デナリに入れば、互いの存在が最大の命綱になる。

少しでもシーラの緊張をやわらげておきたかった。

「この一年で、サウニケには帰った？」

シーラは振り向かずに「去年の八月に」と答えた。答えが返ってきたことに安堵《あんど》する。

「どうやって過ごしたの」

「どうって……パルサに会って、少し町を歩いて、それだけ」

パルサ・ウルラクは、リタの母親である。緑里はなんとか会話を続けるため、話の接ぎ穂を探した。

「サウニケには今、どれくらいの人が住んでいる？」

「三百人もいない」

「そんなに少なくなったの」

シーラは夜明けの雪原を見つめたまま、頷く。

彼女たちの故郷サウニケは北極海に面しており、冬になれば海氷が沿岸を取り囲む。その島で海岸の浸食がはじまったのは、一九九〇年代後半だった。地球温暖化の影響で、海が凍る期間が短くなったせいだ。

海氷には波による浸食を防ぐ役割があるが、温暖になったせいで溶けやすくなった。より長い期間波にさらされることになったため、海岸の永久凍土は削り取られている。沿岸部では家屋の倒壊がはじまり、住民たちは島の奥へと移るはめになった。しかし浸食は止《や》まず、一部の住民はすでに島外へ転居している。

「ご両親は元気？」

「それなりに。本土の生活には苦労しているけど」

そこでシーラはハンドルを握る兄を一瞥《いちべつ》した。長年親と会っていないカナックが眉をひそめる。お得意の仕草だ。

兄妹《きょうだい》の両親であるエトゥアンガ夫妻は数年前、サウニケから転居した。かつての住居は土台から崩れ、住める状態ではなくなったらしい。サウニケでは残る者と去る者の間で諍《いさか》いもあるそうだが、故郷を去る決断をした夫妻を責めることはできない。

もう、十五年前か。

声には出さず、心中でつぶやいた。

緑里が初めてサウニケを訪れたのは二十歳の夏。当時は専門学校生だった。中古の一眼レフを携え、知識も経験も技術もないままアラスカに飛び込んだ。海岸の浸食はすでに進んでいたが、それでも町にはまだ六百人ほどの住民がいたはずだ。

あの時、リタは十七歳、シーラは十三歳だった。サウニケに滞在する間、緑里はずっと二人と一緒にいた。たったひと夏で、三人は五年も十年もともに過ごしてきた親友のように仲良くなった。少なくとも緑里はそう思っていた。

「後悔している?」

今日初めて、シーラから緑里に問いかけがあった。

「何を?」

「デナリに登ること。今ならまだ引き返せるけど」

まったく後悔していないとは言えない。だが緑里はあえて明るい声音を作り、「どうして後悔するの」と応じた。太陽の光を浴びたシーラが口を開く。

「緑里はいつも、私の提案を断らない。ブラックバーンの時もそう。感謝はしている。でも、正直に言うとあなたが何を考えているかわからない時がある。私は冬のデナリに挑戦しないとこの先生きていけないけど、緑里は違うんじゃないの？　だから、もし本心じゃないなら……」

「それ以上はやめて」

遮られたシーラはぴたりと口をつぐんだ。

彼女が何を言おうとしたか、緑里には正確に予測することができる。しかしそれはシーラの逃げでしかない。

「大丈夫。私は自分の判断で、登ることを選んだから」

湧き上がる恐怖を抑えつけ、緑里はできるだけ平然と答えた。胸のうちには混沌《こんとん》とした感情が吹き荒れている。どうして私を呼んだの。死ぬかもしれないのに。リタを引き合いに出されたら、断れない。それを知っているくせに。

「まあ、今さらやめられないだろ。ラジオのネタにされたしな」

カナックが茶々を入れたが、二人の女はくすりとも笑わない。

車は順調に北へ向かう。日は完全に昇り、視界は青と白で上下二分割されていた。雲一つない青空と、果てしなく続く雪原。ただのドライブなら、さぞ爽快な気分だったろう。だがこれから向かうのは氷点下五〇度の地獄だ。

緑里にも自信がないわけではない。

山を撮ってきたキャリアは七年に及ぶ。夏山だけでなく、冬山も数多く登ってきた。主だったところでは、アラスカの高峰であるサンフォード、ボナ、そしてブラックバーン。日本国内では、冬の最難関といわれる剱岳《つるぎだけ》や幌尻岳《ぽろしりだけ》も複数回登った。冬山登攀では、そこらの山岳写真家に後れを取っていないという自負がある。シーラも同じくらいの経験は積んでいる。

今回のデナリ登攀に向けて、日々のトレーニングはもちろん、高度順応もしてきた。二か月前、一週間にわたって木曽駒《きそこま》ヶ岳《たけ》の山小屋で過ごした。アイスクライミングの訓練も積んできた。

それでもなお、不安は消えない。冬のデナリは別格だ。

リタ・ウルラクは、緑里やシーラよりもさらに経験豊かだった。彼女には山を登る天賦の才があった。アラスカだけではない。ヒマラヤやカラコルムに聳《そび》え立つ高山、欧州の山々。それらに愛され、二十代前半にして頂上に立つことを許された。

しかもリタは冬に強かった。〈冬の女王〉の異名に恥じない実力を発揮し、夏より格段に難度が増す冬山を続々と制した。沈みかけた島からやってきた、史上最高の女性登山家。彼女の登攀技術は本物だった。

ただ――

いかいかいか、それらの登頂が事実なら、という条件付きだが。

「デレク・マイルズって覚えている?」

出し抜けに、シーラが問いかけた。緑里の眉間に自然と皺《しわ》が寄る。

「覚えているけど」

忘れるはずがない。リタが消えた半年後、シーラの元を訪れたという山岳ジャーナリストの名前だ。緑里は直接会ったわけではない。ただ、その男が雑誌に書いた記事の内容は、はっきりと記憶している。

――リタ・ウルラクは〈冬の女王〉《クイーン・オブ・ウィンター》ではなく〈詐称の女王〉《クイーン・オブ・プリテンダー》である。

――彼女は大半の山で、頂上まで到達していない。

「あの嘘つき、また連絡してきたの」

シーラの顔は怒りで血の気が引いている。

「私たちが冬のデナリに登るのが気に食わないみたい。『登るのは結構ですが、嘘だけはつかないように』だって。ああ、腹が立つ。成功させて、吠《ほ》え面《づら》かかせてやらないと気が済まない」

「……そうだね」

緑里は力なく返事をする。

本当は全力でシーラに同調したい。飛ばし記事を書いた愚かな記者を口汚く罵り、笑い飛ばしてやりたい。実際、ほんの一年前まではそうしていたのだ。しかし、ブラックバーン山頂の景色を見てから、緑里はマイルズという記者を笑えなくなった。

シーラは違うらしい。今でもまだ、リタを信じ切っている。いや、信じなければならない、と自分に言い聞かせている。

シーラと会うのを先延ばしにしていたもう一つの理由は、それだった。緑里が抱えるリタへの疑念と、シーラが捨てきれないリタへの期待。顔を合わせれば、遠くないうちに摩擦を生むのは目に見えていた。

白い雪面に引かれた一本線のようなハイウェイを、４ＷＤは疾駆する。短い日照時間を惜しむように。

午前十一時過ぎ、タルキートナに到着した。

古きアラスカの風情を残す村は、雪に包まれている。夏場は登山者や観光客で賑《にぎ》わうメインストリートも、一月下旬の今は閑散としていた。一応スキー客は滞在しているはずだが、寒々しい屋外で過ごす物好きはいない。

車は村の東にある〈ウェバー・エア・サービス〉の事務所前で停まった。ログハウス風の建屋は外壁が象牙色に塗装されており、白銀の風景に溶け込んでいる。背後には滑走路《エア・ストリップ》が延び、赤いセスナ機が日の光を反射して輝いていた。

タルキートナには、ブッシュパイロットの事務所がいくつかある。ブッシュパイロットとは、整備された空港以外の荒れ地でも離着陸できる技術を持った操縦士のことであり、タルキートナではもっぱらデナリ周辺の氷河へ登山客を送迎する任務を担う。また、上空から定期的に登山者の様子を観察し、時には通信を図る役目もあった。

カナックを運転席で待たせて、緑里とシーラは車を降りる。

ウェバー・エア・サービスのドアを開けると、暖気が肌を包んだ。物が少ないせいもあってか、室内はよく整頓されている。木目調の棚やテーブルに囲まれた事務所の中央では、口髭を生やした、五十がらみの大柄な男性がノートパソコンを操作していた。

彼こそがダニエル・ウェバーだ。

「来たな」

来訪に気付いたダニエルは口角を上げ、短い歓迎の言葉を告げた。

緑里は握手を交わした。ダニエルには夏のデナリを登った時も世話になっている。シーラとは十年近くの付き合いであり、二人がデナリに挑戦するにあたっては、ダニエル以外のパイロットは考えられなかった。

何より、彼はリタと最後に話した人物だった。デナリの山頂付近でリタの無線と交わした通信記録は今も残されている。

「明日は飛べそうかな？」

シーラが気の早い質問を投げかけたが、ダニエルは首を横に振る。

「明日は荒天だ。飛べるのは、早くても明後日だろう」

「そう……早速だけど、荷物を運んでもいい？　兄を待たせていて」

「好きに使ってくれ。搭乗手続きは後でいい」

フライトまでの待機には、ダニエルの事務所を使っていいことになっている。二階には寝床もあるため、ホテルを探す必要もなかった。カナックと三人で荷物を運び終えた時には、正午を過ぎていた。

「昼飯に行かないか。腹が減った」

カナックの訴えには緑里も同感だった。

メインストリートに向かい、ピザ屋で腹ごしらえをした。空腹だったせいか、三人で黙々とピザをたいらげた。熱くふかふかとした生地の食感、鼻腔《びこう》をくすぐるトマトやオリーブオイルの香り、旨味《うまみ》が詰まったサラミの脂。焼きたてのピザを心ゆくまで味わう。何しろ、これから一か月以上できたての食べ物にはありつけない。シーラも同じ思いなのか、目の色を変えてかぶりついていた。

腹が膨らむと、にわかに眠気が押し寄せてくる。日が傾きはじめていた。

「そろそろ帰るよ」

支払いを済ませると、カナックは雪上に停めた4WDの傍《そば》に立った。緑里が感謝を伝えると、

「面と向かって言われると照れるね」とはにかんだ。三十代半ばとは思えない、みずみずしい笑顔だった。

シーラは一言も発さず、兄と抱擁しあった。瞼《まぶた》を固く閉じ、泣くのを我慢している。やがて身体《からだ》を離すと、元の顔つきに戻った。

「とにかく、生きて戻れ。もうデナリで誰かが消えたというニュースは聞きたくない」

運転席に乗り込んだカナックは、二度と振り返ることなく4WDを発進させた。ここにいないリタは、カナックにとっても幼馴染みだ。彼女の存在がいかに多くの人の心に痕跡として残っているか、緑里は改めて思い知らされた。

雪にまみれた大通りに、二人の女が残された。いつまでも突っ立っているわけにはいかない。やるべきことはまだある。

「……行こうか」

「うん」

緑里が先に立って、西へと歩きだした。

ここから先は二人きりだ。緊張の度を増したシーラは車内より一層無口になった。

横に並び、黙ったまままひたすら足を動かす。すでに登山がはじまっているかのようだ。山中な

らいいが、ここはまだ平地である。ただただ気詰まりだった。うっとうしく感じたカナックの軽口が早くも恋しくなる。

じきに、目的地のレンジャーステーションに到着した。入口右手で星条旗が力なくはためいている。正面から屋内に入ると、目ざといレンジャーの一人が近づいてきた。

「今日着いたのか。明日は荒れるぞ。セスナは飛ばない」

二十代と思しき男が話しかけてくる。シーラとは顔見知りのようだった。デナリ国立公園のレンジャーであるシーラにとって、この辺りは知り合いだらけだ。

「知っている。さっきダニエルに聞いた」

反応はそっけない。レンジャーの男は、緑里に無遠慮な視線を投げつけてくる。

「彼女が君の相棒か。どこで日本人と知り合ったんだ？」

「私たち、入山手続きに来たんだけど」

声には苛立《いらだ》ちが滲んでいた。デナリへの入山には、レンジャーステーションでの手続きが要る。二人が来たのはそのためだった。

小屋の奥から別の職員がやってきた。これ幸いと、シーラは失礼な知人を無視してそちらへ歩み寄っていく。彼女の背中に向かって、男は捨て台詞《ぜりふ》を吐いた。

「相棒とは仲良くしろよ。冬のデナリは友情を壊すからな」

もはやシーラは振り返らない。緑里も相手にせず、彼の前を素通りする。だが、内心では独り言をこぼしていた。

すでに、シーラとの友情は壊れているかもしれない――

入山手続きを済ませた二人は、ウェバー・エア・サービスへ戻ることにした。アラスカ鉄道の線路を横切り、事務所前まで来たところで緑里が口を開いた。

「少し散歩してから戻る」

シーラは無言で頷き、さっさと事務所へ歩いていく。

緑里は凍った路面を踏み、歩を進める。一人になりたかった。二人きりでいるのが気詰まりだということもあるが、これから向かう場所ではどうしても一人で過ごしたかった。

やがて、雪を被ったタルキートナ墓地《セメタリー》の看板が見えた。迷わず先に進む。吐息が霞《かすみ》のように煙る。

バーチウッドの森のなかに共同墓地が現れた。積もった雪の上に、石碑や様々な種類の国旗が点在している。整列はしていないものの、配置には奇妙な統一感があった。誰かが雪を払ったのか、交差した二つのピッケルが鈍く光っている。

墓地の中心部には一際背の高い、白いポールが立っていた。見上げると、木彫りのクライマー像が頂上を目指して登攀している。

その傍らにある掲示板のような板面には、石のプレートが数十枚取りつけられていた。プレートにはそれぞれ、西暦と山の名前、氏名、年齢、国籍が刻まれている。いずれも、デナリとその周辺の山で亡くなった人々だった。

緑里は手を伸ばし、素手で一枚のプレートに触れる。指先がそのまま貼りつきそうな冷たさだった。

いのだから。

リタは二十五歳でこの世から姿を消した。死んだ、とは言いたくない。遺体は見つかっていな
〈RITA　ULLULAQ　25〉

「リタ」

呼びかけた声は、凍りついた空気に溶けていく。

カメラが発明されたのは、幽霊を撮るため。柏木はそう言った。ならば、この墓地でシャッターを切ればたくさんの幽霊たちと会えるのだろうか？

答えは否だ。

登山者たちの魂は今も、白き高峰で眠っている。もしも幽霊と会いたいなら、撮影者もまた山へと入らなければならない。リタと再会したければ、デナリの頂上を目指すしかないのだ。

リタが消息を絶つ直前、ダニエルと交わした通信記録が残っている。緑里は何度も繰り返し、それを聞いた。短い会話の内容は鮮明に覚えている。

七年前。ダニエルはデナリの山頂付近を飛んでいる最中、リタを発見した。雪嵐が去った後のことである。大量の荷物を運ぶ彼女は、すでに下山の途中だった。ダニエルは無線で呼びかけた。

――登頂はどうだった。

――成功した。

短い回答に、ダニエルは興奮して問いを重ねる。

――頂上から何が見えた？

数秒の間を置いて、リタから答えが返ってくる。

通信は終わり、それがリタの最後の言葉となった。

——完全なる白銀《パーフェクト・シルバー》。

緑里はプレートから指を離す。

登るしかない——

踵《きびす》を返し、飛行士の事務所を目指して歩きだした。冬のデナリに入れば、きっとリタに会える。彼女の魂は目に見えない。だが、それを見るための手段は持っている。ザックに入ったカメラがそれだ。

リタが見た〈完全なる白銀〉を撮影し、彼女の冬季デナリ単独登頂を証明する。それこそが、緑里の目的だった。

横合いから一陣の風が吹き、反射的に首を縮める。非業の死を遂げた登山者たちの息吹が、全身を凍らせる。

緑里はまとわりつく冷気を振り払うように、力強い足取りで前進した。

II
midnight sun
2008

沖の方向から冷たい海風が吹いた。

右手には三角屋根の古びた家々が間隔を空けて並び、左手には護岸《シー・ウォール》が延びていた。一抱えほどもある大きな石を敷き詰めた護岸は、遠目には白灰色の絨毯《じゅうたん》に見える。

寂しい海岸沿いを歩く緑里は肩をすくめた。首から下げたデジタル一眼レフが虚《むな》しく揺れる。まさかここまで風が強いとは思わなかった。スウェット一枚では風の冷たさが身に染みる。こんなことならウインドブレーカーでも持ってくればよかった、と後悔する。

専門学校の友人から、真夏のアラスカはそれほど寒くないと聞いていた。家族旅行でアンカレッジに行ったことがあるという金持ちの家の娘で、アラスカ旅行について相談した緑里に、彼女は得意げに助言した。

——七月なら、昼間は暑いくらいだよ。朝晩もそんなに下がらないし。一五度くらいじゃないかな。

嘘つきめ。たしかに昼間は二〇度を超えるが、夜は一〇度まで下がる。おまけにこの強風。容赦のない海風が体温をさらっていく。薄手の服しか持ってこなかったのは失敗だ。

あんなアドバイス、鵜呑《うの》みにしなければよかった。

緑里は心のなかで悪態をつく。だが、すべては下調べを怠った自分の責任だ。そもそも、一口にアラスカと言ってもその範囲はあまりに広大である。地域によって気候が異なるのは当然だった。それでも誰かに文句を言わないと気が済まない。

ここはベーリング海峡にほど近い小さな島にある村、サウニケ。アンカレッジからノームまで飛行機で一時間半。ノームで三時間ほど待機し、セスナ機での一時間弱のフライトを経て、ようやくたどりついた場所だ。

二十歳の緑里にとって、これが初めての海外旅行だった。旅行の計画を聞いた友人たちは揃って反対した。

——いきなりの海外で一人は危ないって。

——韓国とか台湾にしときなって。なんでアラスカの端っこなの。

しかし、緑里の決意は一ミリも揺るがなかった。

——サウニケじゃないと駄目だから！

友人たちのお節介をすべて聞き流し、生協のアルバイトで貯《た》めた三十万円を旅行代理店でチケットに替え、夏季休暇に入ると同時に成田空港へ向かった。窮屈で退屈なエコノミー席での移動も、サウニケのためだと思えば耐えられた。

サウニケ行きを熱望した理由は、一枚の写真だった。十六歳の夏休みに手にした写真集。そこには、細長い島を写した空撮写真が載っていた。あの写真を見た日から、緑里はサウニケに憑かれていた。

ここに行けば、今までにない一枚が撮れる。そう確信していた。

だが、昨日この島に来てから、緑里はほとんどシャッターを切っていない。

頭上には青白く晴れわたった真夏の空がある。視界は電線で区切られていた。

すでに午後七時を過ぎているが、日が沈む気配は一向にない。七月下旬のアラスカは日が長い。

ここサウニケでは、太陽が水平線の下に隠れるのは午後十時から午前四時までだ。住民は大半の時間を明るい空の下で過ごす。緑里はまだ、白々とした夜空には慣れていない。

歩きながらあくびが出た。

昨夜はサウニケ学校の教室に宿泊した。この島にホテルなどあるはずがなく、客人が泊まることのできる唯一の施設が学校なのだ。長旅で身体は疲れきっていたが、神経が昂《たか》ぶってほとんど眠ることができなかった。寝袋の下に敷いたマットが薄く、尻の辺りが痛かったせいでもあるのだが。

——何のために来たんだっけ。

つい、根源的な問いが頭をもたげる。

慌てて重い瞼をこすり、カメラを持ち直した。弱音を吐いている場合ではない。何年も、ここに来ることを夢見てきたのだ。二日目で挫《くじ》けている場合ではない。

それにしても。

思っていた以上に、サウニケには画《え》になる場所がなかった。

石の敷かれた護岸はここだけの風景とは言いがたいし、朽ちそうな家々はただの廃屋にしか見えない。商店や学校がある中心部も、いかにも地方の田舎町という雰囲気である。舗装工事のためにブルドーザーやトラックが行き交い、とてもじゃないが風情など感じられない。

独自に発達した文化、素朴な人々の営みを期待していた緑里は、はっきり言って肩透かしを食った。

ぼんやりと海沿いを歩いているうち、島の端に到着した。左側に延びていた護岸が前方にぐるりと迂回している。ここから先は進めない。緑里は右手にある、民家の間の路地を抜けた。

幅の広い道に木造建築がぽつりぽつりと建っている。通行人はいない。人口は六百人程度と聞いていた。

当てもなく歩いていると、ふいに獣臭さが緑里の鼻腔を刺激した。振り向くと、物干し台のようなものに黒っぽいカリブー（北米生息のトナカイ）の毛皮が干されている。柵はないが、民家と隣り合っており誰かの家の庭先のようだ。まだ乾ききっていないのか、水分を含んだ重たげな毛皮は強風にもほとんど揺れていない。

さほど心を動かされたわけではない。昨日の到着直後には、民家の軒下に並んだ血まみれのアザラシを見た。それに比べれば衝撃度では劣るが、アラスカらしいと言えばらしい情景ではある。念のため、という感じで緑里はカメラを構えた。ファインダーを覗《のぞ》き込み、ピントを調整する。

突如、画角のなかに中年の男性が出現した。わっ、と叫んだ緑里はカメラから両手を放し、二、三歩後ずさる。ニットにサンダル履きの男性は、どうやらこの庭の持ち主らしい。

「何をしている」

言葉はかろうじて聞き取れた。高校から英語だけは熱心に勉強している。緑里は一眼レフを指さした。

「あ、あの、カメラ、カメラ」

男性はいぶかしげに緑里の顔と一眼レフを見比べ、ふん、と鼻を鳴らす。

「許可なく立ち入るな。出ていけ」

一段と低い声で言われ、緑里は一目散に退却する。一〇メートルほど離れたところで振り向くと、腕組みをした男性がまだこちらを睨《にら》んでいた。曖昧な会釈をして、足早にその場を立ち去る。

もういやだ。帰ろう。帰路のチケットの日付は二週間先だが、日程の振り替えもできるはずだ。明日になったらすぐ空港へ行こう。もっとも、空港と言ってもただのだだっ広い空き地だが。

涙を堪《こら》えながら、学校への道を急ぐ。今日はシャワーを浴び、寝袋に入って眠ってしまおう。身体は痛いが、眠れないことはない。目的もなくさまよったところで、よけい自己嫌悪に陥るだけだ。

こんなはずじゃなかった。

中学の時、部活をやめていった同期の言葉が蘇る。あの時退部した子たちは、こんなに惨めな気分だったのか。今さらながら、緑里は申し訳なくなった。

緑里がサウニケを知ったきっかけをたどれば、十二歳の春まで遡る。

初めてバスケットボールに触れたのは中学一年の春だった。

体験入部で女子バスケット部の見学に行き、先輩たちに誘われるまま入部した。女子のなかでは背が高いほうだったこともあり、深く考えずにバスケットをはじめた。

練習はきつかった。緑里の入学と同時に異動してきた顧問の体育教師は、小学校から大学までバスケットをやっていた二十代の女性だった。彼女のありあまる情熱は生徒たちへの指導にぶつけられ、緩い雰囲気だった女子バスケット部の練習メニューは日に日に充実していった。

こんなはずじゃなかった。

そう捨て台詞を残して、同期たちは一人また一人とやめていった。それでも緑里は退部しなかった。真面目さとか、忠誠心とかが理由ではない。ただ、人より多少体力があったために、何とかついていけてしまっただけだ。しんどいのは嫌だったが、他にやりたいこともなかった。

中学二年の夏が終わり、先輩が引退するとキャプテンに選ばれた。仕方なく声出しやメニュー決めをやっているうち、その気になってきた。徐々に顧問の熱が乗り移り、練習中に同期や後輩へ厳しい言葉を飛ばすようになった。

打つのが早い。パスが遅い。迷うな。焦るな。

やめたい、という部員を引き止めもしなかった。きつい練習をしないと勝てないのだから、打たれ弱い選手はいらない、とすら思った。

緑里がキャプテンを務めた最後の夏、チームは全中県予選の準決勝まで進んだ。創部以来、最高の成績だった。試合終了後、部員たちと抱き合って泣いた。顧問も泣いていた。あんたたちは最高だよ、と言ってくれた。

そして引退後、緑里は空っぽになった。

部活は生活のすべてだった。支えを失った緑里は、途端にどう生きていいかわからなくなった。

現役の頃は引退後を心待ちにしていた。それなのに、インターバル走もフットワークも1《ワン》オン1《ワン》もない毎日は、ひどく退屈だった。

何とか二年半を耐え抜いた同期たちは、バスケットは中学まで、と言っている。緑里は違った。高校でもバスケットをやる、と宣言した緑里に、同期は呆《あき》れた視線を向けた。

——別にいいけど、そんなに好きなの？

ひどく冷たい声だった。心の芯が貫かれる。

——キャプテンになってから性格変わったもんね。

横から言ったのは別の同期だった。

言われた一瞬、視界が暗くなり、それから明転した。

目が覚めた。

いつの間にか、ずっと前からバスケットが好きだと錯覚していた。もともと、別に好きでも楽しくもなかった。そう思い込んでいただけだ。同期たちの冷ややかな態度は、緑里にかけられた催眠を解いた。

——私、何やってたんだろうね。

結果、さらに辛《つら》くなった。

自分にはバスケットしかないと思い込んでいれば、迷う必要はなかった。でもそれは錯覚だったのだ。勘違いだとわかった以上、高校で続ける気は起きず、推薦の話もいくつかあったがすべて断った。本当の自分には、やりたいことなんて何もない。

中学の三年間で勉強を頑張ったとはお世辞にも言えないが、一応、第一志望には合格できた。

公立校では中の下くらいの偏差値だが、両親は喜んだ。二歳下の妹ゆかりも、素直に祝福してくれた。

――バスケ頑張って、受験もうまくいくなんてすごいよ。

ゆかりは素直で気遣いができる性格だ。目立つほうではないが、他人の意見を受け止める度量がある。相手が誰であれ平等に接するし、陰口も言わない。自分とは違って人気者なんだろう、と緑里は思う。

妹のことは誇らしい。だが、負の感情がまったくないとも言えない。

ゆかりの人の好《よ》さに触れると、自分がいかにつまらない人間か思い知らされる。どうして自分はゆかりのように振る舞えないのか、と嫌になる。要は妬みだった。そして実の妹に嫉妬する自分も嫌いだった。

バスケットをしている間はプライドを保つことができたが、それさえ失った今、ゆかりに勝てるものはない。

緑里には、バスケットに代わる人生の支えが必要だった。

高校では部活に入らなかった。スポーツはこりごりだ。代わりに、この世界のどこかにあるはずの、すべてを懸けてもいいと思える何かを探した。図書館に通い、小遣いを注《つ》ぎ込んで映画館や美術館にも行った。親に内緒でライブハウスにも足を運んだ。

けれど熱中できるものは見つからなかった。

夏休みの終盤、繁華街の外れにある古本屋に立ち寄った。中学生の頃なら足を止めることすらなかっただろう、小さな個人経営の店。何かが起こる予感もないまま、暇だから、というだけの理由で入った。

枯葉のような匂いの立ち込める店内で、緑里は棚に差された一冊の写真集を見つけた。やたらと横長の本で、主張するように棚から飛び出していた。何気なく手に取り、その場で開いてみる。

そこには、アラスカの自然を撮影した写真が収録されていた。

水面から飛沫《しぶき》を上げて顔を出すクジラ。山野に咲く可憐《かれん》な花。魚を狩るクマの親子。濃緑色に苔《こけ》むす森。氷上に列をなすカリブーの群れ。空撮写真もあった。白雪に包まれた神々しい山脈。褐色の大地を蛇行する河。

緑里はいつしか、夢中になってページをめくっていた。

写真集に収められているのは、それまでの人生で触れた〈自然〉の概念を塗り替えるような光景の連続だった。公園の植生や飼育された小動物、林間学校で訪れたキャンプ場の森とは比べ物にならない迫力が紙面に漲《みなぎ》っている。

ここにある無数の命の輝きが、日本と同じ惑星に実在する。そう思うだけで頬が熱くなった。

写真集の終盤に一枚の空撮写真があった。

紺碧《こんぺき》の海上に、引き伸ばした勾玉《まがたま》のような形の島が浮かんでいる。巨大な魚影のような島は新緑色に覆われ、赤や白の屋根を載せた家々が点在していた。海面では十数艘《そう》の船が航跡を残している。水平線の上には青白い晴天が広がっていた。

そのページには野生の生物も、壮大な自然も載っていない。それなのに、緑里は視線を離せなくなった。

写真には短い解説が付記されている。

島の名はサウニケ。ここでは先住民であるイヌピアット・エスキモーたちを中心に、およそ六百名の人々が暮らしている。工芸や狩猟で生計を立てる者が多く、伝統的な風習も残されているという。

しかし近年、サウニケは沈没の危機にあることがわかってきた。地球温暖化による海面温度の上昇が原因だ。沿岸部の流氷は波の浸食から島を守ってくれるが、その流氷が徐々に減少している。激しい波に晒《さら》された島は年々削られ、岸辺に立っていた家は地盤を失って倒壊した。

嘘のような話だった。地球温暖化なんて、ニュースでしか聞いたことのない単語だ。だが見開きいっぱいに掲載された一枚の写真が、現実味のないその話が事実であることを鮮明に示している。

緑里は息を呑《の》んだ。

海面下に沈みつつある島。この地球上で起こりつつある危機。住民たちは何を考えているのか。島を去るのか、残るのか。生活の場が失われる時、人はどうすればいいのか。

見たい。知りたい。

ここに行ってみたい。肌で空気を感じたい。一刻も早く、少しでも島が海上に残っている間に。

小遣いで写真集を買って帰った緑里は、それから毎日、六畳の個室で飽きることなくアラスカの風景を眺めた。いつか、この自然を直接見てやる。そして私も、こんな写真を撮ってみせる。

誓いは強く、固くなっていった。

あれから四年。緑里はようやくサウニケの地に降り立った。

そして、早くも来たことを後悔しはじめている。

サウニケ学校は島の中心部にある。

島は縦に五キロメートル、横に四〇〇メートルほどの大きさだった。端から歩いても、三十分ほどで学校に到着する。未舗装路を踏みしめ、終業後の工事現場を横目で見ながら、緑里はとぼとぼと歩いた。途中、客のいない商店でパンとジュースを買った。会計では、愛想のない女性が無遠慮な視線を投げつけてきた。

やがて、建て替えられて間もない校舎が見えてくる。サウニケ学校には、日本でいう小学一年生から高校三年生までの生徒が在籍しており、幼稚園も併設されていた。島の子どもたちは皆ここに通っている。ただし、今は夏季休暇《サマー・ブレイク》の期間中だった。

正門前に立った緑里の耳に、懐かしい音が飛び込んできた。てん、てん、という高く規則的な音。バスケットボールのドリブルだ。体育館ではない。ラバーのボールが、コンクリートの床で跳ねている。

思わず足が止まる。昨夜ここに来た時は聞こえなかった。ボールの音に混じって、複数の足音や子どもの声も聞こえる。午後七時を過ぎているというのに、門限はないのだろうか？

一日島をさまよって、身体は疲れている。それでも吸い込まれるように足が動いたのは、深い孤独感のせいだった。この村には知り合いどころか、見知った景観も食べ慣れた料理もない。擦り減った神経に、かつて慣れ親しんだバスケットの音が心地よく染みた。一目見るだけ。そのつもりだった。

校舎の裏手に回ると、広いバスケットコートがあった。明るい夜空の下、五人の子どもたちがボールを追い回している。見たところ年齢も性別もばらばらだ。緑里は横倒しにされた古タイヤに腰を下ろし、見物することにした。

子どもたちはコートの半面を使い、三対二に分かれて遊んでいる。押しているのは二人チームのほうだ。一人は最年長と思しき女子で、緑里とさほど歳が離れていないように見える。身長は一七〇センチ以上あるだろう。もう一人は子どもたちのなかで最も幼い少女。まだ中学生のようだ。

その中学生が、カットインで巧みにボールを奪い取る。いい動きだ。緑里の母校なら、即レギュラーになれる。

「リタ！」

呼ばれた年長の女子はパスを受け取ると、待ち構えていたディフェンスを易々《やすやす》と振り切り、余裕をもってシュートを決めた。思わず声援を送りたくなる。

経験者の緑里にはわかった。リタという女子だけ、明らかに実力が違う。年上ということもあるが、身のこなしの滑らかさが段違いだ。偏った人数比で遊んでいるのも、リタのうまさが図抜けているせいだろう。

いつの間にか、緑里は一眼レフを首から外し、観戦に熱中していた。久しぶりに見るバスケットは面白かった。躍動するボールを見ていると身体が疼《うず》く。

しばらく見ていると、受けそこねたパスボールが緑里の近くへ転がってきた。立ち上がってボールを取ると、流れるようにドリブルをしていた。見せつけようとしたわけではなく、無意識だ。粒だった手触りが懐かしい。そのまま、手を振っている少年に向かってボールを投げ返す。

すぐにゲームを再開しようとした子どもたちに、リタが「待って」と言った。コートを出て、緑里のほうへ歩み寄ってくる。ブルーのトレーナーを着たリタは、黒髪をベリーショートにしていた。額がきれいで、肌の色が濃く、顔の彫りが深い。その顔にはうっすらと笑みが浮かんでいた。

「バスケットの選手なの?」

少し癖のある英語は、何とか聞き取れた。ドリブルでばれたらしい。

「昔はそうだった。今はやってないけど」

「よかったら入ってくれない? 見ていたでしょう」

リタが顎をしゃくる。他の子どもたちは、揃って成り行きを見守っていた。

どうしよう。バスケットなんて、中学を卒業してからまともにやっていない。でもボールの音を聞いていると、動きたくてたまらなくなる。今だけでいい。一度だけシュートを決めて、スカッとしたい。

「いいよ」

硬い表情で頷いた緑里に、リタは笑いかけた。

緑里は二人のチームに加わるものだと思っていたが、リタは「そっちに入って」と言った。これで四対二になる。子どもたちは観光客の乱入に何やら騒いでいるが、リタの相棒を務める少女だけはむすっとしていた。

「はじめようか」

リタの言葉を合図にゲームは再開した。

最初はおそるおそるドリブルしていた緑里だが、じきに勘を取り戻した。県ベスト4のポイントガードだった頃を少しずつ思い出す。地獄の練習で会得した動きは、そう簡単に身体から消えてくれない。こんなの遊びだ。頭ではそう思っていても、容赦なくボールを奪っている自分がいる。

レイアップを立て続けに三本決めたところで、リタの笑みが消えた。

「シーラ」

相棒の少女が振り向く。

「一人でいく」

言うより早く、リタはボールを持った緑里に突進していた。慌てて背を向け、同じチームの少年にパスを出す。が、リタの左手に遮られた。いったんシーラへパスされたボールはすぐにリタへ戻され、余裕でシュートを決めた。

やるじゃん、と日本語でつぶやいていた。身体が熱い。スウェットの袖をまくり上げる。

そこからはほとんど、緑里とリタの対決だった。息が上がる。汗が額を、首筋を伝う。全身の筋肉がきしむ。すべてが久しぶりの感覚だった。ボールが指から離れた一瞬、入れ、と願う。こんなに真摯《しんし》な祈りを捧《ささ》げるのはいつぶりだろう。

他の子どもたちは熾烈《しれつ》な攻防を傍観しながら、たまにパスを受け取ったり、出したりするくらいだった。唯一、シーラだけは二人のやり取りに割り込もうとしたが上手《うま》くいかず、拗《す》ねた顔で辺りをうろうろしていた。

互いに十本はシュートを決めただろうか。はっ、と笑ったリタも息が切れている。トレーナーは汗でぐっしょりと濡《ぬ》れていた。

「次が最後の一本」

緑里は同じチームの少年からボールを受け取った。間髪を容《い》れずゴール下へ切り込む。両手を広げたリタが中腰で立ちはだかる。背丈がある分、迫力を感じる。ざっ、と靴裏がコンクリートを擦《こす》る音が、生まれる端から消えていく。

耐えかねた緑里が、飛び上がってシュートを打った。

しまった。打たされた。

思った時には、すでにゴールの真下でリタが待ち構えていた。どう見ても入らない。このままでは、リタに攻撃を譲ることになる。緑里は歯を食いしばって祈った。

入れ！

その時、海の方角から強い風が吹いた。

烈風に煽られたボールの軌道が、わずかに歪《ゆが》む。てん、とバックボードに当たったボールはリングの縁で跳ねて、そのままネットの内側へと落ちていった。

次の瞬間、子どもたちがわっとはしゃいだ。揺れるネットを見上げる緑里に、リタが近づいてきた。「名前は？」と尋ねるその顔には、心地よい疲労感が滲んでいる。夏空のように爽やかな女性だった。

「藤谷緑里」

「リタ・ウルラク。よろしく」

緑里は差し出された手を握った。互いに汗まみれで、滑りそうになる。それがなぜかおかしくて、ふふっ、と緑里は笑った。

太陽はまだ沈まない。長い長い昼のなかで、緑里はようやく、ここに来てよかったと思えた。


翌朝、緑里は学校の正門前でリタを待っていた。

前日、バスケットコートでの試合後、緑里とリタは少しだけ言葉を交わした。リタはサウニケ学校に通う十一年生で、年齢は十七歳。緑里の想像より年下だった。緑里はサウニケに憧れて日本から来たこと、専門学校で写真を勉強していることを話した。リタは頷きながら、緑里が手にした一眼レフに興味深げな視線を送っていた。

——あなたのカメラ？

好奇心で、瞳がきらきらと輝いていた。

——写真に興味があるの？

——ある。ねえ、私にカメラを教えてくれない？ 代わりにこの村を案内するから。

心細い緑里には願ってもない申し出だ。だが、迷った。まだ専門学校の二年生で、人にカメラを教えられるほどの腕はない。教えるための機材もない。大枚はたいて買ったこの一眼レフを触らせるのは、正直不安だ。

緑里の不安を読んだかのように、ふふ、とリタは笑ってみせた。

——大丈夫、自分のカメラ持ってるから。古いけど。

——まだ学生だから、あんまり教えられることないよ。

——でも私よりは知ってるでしょ？

その一言が背中を押した。ここまで言われて受けないわけにはいかない。わかった、と応じた緑里の肩を、リタは親しげに叩《たた》いた。

朝の冷気のなか、緑里はぼんやりとリタを待っていた。初日の夜よりはましだが、かなり眠い。やはり明るすぎる夜にはまだ慣れない。幸い、倉庫から体操用のマットレスを調達できたおかげで、尻の痛みはやわらいでいる。

やがて、寂しい通りに二つの人影が現れた。背の高いリタはすぐにわかった。昨日は青のトレーナーだったが、今日は青のブルゾンを着ている。その隣にいる小柄な人影は、よく見れば昨日リタとタッグを組んでいた中学生だった。熾烈な攻防を演じている最中、拗ねた顔をしていたのを覚えている。名前は、シーラだ。

「おはよう。眠れた?」

片手を挙げてみせるリタはどこまでも爽やかだった。

「おはよう。あの、この子……」

「シーラ・エトゥアンガ。七年生」

シーラはなぜか、緑里を睨みながら自己紹介をした。肌の色の濃さはリタと同じくらい。ピンクのウインドブレーカーにジーンズという格好で、長い黒髪を後ろで束ねている。細めた両目には刺々《とげとげ》しさが満ちていた。

「シーラもついていきたいって言うから、連れてきた」

リタはからっとした笑顔で言った。どうやら、シーラの目に宿った敵意には気づいていないらしい。ここまで来て異議を唱えるわけにもいかず、緑里は「よろしく」と応じるしかなかった。

「朝ごはんはもう食べた？」

「私、いつも朝食は食べないの。気にしないで」

途端に、リタの顔が驚愕《きょうがく》に変わる。

「なんで？　宗教上の理由とか？」

「そんな大した理由ないけど……朝、あんまり食べたくないし、」

「駄目だよ。ご飯は食べないとうちに来な、まだ残ってるはずだから」

緑里が答えるより先に、リタは踵を返して歩きだしていた。その隣にはぴたりとシーラがくっついている。まさか最初にリタの家へ行くとは思わなかったが、考えてみれば住民の自宅に入れてもらうなんてそうできる体験じゃない。緑里は慌てて後を追った。

学校から、メインストリートを東へ歩く。今日も海風は強い。剝《む》き出しの地面を踏みしめていると、サウニケにいる、という実感が湧いてくる。島にあるのは低層建築ばかりで、建物と建物の間は距離を取っているから見通しがいい。

三人の行く手には始業前の工事現場があった。作業員の男がトラックの運転席でパンを食べている。

「あの人たち、何してるの」

工事、という英語が思いつかなかったのでそう尋ねた。リタが鼻を鳴らす。

「舗装工事《ペイビング・ワーク》だよ。こんな小さな村、舗装しても意味ないけどね」

この島ではたまに四輪バギーを見かける。ある程度荒れた道でも平気で駆けていくため、適した乗り物があれば、未舗装でも困ることはあまりなさそうだ。

「みんな不安なんだよ。何かしておかないと、そのうち削れてなくなっちゃいそうで」

自嘲するような口ぶりだった。緑里は黙ってその言葉を咀嚼《そしゃく》する。

リタの自宅は、他の民家とよく似た三角屋根の平屋だった。褐色の外壁はくすみ、白い窓枠だけが鮮明に浮き上がっている。

「どうぞ」

玄関ドアを開けたリタに招かれ、緑里は恐る恐る足を踏み入れる。

家に入ってすぐの部屋がダイニングだった。室内にはうっすらと血の匂いが立ち込めている。大きなテーブルが中央に鎮座し、冊子や果物、菓子箱、ティッシュなどが所狭しと置かれている。三つあるチェアの一つに、中年の女性が座っていた。緑里と目が合うなり、ぎょっとしたような表情になる。

「どうしたの。どちら様？」

女性がすかさずリタに尋ねる。

「昨日、知り合った日本人。話したでしょ。案内するって」

「うちに連れてきたの？」

「ご飯食べてないって言うから。晩ご飯の残り、あったよね」

リタは一直線に冷蔵庫へ歩み寄り、中身を物色しはじめた。シーラは勝手知ったる様子でダイニングチェアに腰かける。緑里だけが所在なく、棒立ちになっていた。

「アザラシ《シール》を食べさせてあげる」

緑里は首を縦に振るしかなかった。拒否できる状況ではない。

パルサ、と名乗ったリタの母が白パンを切り分けてくれた。そこに電子レンジで温められたアザラシ肉のトマト煮が添えられる。赤いスープのなかにぶつ切りの肉片が入っていた。皿から立ち上る香りは予想以上に食欲をそそった。強烈な獣脂の臭みを想像していたが、トマトと大量の香辛料が覆い隠してくれている。何より、温かい料理を食べるのは数日ぶりだった。アラスカに来てからというもの、まともな食事をしていない。急激に空腹感が主張してくる。

勧められるまま、緑里はシーラの向かいの席に落ち着いた。なんであんたがここにいるんだ、と言わんばかりのじっとりした視線を浴びる。

「食べたことないでしょう？」

リタは得意げに言いながら、手元を覗き込んでいる。シーラもパルサも、緑里の挙動に注目していた。この日本人はアザラシを食えるのか？　怖気《おじけ》づいているんじゃないか？　視線から無言の問いかけを感じる。

未知の獣肉への不安がないわけではない。スプーンで肉片をすくい上げ、鼻先に近づけると、獣臭さが鼻を刺す。小学校のウサギ小屋が脳裏をよぎる。だが食欲と好奇心が勝った。ひと思いに頬張る。

「……おいしい」

思わず日本語でつぶやいていた。

赤身の肉は少し筋ばっていて、臭みがある。だが香辛料のおかげかそこまで気にならない。噛《か》むほどに脂が染み出し、舌の上に甘みを感じた。トマトの甘酸っぱさと相まって、飲み込んだ後は意外な爽やかさが残る。

無言でスプーンを動かし続ける緑里を見て、リタは満足そうに微笑した。シーラは相変わらずふてくされたような顔をしているが、目元の険が心なしかやわらいだ。

「私の料理は日本人にも通用するんだね」

パルサが感嘆し、それを聞いたリタが笑った。

皿を空にした緑里は白パンも平らげた。やや酸味があり、素朴な味わいだった。動くのが億劫《おっくう》なほど満腹になった。

「緑里はどうして、カメラの勉強をしようと思ったの」

問うたのはリタだった。テーブルに置いた一眼レフに視線が引き寄せられる。

「……はっきりした理由はないんだけど」

「何も考えてないってこと？」

シーラの口ぶりはいやに挑発的だった。

「まあ、そういうこと」

緑里が否定しないことに肩透かしを食ったのか、シーラは唇を尖《とが》らせて黙った。

実際、何も考えていないのだと思う。なぜ写真家になりたいのか、日本語であっても説明は難しい。それ以外の道は思いつかなかった、と言うしかない。

古本屋で手にしたアラスカの写真集をきっかけに、緑里は写真に興味を持つようになった。高額な書籍を買いあさることはできなかったため、図書館で写真と名の付く書籍を片端から借りた。写真集の巻末には、機材や撮影条件が記載されている。その意味を理解するため、入門書やカメラ雑誌にも手を出した。

実物のカメラは一台も持っていなかった。貯めていたお年玉で買えないこともないが、高校一年生にはおいそれと手が届かない値段だ。代わりに、親から中古のデジタルカメラを借りてみた。だが今度は、被写体探しに困った。近所の風景や友人家族は、自分が本当に撮りたいものではないような気がした。

もっと遠い場所にある、想像も及ばないような何か。たとえば、アラスカのような雄大な風景こそが、自分の被写体になるべきものだと思っていた。

高校二年になり、周囲が進路について口にするようになった。ネットで進学先を調べているうち、写真の勉強ができる専門学校があると知った。元より勉強は好きじゃない。無目的に大学へ進むより、目的を持って専門学校に通うほうがずっといい。

——私、この学校に行こうと思う。

その年の冬、取り寄せたパンフレットを両親の眼前に突き出した。写真系の専門学校では有名どころである。東京にあるため、実家から通うことはできない。

——緑里、カメラマンになりたいの？

うろたえた様子で母の真利子が尋ねてきた。

——うん。自然を撮る写真家になりたい。

——ふざけないで。カメラも持ってないのに。

真利子は怒っていた。長女が写真に興味を持っていることは薄々勘づいていたが、そこまで本気だとは思っていなかったらしい。

――だから勉強しに行くの。

――写真なんて、モノになるかどうかもわからないのに。

発せられる言葉の一つひとつが緑里の神経を逆撫《さかな》でする。成否がわからないのは、どんな道を選んでも同じことだ。母子が口論をしている間、父は黙って様子を見ていた。

――だいたい、女がカメラマンになってどうするの。

――はあ？

質問の意味がわからず問い返すと、真利子がため息をついた。

――カメラマンの業界に入って、まともな結婚ができるのかってこと。わからないけど、そういう世界って安定した収入の人少ないんじゃないの。

緑里はこれ見よがしに失笑してみせた。昭和の頃ならともかく、写真系の学校でも女性は増えている。緑里の意中の専門学校では学生の半数が女性だ。そういったことを説明したが、真利子は眉をひそめるだけだった。

――半分が女だから、何？　私は緑里がフリーのカメラマンとか、そういう職業の人と結婚するのが心配なの。

今度こそ絶句した。目の前が真っ暗になる。

この人は、私が何をやりたいかよりも、私が首尾よく結婚相手を見つけられるかどうかのほうが重要だと信じている。親心のつもりだろうか。

話が嚙み合わない。悔しさがこみ上げる。

――それで緑里はどうしてほしいんだ？

言葉が尽きた隙を狙って、父が言った。緑里は涙をたたえた目で父を見る。

——俺とお母さんに、どうしてほしい？　学費を払ってほしいのか？　生活費を出してほしいのか？

父は静かな口調で問いを重ねた。とっさには答えられない。写真を勉強するため、専門学校に行くことを許してほしい。それしか考えていなかった。

——そういう問題じゃ……。

——いいから。

割り込もうとする真利子を制して、父は言った。

——三か月したらまた話そう。それまでにもう少し考えるといい。

緑里は憤然と席を立った。話の通じない両親への失望だけが、胸に渦巻いていた。だが後になって振り返れば、父の仲裁がなければ母との関係は取り返しのつかないところまで悪化していたかもしれない。

その冬、緑里の故郷に雪が降った。

例年雪が降る日は数えるほどで、降雪量も少ないため翌日には消えていることがほとんどだ。だがその年は珍しく、大雪が降った。水気を含んだ大粒の雪が、日没から夜更けにかけて地上を覆いつくした。

翌朝目が覚めた緑里は、部屋の窓から白く染まった町を見た。

屋根といい、道路といい、植栽といい、すべてが白い冠をかぶっていた。その日は休日だった。学校がない日は昼過ぎまで外に出ないのが常だったが、緑里はいてもたってもいられず、デジタルカメラを手に朝の町へ飛び出した。いつもと違う町の景色なら、撮影に値するように思えた。

人の少ない通りを歩きながら、緑里はシャッターを切った。雪化粧をした故郷はいつもと違う顔を見せている。アラスカの雪原に比べればちっぽけだが、彼《か》の地とこの町が同じ地平にあるのだと実感させてくれた。

一時間ほど近所で撮影をした。帰宅してすぐメモリーカードからデータを読みこんで、撮ったばかりの写真をパソコンでじっくり鑑賞した。

そのなかに、覚えのない写真があった。

離れた場所から、民家の軒先に積もった雪を撮った一枚だった。雪を撮ったはずだが、ピントがずれ、窓の内側が鮮明に写っている。半分閉じられたカーテンの向こうから、五歳くらいの男の子が空を見上げている。初めて目にする本格的な降雪に、驚きと興奮と、わずかな恐れが滲んでいた。

緑里はディスプレイから視線を外せなかった。

きっと狙っていたら撮れなかった一枚。

改めて、手のなかにある古びたデジタルカメラを見つめる。この箱は、視界を記録するだけの道具じゃない。時として肉眼では見えないものまで使い手に見せてしまう。それこそが、写真を撮るという行為なのかもしれない。

写真のことをもっと知りたい。捉えどころのなかった想いが、輪郭を帯びた。

——やっぱり写真の勉強がしたい。

約束の三か月が過ぎ、再び両親と向き合った緑里は胸を張って言った。真利子はもう取り乱さなかった。その間、何度も小競り合いを繰り返していたせいだ。一向に折れない娘を前に、諦めを滲ませてため息をつくだけだった。

――まあ、いいんじゃないか。

父が発したそのひと言で、決まった。


朝食を腹に収めた緑里は、リタの案内でサウニケを巡った。

巡るといっても小さな島である。名所旧跡の類などなく、ルーテル教会や庁舎を外から見物する程度のことしかできない。緑里は申し訳程度にシャッターを切ったが、これといった一枚は撮れていなかった。

「ここはカナックが働いている革なめし工場《タンナリー》」

一際大きな平屋の前で、リタが言った。辺りには獣の脂の匂いが濃厚に漂っている。

「カナック？」

「シーラの兄貴。緑里と同じくらいの歳だよ」

昨日バスケットをした時、それらしき男性はいなかった。当のシーラは顔をしかめている。匂いではなく兄の名が出たせいらしい。

「……どうでもいい」

シーラがつぶやいたのを合図に、緑里たちはその場を去った。

当てもなく歩いているうち、三人は島の北側の海岸線に出た。昨日も一人で歩いた場所だ。左からの海風に吹かれながら、昼前の護岸沿いを歩く。行く手に十歳前後の男の子が二人いた。揃って手にしているのがライフルだとわかった緑里は足を止めた。

「あれ、銃だよね」

「そうだけど。鳥を撃ってるんじゃない？」

男の子たちは電線に止まっている小鳥に狙いを定めていた。次の刹那、破裂音が二発、洋上に鳴り響く。緑里は反射的に後ずさっていたが、リタとシーラは平然としている。難を逃れた小鳥たちは、電線から飛び立った。

「エアライフルだよ。大丈夫。皆、慣れてる」

リタが解説してくれたが、問題はそこではない。そもそも子どもが実銃で遊んでいることに驚いているのだ。男の子たちは緑里たちを一瞥したが、気に留めることもなくどこかへ去っていった。

「銃が怖いなら日本にいればいい」

再び歩き出したシーラが聞こえよがしにつぶやく。いちいち突っかかってくるのは何なのか。聞き流していた緑里もむっとしてくる。リタが苦笑した。

「昨日から機嫌悪いんだよ。バスケットの辺りから」

言われたシーラはますます眉間に皺を寄せる。その反応には見覚えがある。

幼い頃、妹のゆかりがたまにこんな顔をしていた。姉妹で遊んでいる最中、緑里の友達が来た時に見せる顔だ。一緒に遊んでいた姉を横取りされ、かといって文句を言うこともできず、黙ってへそを曲げる表情。

きっとシーラは、リタが日本から来た謎のよそ者にばかり構っているので悔しいのだろう。さっきまでの苛立ちが消え、とたんに可愛《かわい》く見えてくる。

「二人は仲がいいんだね」

「うん？　そうだね。家も近いし、幼馴染みだから」

発言の意味を理解していないリタが、さらりと答える。だがシーラは何かを感じ取ったのか、目を見開いて緑里を見返した。

「あっ、緑里。あれ見える？」

今度はリタが立ち止まった。護岸のさらに向こう、藍色の海上を指さしている。一〇メートルほど離れた場所で、灰色の壁のようなものが水面から顔を覗かせていた。昨日は気が付かなかったが、考えれば海中にあんな人工物があるのは妙だ。何あれ、と尋ねる。

「堤防」

「……どうして海のなかに？」

「私が生まれる前、あそこは地上だった」

ああ、と声が漏れる。緑里はようやく理解した。この島は現在進行形で波に削られ、海に沈んでいる。かつては堤防として島を守っていたものの、海面の上昇に伴い、海に没してしまったのだ。

「この島の海岸は、毎年五フィートずつ後退している。あと十年したら今立っているここも、削られてなくなってるかもしれない。かといって、引っ越しもできない。村の移転を試算したことがあるんだけど、一億ドル以上かかるんだって。笑っちゃうよね。誰がそんなお金用意できるの？」

三人は並んで海を見ていた。かつて堤防だった灰色の構造物に、波が打ち寄せる。

「温暖化なんて世界中の人が知っているのに、止めようとしない。その皺寄せが来るのが、小さな島にいる私たちだっていうのは滑稽じゃない？　私たちが排出する二酸化炭素なんて微々たるものなのに」

リタの饒舌《じょうぜつ》を、緑里は黙って聞いた。シーラも目をすがめて海を見ている。

「誰も助けてくれないなら、自分で何とかするしかない」

「……どうするの」

「島は沈ませない。この島は氷床《アイス・シート》の上にあるけど、周囲をコンクリートでがっちり固めれば波で削られることもない」

気持ちはわかる。だが、土木の専門家でない緑里にすら、その計画は無謀だと予想がつく。第一、護岸工事のための予算はどこにあるのか。疑問を先読みしたように、リタが再び口を開く。

「色々、無理があることはわかってる。方法はさておき、まずはこの島の危機を知ってもらわないと、何もはじまらない。お金も、人も集まらない」

「どうやって知ってもらうの」

「私が有名になって、この島のことを世界中に知らせる」

冗談かと思ったが、口ぶりは真剣だった。水平線の彼方《かなた》を見つめたままリタは続ける。

「有名になるって、何をするの？」

「まだ、決めてない」

肩透かしを食った気分だった。それでは専門学校でたまに見かける、自意識過剰の学生と変わらないじゃないか。自分が何者かになれると信じていながら、何者になりたいかは見えていない若者たち。

もっとも、緑里自身も大差なかったが。

「でも勘違いしないでほしい。私は、有名になるのが目的じゃない。サウニケを知ってもらうのが目的。温暖化でなくなりそうな村があるってことを、一人でも多くの人に知ってほしい。全部、そこからはじまる」

下手な返答はできなかった。リタは本気で語っている。茶化しているとか、聞き流していると思われたくない。けれど、どう答えていいのかも緑里にはわからなかった。助け船を出すように、首から下げたカメラが揺れる。

「……撮ってもいいかな」

許可をとる必要はないはずだが、なぜか訊《き》いていた。リタが頷く。緑里は一眼レフを構え、ファインダー越しに洋上を見た。もはや海に呑まれているというのに、堤防だった灰色の塊は、いまだに迫りくる波を弾《はじ》き返している。その姿を記録するため、幾度もシャッターを切る。

負けるとわかっていても、すでに負けていたとしても、時にはやらなければならないことがある。海に沈んだ構造物は無言でそう語っていた。

サウニケを去る日まで、緑里はリタ、シーラと一緒に毎日を過ごした。

朝起きれば、まずリタの家に行く。そこでパルサが作ってくれる朝食を一緒に食べる。申し訳ないので、二日目から材料費として少額の現金を支払っている。リタもパルサも不要だと言ったが、渡さないと緑里の気が済まなかった。

アザラシ肉を食べる日もあれば、ベーコンと豆の煮物、サーモンの干物といった、都会でも食べられそうなメニューの日もあった。パルサの作ってくれる手料理は美味《おい》しい、という点は共通していた。

漁師をやっているというリタの父は、不在だった。サウニケよりずっと南にあるブリストル湾までサケ漁に出ているという。

「毎年、五月から八月までうちは母子家庭。家にいたらいたで、お酒ばっかり飲んでいて邪魔なんだけど」

笑いながらリタが言う。

パルサが語るところによれば、かつてはサウニケ近海で漁をしていたが、知人に誘われて数年前からサケ漁に加わるようになったという。そちらのほうが実入りが良いらしく、他にも幾人かの島民が参加しているらしい。

「私たちイヌピアットは、思い出せないほど古くから漁業に携わっていた」

どこか物憂げな口調でパルサが言う。サウニケの住民たちの多くが、先住民のイヌピアット・エスキモーであることは緑里も知っていた。

「今でも伝統的な漁法は残っている。近海の海で働く漁師も少なくない。そういう同胞からすれば、夫のような漁師は文化の裏切り者なのかもしれない。でもね、誰だって多かれ少なかれ、近代の恩恵を受けているわ思うのよ。電灯を、冷蔵庫を、自動車を使っている限りね。だからイヌピアットの生活が変わっていくのは自然なことだと思う」

言葉に滲んだ諦めを振り払うように、パルサは首を振った。

「でも、島が沈むのはやはり考えられない」

リタは悲しげに母を見ていた。

故郷が海に呑まれるという未来が、緑里には考えられなかった。日本が沈没してしまうと言われれば、自分は便利な生活を捨てられるだろうか。一切の未練なく、他の国へ移住できるだろうか。何度試みても、うまく想像できなかった。

朝食を食べ、雑談をした後は、シーラと合流して町の散策に出る。

最初の二、三日で島の隅々まで歩き尽くしたため、目新しいものはない。とはいえ、同じ場所でも通るたびに違う表情を見せる。晴天と曇天では海の顔つきも違うし、風の強さによって木々のなびく角度も異なる。住民が通りかかれば生活の気配が漂うし、庭先に干している毛皮があるかないかでも雰囲気は変わる。

「緑里って、よく飽きないよね」

何日目か、護岸沿いを散策中にシーラが呆れたように言った。

「何にもない島なのに」

「私も最初はそう思った」

言ってから失礼だったかと思ったが、リタもシーラも怒るどころか頷いている。

「でも、暮らしているうちに浮かび上がってくるんだ。何でもない風景に興味深いものが潜んでいるのを見つけたり、普通の町並みに見たこともないものが出現したり。私が外から来た人間だから、気づくのかもしれない」

「緑里はいい目を持っているんだね」

「全然。大したことない」

リタの言葉に、緑里は素直に頷けなかった。

専門学校には中学、高校から本格的に写真をやっていたような生徒がいくらでもいる。すでにコンテストで入賞したり、著名な作家から評価を受けているような同期だっている。写真家の卵とすら呼べないような腕前のくせに、一丁前のことを語ったようで、今更恥ずかしくなった。

「全部、勝手な私の感想だし。プロの写真家に比べたら全然」

「それがいいんじゃない」

意外なことを言われ、緑里は戸惑いの視線を返す。リタは初めて会った時と同じように、爽やかに笑った。

「プロと同じだったら、オリジナリティがない。緑里の勝手な感想だからいいんだよ」

「でも、私より優秀な人なんて、いくらでもいるから」

「その謙遜がいらないって言ってるの。緑里というフィルターを通してこの世界がどう見えているか、それを知っているのは緑里だけなの。どんなに優秀といわれる人でも、緑里と同じように世界を見ることはできない。だから自信を持って、あなたにだけ撮れる作品を発表すればいい」

「私もそう思うな」

シーラが、リタの言葉に同調した。

「こんなつまんない場所でも、面白いところを見つけられるのって才能だよ。少なくとも私やリタにはできないと思う。これ、褒めてるからね」

「……ありがとう」

年齢の上下は気にならなかった。大切な友人たちが本心からくれたアドバイスは、心の深い部分にまで染み入った。

波の砕ける音がした。強い海風が三人の髪をなびかせ、足を止めた。

「写真って不思議だよね」

風音のなかでも、リタの声は明瞭に聞こえる。

「同じ写真でも、見る時々で感想が違ったりするでしょ？　家に五歳の頃の写真があってね。お母さんはそれがお気に入りで、しょっちゅう引っ張り出して見るんだけど、昔は何となく嫌だった。今の自分を見てくれてない気がして。でも最近は違う」

緑里とシーラは、相槌《あいづち》も打たず聞き入っている。

「お母さんにとっては、写真のなかの私も、今の私も、ひとつながりなんだよ。だから五歳の私の写真を見ながら、頭のなかでは十七歳の私について考えている。それがわかってからは、その写真を見るのが好きになった」

緑里は動けなかった。

専門学校で聞いたどんな授業より、リタの言葉は腑《ふ》に落ちた。私たちは一瞬を撮っているけれど、その一瞬は時とともに変化する。それは写真の本質そのものだ。まともにカメラを触ってすらいないのに、どうして核心を言い当てられるのだろう。胸には感嘆と嫉妬が渦巻いていた。

同時に、憧れを感じた。リタとパルサの関係が羨ましかった。自分と真利子の母子関係には、二人のような相互理解はない。あるのは誤解と思い込みだった。母だけが悪いとは思わない。でも、真利子と一緒に幼少期の写真を笑いながら見ている光景は、どうしても想像できなかった。

「そういえば、私たちの写真撮ってないよね？」

乾いた明るい声で、リタが言う。言われるまで気が付かなかった。

「そうだね。撮ろうか」

「やった。シーラも撮ってほしいでしょ？」

「いや、別に……」

「じゃあ私から」

リタは薄曇りの空と荒れた海を背に立ち、満面の笑みを浮かべた。ベリーショートの黒髪に、屈託のない笑顔。少年のようでありながら、そこはかとない色気が漂っていた。護岸の端に立っておどけている間も、その目元はどこか涼やかだった。天真爛漫《てんしんらんまん》なようで、冷静沈着。つくづく、リタは不思議な女性だった。

緑里は幾度かシャッターを切った。「シーラは？」と問うと、今度は抵抗しなかった。

シーラはしきりに前髪を気にしていたが、強風のせいでほとんど無意味だった。様々なポーズを取っていたリタとは対照的に、突っ立ったまま撮られるのを待っている。リタが横から「踊って」と茶々を入れたが、無視していた。これはこれで、シーラなりの流儀なのだろうと理解した。

「三人で撮ろうよ」

リタが提案した。いいね、と言いたかったが、カメラを固定できるものが見当たらない。三脚はないし、護岸の石や崩れかけの塀は不安定だった。

「腕を伸ばして、レンズをこっちに向ければいいんじゃない？」

リタが緑里の右肩に顔をくっつけた。至近距離で聞こえる息遣いについ緊張する。二人の間に割り込むように、下からにゅっとシーラが顔を出した。緑里がカメラを持った左手を精一杯伸ばす。ちょうど、海風が凪《な》いだ。

「そう、そう。ほら、これで三人の顔が写るでしょ」

「でもブレるかも」

「それでもいいよ。撮って、撮って」

レンズを三人の真ん中あたりに向けて、緑里はシャッターボタンを押した。モニターで写真を確認すると、やはりブレはあったが、三人の顔はきちんと収まっていた。リタは弾けるような笑顔で、シーラはにやっと口角を緩め、そして緑里は戸惑いながらもおかしくてたまらないという顔で写っていた。背後には曇った空と荒れた海。しかし不機嫌な天候とは対照的に、三人の顔はよく晴れていた。

「いい写真だと思う」

横からモニターを覗き込んだシーラがつぶやいた。緑里も同じ感想だった。後日、写真データを二人に送ることを約束した。

「将来、私たちがこの写真を見たら、どう思うだろうね」

最も海の近くを歩いていたリタが言った。同時に、再び海風が強くなる。緑里は髪を吹き流されるままにしながら、友人の横顔を見た。秀でた額に、高い鼻。まっすぐに前を見た彼女は迷いのない足取りで歩いている。

きっとリタは、その行く手に希望があると信じて疑っていない。ならば自分も、同じ希望に向かって歩いていきたい。

首から下げた一眼レフを強くつかむ。この道具があれば、これからもリタやシーラと一緒に歩いて行けるかもしれない。灰色の風景を眺めながら、カメラを持つ手は絶対に放さないと誓った。

Ⅲ
dissolution
2023

眼下に広がるのは、白い砂漠だった。

雪に覆われた大地に、針葉樹が杭《くい》のように突き出ている。空は薄い水色に染められ、白い地表とのコントラストが網膜に焼き付く。世界とはこんなにも明瞭に二分できるものなのかと、冬のアラスカを訪れるたび思わされる。

セスナ機の操縦桿《かん》を握るダニエル・ウェバーの表情は窺《うかが》えなかった。緑里とシーラが座る後部座席から、前方にいるパイロットの表情を見ることはできないが、きっといつもと変わらぬ平然とした顔つきだろう。緑里はダニエルが取り乱す姿を一度も見たことがない。

「彼女の様子はどうだ？」

歴戦のブッシュパイロットが前方を見たまま、大声を張り上げた。機体から発せられる轟音《ごうおん》は鼓膜を破りそうなほどだが、なぜか彼の声はきちんと届く。

ダニエルはデナリのことを〈彼女〉と呼ぶ。「彼女が機嫌を損ねないといいな」とか、「彼女は今日も美しい」といった台詞が日常的に口を衝《つ》いて出る。以前、緑里は「なぜ女性だと思うの?」と尋ねたことがあった。ダニエルはわずかに口の端を歪めて「見ればわかる」とだけ言った。

晴天の下、雪原に北米最高峰がそびえていた。雲をまとって横たわる純白の巨体には、細かな凹凸が浮かび上がり、その皮膚に陰影を落としている。上空からは高さを測りづらいが、目の前に迫ってくるような存在感があった。

「いつもと同じ。怖いほど綺麗《きれい》」

緑里が後頭部めがけて怒鳴ると、「それはよかった」と返ってきた。

地上と変わらない様子のダニエルと対照的に、シーラはセスナ機に乗り込んでからというもの、ひと言も発していない。緊張を隠そうともせず、引き攣《つ》った横顔で窓の外を睨んでいる。慈愛や親愛などひとかけらもない、敵を見る目だった。

「シーラ、大丈夫?」

迷いながらも、緑里は声を掛けた。これからの数週間、シーラは文字通り命を預け合うパートナーとなるのだ。適度な緊張は必要だが、ナーバスになりすぎれば逆に危険を招くことになる。

シーラは口を動かして応じたが、その言葉は轟音で聞こえなかった。

「ごめん。もう一度言って」

「平気だから。気にしないで」

険のある返答を受け取った緑里は、これ以上の会話は難しいと悟った。

シーラはデナリを憎んでいる。冬のデナリがリタに牙を剝き、結果、彼女は還《かえ》らぬ人となったのだから気持ちは理解できる。だが、山を恨むのはお門違いだと緑里は思う。

山はただ、そこにあるだけだ。風も雪もただ吹いているだけだ。登山者を悩ませ、死へと追いやるためにそうしているわけではない。苦難を求めているのは人間のほうだ。自ら選んで登り、敗北し、たとえ命を落としたとしても、それは自然の責任ではない。リタが消えた理由はデナリにあるかもしれないが、責任は問えない。

加えて心配なのは、シーラの精神状態だった。

タルキートナに到着してから今日まで、三日待った。もともと晴天待ちは織り込みずみだ。ダニエルと事前に交渉し、その間の宿泊場所や食事の都合もつけていた。ここまで予定外のトラブルは起きていない。

それなのにこの三日、シーラは常に苛立っていた。あてもなく村のなかを歩いては一人で考え事をしているようだった。食事中もほとんど言葉を発さず、眉間に皺を寄せて咀嚼していた。これまではカナックの存在が精神安定剤になっていたのかもしれない。だが、兄はデナリまで同伴できない。彼女は心の整理をつけられないまま、アンカレッジを発ってしまったのだ。

要因はいくつもあるだろう。

真冬のデナリという危険地帯へ足を踏み入れる恐怖を克服できていないのかもしれない。あるいは、挑戦が失敗に終わった時の惨めさを想像しているのだろうか。ただし、それらは緑里も同じことだ。

緑里とシーラの違いは、リタの業績の受け止め方だった。

マイルズという記者が書いた〈詐称の女王〉疑惑。リタ・ウルラクに、山頂まで到達していない登山家という汚名をなすりつけたゴシップ記事。昨年ブラックバーンを登るまで緑里はその記事を信じていなかった。

だが、今は——

一方のシーラは、それでもリタを信じようとしている。彼女に落ち度などないことを期待している。そして、緑里がリタに疑念を抱いていることも悟っている。だからこそ不信感を募らせているのだ。

シーラがタルキートナでの三日間、一人で考えていたことを緑里は言い当てることができる。きっと頭のなかは、リタをかばい、緑里を責める言葉で一杯だったはずだ。だが面と向かって口にはしなかった。言ってしまえば、登る前からタッグが破綻するのは目に見えていたからだ。

しかし、シーラがいつまでも黙っていられるとは思えない。デナリ登攀は最長で五週間に及ぶ。我慢の限界が来るのは時間の問題だった。

脳裏に警告音が鳴り響く。やはり、この状況では無理だ——

まだ間に合う。挑戦は中止したほうがいい。いつ暴発するかわからない爆弾を抱えたまま登るほど、冬のデナリは甘くない。中止すればここまでの準備はすべて無駄になるし、大勢の人の厚意を踏みにじることになる。そして盛大な恥をかく。

だとしても、死ぬよりはましだ。

「シーラ」

緑里の声は轟音にかき消された。再び名前を呼ぼうとするより早く、運転席から「どうする?」というダニエルの胴間声が届いた。

「まだ旋回するか？　ルートの確認はできたか？」

「もういい」

シーラが先に答えた。

「緑里は？」

「……ありがとう。もう降りて」

迷いを振りきり、そう答えた。

結局、緑里自身にも登頂への欲求があるのは事実だった。理性では抑えようのない、本能的な欲求。それに上空まで来て、やっぱりやめた、と言えるほど安易な気持ちで臨んでもいない。ここで引き返せば、二度とデナリの頂に立つチャンスはないかもしれない。いや、きっとない。

この挑戦をするのはシーラに誘われたから。そんな言い訳をしていたが、本心では、緑里自身も冬のデナリを避けては通れないとわかっている。この儀式を経験しない限り、リタとの思い出は闇のなかだ。

セスナ機は降下をはじめる。目指すはベースキャンプとなるカヒルトナ氷河。

三人を乗せた赤い機体が、凍《い》てつく大地へと接近する。

見渡す限りの白い平野であった。

標高二二〇〇メートル。北向きの弱い風が吹いている。気温を測ってみると、マイナス二五度だった。瞼が冷気でぴりぴりと痺《しび》れる。冬のカヒルトナ氷河は終日、日が当たらない。薄暗い雪原で、緑里たちはセスナ機から荷物を降ろしていく。

途中、緑里はふと手を止めて山影を見上げた。

夏のデナリを登頂した経験はある。だが、冬の彼女は装いが違った。夏季以上に荘厳で、気難しく、他人を寄せ付けない。冷酷な美女がちっぽけな人間を見下ろしている。

——あなたたちに登れるの？

微風のなか、デナリ南峰からそう問いかけられた気がした。

準備はしてきた。トレーニングを積み、高度順応を入念に行い、衣類や荷物を念入りに検討し、天候や体力に合わせたプランを練った。だがどれだけやったところで、絶対に大丈夫だという確信は持てない。相手は自然だ。何が起こるかわからない。逃げ場のない場所でブリザードに襲われればひとたまりもないし、切り立った山稜《リッジ》を歩いている最中に横風が吹けばあっけなく転落するだろう。

準備は重要だ。だがそれと同じくらいに現場の判断、そして運がものを言う。

緑里は祈りを捧げる。ずっとでなくていい。ほんの少しでいいから、私たちに微笑《ほほえ》んでほしい。幸運の尻尾さえ見せてくれれば、必ずつかむから。

シーラの顔が上気しているのは、体を動かしたせいだけではないだろう。彼女もまた、憎き相手への想いを募らせているはずだ。これからお前を制してみせる。そして、リタの名誉を取り戻す。そんなところだろう。

押し込まれていた十数個のダッフルバッグと二つのザックを降ろすと、軽飛行機の荷室はがらんどうになった。荷物の総重量は一五〇キロを超える。

「たまに様子を見に来る。無線が動けば反応をくれ」

数えきれないほどの登山客を乗せてきたダニエルは、この期に及んで余計な感傷を漂わせない。さっと片手を挙げて運転席に乗り込もうとした。

だが手前で足を止めると、何かを思い出したように戻ってくる。ダニエルの視線は緑里に、それからシーラに注がれた。

「死んでも登る、とは思うな。死にそうだと思ったら下りろ」

はじめに緑里が、間を置いてシーラが頷いた。それを確認してダニエルが長い息を吐く。霧のような白い呼気が生まれ、すぐにかき消えた。

「俺にこんなことを言わせるな。約束は守れよ」

今度こそ、ダニエルは運転席に潜り込んだ。エンジンをかけ、氷河上を滑りだしたセスナ機が空へと旅立つ。赤い機体は見る間に小さくなり、やがて点になる。二人はその姿が見えなくなるまで、並んで見送った。

どこからか雪崩《なだれ》の音が響き、緑里は我に返る。

「はじめようか」

声をかけると、シーラも呼応するように動き出した。その横顔はまだ硬い。

手始めに、雪でブロックを作っていく。ベースキャンプを風から防ぐためだ。今は弱い風だが、いずれ必ず風力は増す。野ざらしのテントが吹き飛ばされてしまわないよう、ブロックで壁を作るのだ。

足元の雪をざっとシャベルですくってから、雪用のこぎり《スノー・ソー》を使って、立方体になるよう雪を切り出していく。切り出された雪は固めるまでもなく凍っていて、十分立派なブロックになる。白いブロックをできるだけ隙間なく積んでいけば、雪の壁ができる。

二人は黙々と手足を動かした。アラスカ登山は慣れているだけあって、作業は順調だ。午後三時には壁が完成した。四時頃には日が沈むため、屋外で活動できるのはあと一時間ほど。残りの時間で各自のテントを張り、必要な荷物を広げていく。今日はベースキャンプの設営までとし、移動は明日からと事前に決めていた。

出来上がったテントに潜り込もうとするシーラに、緑里は「明日」と声を掛ける。

「朝、何時に起きる？　七時でいい？」

「……うん。七時で」

青いダウンジャケットを着た背中はすぐにテントのなかへ消えた。パートナーはひどくそっけない。根本的な疑問が緑里の脳裏をよぎる。

何のために二人で来ているのだろう？

会話もなく、ろくに共同作業もしていない自分たちが、二人でデナリを目指す意味はどこにあるのか。何より、シーラのあの態度。まるで緑里が足手まといだとでも言わんばかりの愛想のなさである。もっとも、緑里とて友好的に接しているわけでもない。距離を測りかねているのはお互い様だった。

緑里はヘッドライトをつけたまま、屋外作業を続けた。コンロをすばやく組み立て、ホワイトガソリンを充塡する。片手鍋で雪をすくい、コンロに着火した。雪は瞬く間に溶けて水となり、やがて沸騰しはじめる。魔法瓶に粉末ココアを入れてから湯を注ぐと、甘い香りが立ち上る。すすり込めば、甘さが舌の上に広がり、熱と糖分が全身を駆け巡る。

冬のアラスカは日没が早い。太陽はすでに隠れ、本格的な夜が訪れている。

夜空を見上げれば、星々の光が降りそそいでいた。雪山は静まりかえっている。二人の登山者の他に生き物の気配はなく、時の流れを感じさせるのは星の明滅だけだった。緑里はしばし呆然《ぼうぜん》とする。

まるで違う惑星に放り出されたようだった。暗闇に包まれ、空気は凍えている。東京やアンカレッジと同じ地平上とは思えない。それでも不思議と不安はなかった。大きなものに抱擁されている安心感があった。

リタも、この巨大な墓標のどこかに眠っているのだろうか。

緑里はココアを飲み干し、夕食の支度にとりかかった。

寝袋のなかで夢を見た。

緑里はサウニケの村にいる。頭上には曇天。眼前には荒れた海。左右には灰色の護岸が続き、背後には古びた家々が並んでいる。そう遠くない未来に海の底へ沈むかもしれない、小さな島の小さな村。

どこを見ても人の気配がない。もともと人の少ない場所だ。その寂しさを、とりわけおかしいとは思わなかった。

海沿いを当てもなく進む。海鳥が細い足を交互に動かし、護岸を歩いている。そのうち誰かに撃たれるんじゃないか。この島の住人たちにとって、動物を狩ることは日常だ。子どもでもエアライフルで遊んでいる。

だが銃声は一向に聞こえない。波と風が、灰色の風景をかき乱す。

「キギクタアミウト」

ふいに口から転げ出た、その言葉の意味をすぐには理解できない。しばし考え込む。どういう意味だったか。そもそも、意味なんかあるのだろうか？

「キギクタアミウト」

もう一度口にしてみる。確かに聞いたことのある言葉だった。

次の瞬間、ぱん、と記憶が弾けた。思い出した。〈島の人々〉だ。かつてリタが自分たちを指して言っていた。キギクタアミウト、と。この島に住む者は、全員がキギクタアミウトなのだ。

今、島の人々の姿はどこにも見えない。通りにも、商店にも、学校にも。ルーテル教会にも、ビンゴ場にもいない。神隠しにでも遭ったかのように、数百の住民たちが忽然《こつぜん》と消えている。工事中の路上にはブルドーザーが放置されていた。

「リタ？　シーラ？」

異変に気が付いた緑里は、無人のサウニケをさまよった。

やがて道端に広大な茂みを発見する。その植物には見覚えがあった。尖った緑色の小葉が手のひらのように、放射状に生えている。小葉の縁には鋸歯《のこば》のように細かく切れ込みが入っていた。どこで見たのかはっきり思い出せない。

ともかく、それが大麻草であることはわかった。

青々とした植物は、島の内陸を埋めるように繁茂していた。先程まで民家が建っていた場所まで、大麻草の茂みに変わっている。いつの間にか前後左右を囲まれていた。緑里は背の高い草をかき分けて進んでいく。

「緑里」

どこからか声がした。左右を窺っていた緑里の視界が、突如現れたリタを捉える。初めて会った時と同じ十七歳の姿だった。

「リタ。どこにいたの」

「地球温暖化が進んでよかったことが一つだけあるんだけど、わかる?」

呼びかけが聞こえていないのか、一方的に問いをぶつけてくる。緑里が首を横に振ると、リタはいたずらっぽく笑った。

「暖かければ、大麻がよく育つ」

そう言って大麻の葉を一枚、ちぎり取る。緑里は反射的にその手首をつかんでいた。

「やめて」

「どうして? これは登山家にとって有用なもの」

リタは葉を鼻の前にかざして息を吸い込む。冷たいものが背筋を走る。

「やめて!」


絶叫した自分の声で目が覚めた。

早く起き過ぎたかもしれない。そう思ったが、すでに午前六時半を過ぎていた。外はまだ暗い。日の出まであと三時間ほどだ。

緑里は先刻まで見ていた悪夢をはっきり覚えていた。あれは記憶の再上映ではない。あり得ないのだ。アラスカ州で大麻が合法となったのは二〇一四年。緑里がサウニケを訪問した年にはまだ解禁されていなかった。現実には、サウニケが大麻畑になったという話も聞かない。

それなのに、夢のなかの出来事には生々しい手触りがあった。緑里は嘆息する。よりによって、デナリ最初の夜にこんな夢を見るなんて。

理由はわかっている。七年前にリタが姿を消してから、彼女の〈素顔〉を紹介する記事が数えきれないほど出た。山での姿だけでなく、家族や恋人との関係を暴き立てるような内容も少なくなかった。そして登山家としての実績以上に、そうしたゴシップは人々の興味を掻《か》き立てた。

そのなかには、彼女の大麻吸引を示唆する記事もあった。リタ・ウルラクの目が覚めるような登攀の数々を支えてきたのは、乾燥大麻とパイプである。そんな見出しをいくつも発見し、怒りに駆られた。

登山中の大麻使用は、言うまでもなくご法度だ。適量であれば集中力を高めるとか、疲労を回復させるとかいう言説もある。だが、正体をなくす可能性のある薬物を持ち込んで山を登ることは、あまりにも危険だ。少なくともほとんどの登山家は賛同しない。だからこそ批判の種となり、人々の耳目を集める。

緑里は、彼女に恨みを持つ誰かがデマを流したのだと考えていた。リタが生きていた頃、そんな記事を見た覚えはない。リタがデナリに消え、反撃を恐れる必要がなくなったことで、卑怯《ひきょう》な何者かが悪評を広めた。そんなところだろうと予想している。

しかし今となってはその真偽にすら自信が持てない。登頂を偽る人間なら、裏で何をやっていても不思議ではない。そういう思いがあるのも事実だった。

外へ出ると、夜明け前の凍てつく空気が頰や瞼を覆った。風は弱く、空は晴れている。天候はまだ崩れていないが、油断は禁物だ。

七時過ぎ、隣のテントからシーラが現れた。しゃきっと覚醒した顔つきだ。緑里はひっくり返したソリをテーブル代わりに、朝食の牛丼と野菜ミックスを温めているところだった。

「おはよう。よく眠れた？」

緑里の呼びかけに、シーラは「問題ない」と答えた。自分の荷物からインスタントのスープを取りだし、朝食の準備をはじめる。

基本的に、緑里とシーラは持ち物や食事を共有しないことにしている。体調が崩れない限り、自分の面倒は自分で見るのが原則だ。昨年ブラックバーンを登った時もそうした。食事の支度などは一方がまとめてやったほうが労力を省けるのだろうが、そうはしない。厳しい冬山では何事も自己責任、と決めていた。

それに、狭いテントで四六時中顔を合わせていたらおそらく喧嘩《けんか》する。タルキートナで知り合ったレンジャーは「デナリではパーティの仲違《なかたが》いがとても多い」と言っていた。その理由は明言しなかったが、想像はできる。どんなに気の合う人間同士でも、過酷な冬山で数週間一緒にいれば、互いの嫌な部分が目につくだろう。

「変な夢、見ちゃって」

緑里は沸騰する湯を見つめながら、コンロを組み立てているシーラに話しかけた。

「私は一人ぼっちでサウニケにいるんだけど、村には誰もいなくて。気がついたら辺り一面に大麻草が生えている。その茂みのなかからリタが現れたの」

「それで？」

青いダウンジャケットのシーラは、手を動かしながら応じた。緑里は「それで終わり」と話を打ち切った。夢のなかのリタが、大麻使用をほのめかしていたことは伏せる。

「……緑里は、何が言いたいの？」

風が強くなってきた。シーラのコンロの火が揺れる。

「別に言いたいことなんてないけど。そういう夢を見たって話」

「リタが登山中に大麻を使っていたと？」

風音に対抗するように、シーラの声が大きくなっていく。

「そんなこと言ってないでしょう」

数年前、登山者たちが山頂で大麻を吸って下りられなくなり、レスキュー隊を呼んだという出来事があった。登山客は、飛行機の乗客のように持ち物チェックを受けるわけではない。仮に危険物や違法薬物を持っていたとしても、摘発する術《すべ》はないのだ。もっとも、まともな登山者ならそのようなことを注意される必要すらないはずだが。

雪が溶け、水が沸騰しはじめる。シーラは手早くコーンスープの粉末をカップにあけ、湯を注いだ。慣れた手つきとは裏腹に、その表情は冷静さを失っている。作業に集中することで、動揺を抑えようとしているようにも見えた。

「……何か知ってるの」

確証があるわけではない。ただ、シーラの言葉には裏があるように思えた。余った湯を魔法瓶に移したシーラは、ゆっくりと振り返った。

「知りたい?」

緑里に向けられた目は沼底のように淀《よど》んでいる。ここまで来て聞かずに済ませることはできなかった。緑里が「話して」と言うと、シーラは語りだした。

「リタが大麻を使っていたことは事実」

不思議と意外に感じなかった。シーラは冷たい風に吹かれながら、淡々と続ける。

「もちろん登山中は使っていなかったよ。けど、町では吸っていた。私が咎《とが》められるようなことじゃないでしょう。アラスカでは合法化されたんだから」

「いつから」

「デナリに登る一、二年前くらい」

「本当に、山では使ってなかったの?」

「荷物は入山前にスタッフがチェックするから、それはない。ただ、町では酔ってるなと思う時があった」

その発言は十分、驚きだった。節度を保って使っていたのなら、合法である以上咎めるのも躊躇《ちゅう》躇《ちょ》するが、普段から酩酊《めいてい》するほど吸っていたとなれば話は別だ。それでは中毒ではないか。

「やめるように言ってなかったの?」

シーラはすっと目を逸《そ》らす。

「何度も注意はした。でも、私生活までは立ち入れない」

「見逃していたの?」

「同じこと言わせないで。私含めて、本人以外の人間にはサポートすることしかできない。最後に決断するのはリタ」

「……信じられない」

声が震えている。鍋のなかの湯は蒸発して半分ほどに減っていた。慌ててインスタント食品を引き上げる。

緑里はいったんテントに戻ることにした。シーラにはまだ聞きたいことがあるが、温めた朝食が冷めてしまうのは困る。貴重な燃料を無駄遣いはできない。

「また後で」

声をかけると、シーラは視線だけで頷いた。その目は暗く淀んでいる。

テントを分けるくらいでは、亀裂を埋めるのは不可能なのかもしれない。


頂上に至るキャンプ地は、C1からC7まで設定していた。C7までたどりつくことができれば、そこから山頂アタックを試みる予定となっている。

午前十時。晴天。日の出を待って、ベースキャンプを出発した。まずは最も近いキャンプ地であるC1を目指す。

二人がかりとは言え、総重量一五〇キロ超の荷物をいっぺんに運ぶことはできない。各々の荷物の半分を、さらにザックとソリに分けてC1へ運びあげる。その後いったんベースキャンプに戻り、残りの半分を運ぶ。

こうして一往復半の移動を繰り返しながら登っていく。一直線には進めないが、時間をかけ、着実に山頂へと近づいていくスタイルだ。

二人はアラスカ最長のカヒルトナ氷河を遡行する。シーラが前を歩き、緑里が後に続く。顔には雪目防止のサングラス。顔の下半分から首にかけてネックウォーマーで防寒する。手にはストックを持ち、足元にはスキーを履いている。雪に足が沈み込まないようにするため、そして、クレバスへの落下を防ぐためだ。

山頂への登攀ルートは半分以上が氷河の上であり、そこには深い裂け目――クレバスが点在する。深さは数メートルから数十メートルに及び、落下すればそのまま死につながる可能性が高い。そしてクレバスは、目視できるものだけとは限らない。雪に覆われた、隠れた《ヒドゥン》クレバスもそこここにある。

何気なく踏み出した一歩が死に直結するかもしれない。わずかな兆候も見落とさないよう、緊張をみなぎらせながら二人は前進する。迂回ルートのためC1までの距離はやや長くなるが、傾斜は緩やかだった。このルートを取ることは、タルキートナでの打ち合わせで事前に決めていた。

歩いている最中、緑里は四方を無生物に囲まれていた。雪、岩、氷、雲、風。命が宿っているのはシーラと自分だけだった。

一歩進むごとに五感が研ぎ澄まされていく。

ここでは、東京にいる時には気が付かないであろう、わずかな色の違いが判別できる。空にたなびく雲、足元を覆い尽くす雪、口から吐き出す蒸気。いずれも白色には違いないが、そこには微妙な色彩の差がある。

風もそうだ。街にいる時は風向きや速度を気にすることはほとんどない。だがデナリでは、頬を撫でる風と、睫毛《まつげ》を揺らす風の違いを感じることができる。風向きが真東から北東へ変われば、足を止めて様子を窺う。

音の聞こえ方も違っている。青白い氷河を踏みしめる足音。雪上でソリを引く擦過音。息遣い。遠くから響く雪崩。都会よりはるかに静謐《せいひつ》な世界にも、音は溢《あふ》れている。

登攀はまだ序盤に過ぎない。だが、緑里は己がすでに異世界へと足を踏み入れたことを理解していた。

前方を歩く青いダウンジャケットを追って、ひたすら足を動かす。寒さは感じない。むしろ暑いくらいだった。気温はマイナス一七度。頭上は変わらず晴天である。だが、デナリの気候はいずれ必ず、急変する。

三十分に一度は立ち止まり、水分を補給する。二人で並んで立ったまま、粉末を溶かしたスポーツドリンクを飲み、行動食を摂《と》る。緑里はエナジーバーの他、羊羹《ようかん》やミックスナッツ、チョコレートを食べた。寒くとも凍りにくい羊羹は重宝しており、海外遠征でも毎度持参している。あんこの味も日本を思い出させてくれる。シーラはグミが好物らしく、立ち止まるたびに保存袋からつまんでいた。

「カメラは?」

何度目かの休憩でシーラが尋ねた。

「重くなるから、置いてきた」

今日は荷上げが目的だ。この後ベースキャンプに戻り、再び登る時に撮影すればいい。シーラは質問したくせに、興味なさそうに「そう」と応じた。

C1に到着したのは午後二時過ぎだった。高度はベースキャンプとほぼ変わらない。慎重に進んだせいか、予定より若干時間がかかった。

運んできた荷物を雪のなかに埋め、目印旗《ワンズ》を立てる。山中で旗は意外と活躍する。荷物の目印としてはもちろん、クレバスがありそうな場所に立てておけば帰路の助けになる。上空を飛ぶ軽飛行機への合図もできる。

デナリに消えた植村直己は、山頂に日の丸旗を突き立てたことで知られる。リタも山頂に旗を立ててくれればよかったのに。そうすれば、デナリに登頂したことを証明できた。緑里は詮ないことを考えながら、作業を終えた。

C1には三十分と滞在せず、ベースキャンプへの道を戻りはじめる。二時間もしないうちに日が沈んでしまう。その前には帰着しておきたかった。

帰路、風が少しずつ強まってきた。前方を歩く背中が遠ざかる。

「もう少しゆっくり」

緑里の声に、シーラは少しだけ速度を落としたが、早足には変わらない。日没が迫っているため焦っているのだろう。

あらかじめ、活動するのは日中の六時間のみと決めていた。移動時間が少ない分、旅程は長くなる。少なくとも三、四週間は覚悟しておかなければならないだろう。ただ、この方法なら着実に山頂へ近づくことができる。余裕をもって行動すれば、クレバスや吹雪《ふぶき》に巻き込まれる危険も減らせる。

活動時間を短くしたのは、暗中の登高《とうこう》をできる限り避けるためだった。暑く明るい夏山ならともかく、闇と雪に包まれる冬山では、夜の行動はあまりに危険だ。

日が没した直後、ベースキャンプに帰り着いた。風はさらに強まっている。ザックを下ろし、雪壁の内側に落ち着くと、まるで自宅に戻ってきたような安心感があった。

「明日はどうなるかな」

ヘッドライトの光に浮かぶパートナーに問いかけた。

「彼女に訊いてみて」

シーラはそう言って、雲に隠れた山頂を親指で示す。

彼女というのがデナリを指しているのか、あるいはこの山に眠る友人を意味しているのか、緑里には判断できなかった。

翌朝、午前六時に目が覚めた。

風が空気を切り裂き、テントに大粒の雪が撃ち込まれ、ポールがきしんでいる。風雪にさらされているのだ。雪の壁に守られているはずだが、それでもブリザードは容赦なくテントを揺らす。壁が崩れているのかもしれない。

テントの出入口を開け、ライトで外を覗くと、冗談のような強風だった。地表の雪を舞い上げ、夜明け前の空気に雪煙が吹き荒れている。手袋を怠ったため、寒さで指がちぎれそうに痛い。目を凝らすと、やはり壁が崩壊していた。ただしシーラが作った壁だけだ。緑里が積み上げた壁は依然、風を防いでくれている。

思わず眉をひそめる。昨年のブラックバーンでもシーラの雪壁だけが崩れた。風の具合もあるだろうが、積み方が甘いのかもしれない。だからと言って、この場で責めても仕方がない。

防寒具を整え、ブーツを履いて、吹雪の野外に出た。壁を放置しておくわけにはいかない。シーラはまだ起きていないのか、出てくる気配はなかった。激しい風を浴びながら、緑里はスノー・ソーで雪のブロックを切り出し、崩れた壁を再び積み上げた。

シーラがテントから這《は》い出てきたのは、壁の修復がほとんど終わった頃だった。辺りはまだ暗い。風のなか、緑里は「おはよう」と声を張り上げる。

「この風は何？　いつから？」

「起きた時からずっと」

「緑里はいつ起きたの」

「六時過ぎ」

「早かったのね」

呑気《のんき》な物言いにかちんとくる。こっちは暴風雪のなか、必死でブロックを積み上げていたのにその言い草はなんだ。しかも崩れたのはそっちが作った壁だろう。

ぐっと堪えて、文句を腹のなかに収める。ここはアンカレッジの街中ではない。デナリの頂を目指す途上だ。まだベースキャンプだというのに、たった一人のパートナーと喧嘩をするわけにはいかない。

じき、シーラはテントへと戻っていったが、防寒具を着こんで再び出てきた時にはもう壁の修復は終わっていた。手持ちぶさたにたたずむ彼女の前で、これみよがしにシャベルの雪を払う。

「今日は無理かな」

シーラは申し訳なさなど微塵《みじん》も感じていないような顔つきで言った。

「十時まで待ちましょう。それでも収まらなかったら、今日は休養日」

「はあ。まだスタート地点だっていうのに」

緑里の提案を聞き流すように、シーラは嘆息してみせる。

ため息を吐《つ》きたいのはこっちだ。苛立ちを抱えつつ、緑里は自分のテントで朝食を摂った。作り直した壁のお陰で直撃は免れているが、それでも風は強い。調理する気力が湧かないため、エナジーバーと羊羹をかじる。

気を紛らわすためにＦＭラジオを聞くことにした。朝のニュースが流れてくる。男性の声は周辺の天候を伝えていた。未明から降りはじめた雪はしばらく続き、今日一日は荒天が続くだろう、と男は言った。この調子では今日は登れない。

「……また、国立公園管理局からの情報によると、一昨日、二人の女性がデナリ登頂を目指して入山したとのことです。一名はアメリカ人のシーラ・エトゥアンガ、もう一名は日本人のミドリ・フジタニ。このペアは昨年冬にもブラックバーン登頂に成功しています。なお、二人はデナリで行方不明となった女性登山家、リタ・ウルラクの……」

緑里はとっさにラジオを切った。今はリタの名前を聞きたくない。しかしいったん名を聞いてしまうと、どうしても考えてしまう。昨日話したことが頭をよぎる。

リタは本当に、大麻に溺れていたのだろうか。利発で健やかだったリタ。実際は、ちょっと吸ってしまったくらいじゃないの？　いや、それだって褒められたものではないけど、でも、中毒だったなんて……。

暗闇と風音は、別の記憶を刺激する。数年前にデレク・マイルズが書いた記事の一節を、克明に思い出してしまう。

——彼女は大半の山で、頂上まで到達していない。

記事にはこう書かれていた。

リタ・ウルラクは登頂の証として山頂からの写真を撮っているが、その背景は常に雲や雪煙ではっきりせず、本当に山頂の風景であるかどうか確認できない。いつも単独での登攀のため、証人もいない。登山家の間でも、山頂まで登るにしては速すぎる、という声が上がっている……。

要するに、根拠薄弱なゴシップ記事である。背景が不明瞭なのはリタの責任ではない。快晴の日を待って登頂せよ、とでもいうのか。証人がいないのは単独で登る以上どうしようもないし、噂《うわさ》というのも実在するか疑わしい。

この記事を見つけたのはシーラだった。彼女から送られたメールには、URLと〈有名人であるリタにあやかって人目を引こうとする下劣な記事〉という一文が記されていた。一読して、緑里も同じ感想を抱いた。

シーラは今も同じ憤りを抱えているはずだ。タルキートナへの道中、マイルズへの怒りをぶちまけていたことがその証拠だ。

だが昨冬以降、緑里はシーラのように素直に怒れない。

一年前にブラックバーンを登った目的は二つ。一つは、写真家として冬季のアラスカ山脈を撮影すること。標高四九九六メートルの冬山は過酷だったが、目を見張るような作品が撮れたし、山岳写真家としての自信もついた。

そしてもう一つの理由が、リタのブラックバーン登頂を証明すること。

マイルズが記事で書いた通り、リタが登頂の証として残してきた写真は、自身の顔を除けば大半が不明瞭だ。ただし稀《まれ》にだが背景が写っているものもある。その数少ない例が、ブラックバーン単独登頂だった。リタは冬季デナリ入山の一年前にこれを達成している。

緑里とシーラは、山頂からの風景を確認することで、写真が頂上で撮影されたものだと証明することを目指していた。その結果を、マイルズをはじめとする不良記者たちに突きつけ、リタの名誉を回復することが目的だった。

だが二つ目の目的は果たせなかった。マイルズに証拠写真を送ることも、記事を撤回させることもできなかった。

山頂の風景が、リタの写真と違っていたからだ。

ブラックバーン山頂からはサンフォードやランゲル、ヘイズといった四千メートル級の山々を望むことができる。リタの写真にも同じ高峰は写っている。

しかし、微妙に位置関係が違ったのだ。

たとえば、サンフォードとヘイズの重なり方が異なっているし、それらとランゲルとの距離も若干離れている。シミュレーションではわからない程度の差かもしれない。しかし写真家の緑里は、ファインダー越しに見たその風景がリタの写真とは別物だと瞬時に理解した。

レンズ越しに見える風景が変化することを期待して、瞬《まばた》きを繰り返した。天候条件によって違って見えるのかもしれない。あるいは、体調のせいで見え方が違っているのかも。だがどれだけ注意深く観察しても、プロとしての直感を否定することはできなかった。

ブラックバーンの山頂で、緑里は冷たい絶望の底へ叩き落とされた。

噓でしょう。ねえ、リタ。なぜ違う場所で撮った写真を、登頂の証明に使ったの？　虚空に幾度問いかけても、答えが返ってくるはずがなかった。緑里は胸のうちに、疑念が芽生えたのを自覚した。

ひょっとすると、リタは本当に〈詐称の女王〉なのかもしれない。

――写真と、違う。

震える声でつぶやいた緑里に、シーラは振り向いただけで何も答えなかった。彼女の双眸《そうぼう》は語っている。私には聞こえない、と。

――リタの写真と違っているの。私だって信じたくないけど……。

緑里は再度、語調を強めて言った。しかしシーラからの反応は、やはりなかった。視線は合っているし、至近距離での声が聞こえないはずはない。シーラはあえて無視し、聞こえないふりをしている。

山を下りる間、ほとんど言葉を交わさなかった。互いが考えていることは手に取るようにわかるし、踏み入れれば無傷では済まないのも理解していた。天候に恵まれたことも手伝って、二人はわだかまりを抱えながらも下山に成功した。

その成れの果てが、今だ。

ブラックバーンへの登頂成功後、ほとんど連絡を取らなかった。シーラから来た連絡は、冬季デナリへの登攀を提案するメールだけだった。

緑里は迷った。率直に言えば、シーラと会う心の準備ができていなかった。二人の間に横たわる齟齬《そご》を清算できないまま、危険な冬山に挑戦していいのか。それでも結局同意したのは、リタの冬季デナリ登頂を証明するという、最大の目的を果たすためだ。それに逆説的だが、デナリ登頂を抜きにして、シーラとの関係を修復することはあり得ないとも思った。

幽霊でもいい。リタと再会すれば、きっと心は決まる。肯定にせよ否定にせよ、その判断はデナリでしかできない。

緑里はザックの奥のポケットに入れている、一葉の写真を取り出した。

そこには十五年前の三人が写っている。リタが、シーラが、緑里が、曇天を背景に笑顔を向けている。リタが消息を絶ってから、すべての登山にこの写真を持参している。かつては甘い懐かしさと苦い痛みをもたらす一葉だった。だが今は、痛みだけがやたらと主張してくる。

同じ写真でも、見る時々によって感想が違う。リタが言った通りだった。

朝食を済ませ、寝袋に入ってラジオを聞いているうちに夜が明けた。風の勢いもわずかに弱まっている。テントの出入口を開けると、薄暗い空気に大粒の雪が降りそそいでいた。風向きや天気予報を勘案すれば明日は晴れる可能性が高いが、今度は積雪に悩まされるだろう。

緑里はおとなしく寝袋に入り、再び横になった。

シーラと話し合い、明日まで停滞日とすることにした。さして消耗していなくとも、天候に不安があれば体力回復に努める。それが基本方針だ。

昼には棒状ラーメンを食べた。日本の登山家には愛好者が多く、山中のキャンプで麺をすすり込む光景をよく見かける。

食後、にわかに便意をもよおした。登山中でも人間は当然、排泄《はいせつ》する。厳寒の雪山であろうと、便意を完全に我慢することは不可能だ。

　緑里は用を足した後、ビニール袋を雪中に埋めた。放置するわけではなく、帰りに掘り出してタルキートナへ持ち帰るのだ。低地での排泄物はベースキャンプに置いていき、高地ではクリーン・マウンテン・カン（ＣＭＣ）と呼ばれる緑色の缶に入れて持ち運ぶ。デナリ登山者に無料で貸し出される、トイレ用のバケツだ。

　時間を持て余した緑里は、寝袋のなかでぼんやりと考え事をする。

　ある報道によれば、デナリには六六トンもの冷凍人糞《じんぷん》が残されているという。それだけ多くの登山者が排泄物を置いていったということだ。

　そして近年、温暖化の影響で凍っていた人糞が徐々に溶けはじめているという。氷河に乗って暖かな低地へと流れてきた排泄物から溶けているらしく、それらがおぞましい臭いを放つことは想像に難くない。

　そして弊害は悪臭に留《とど》まらない。

　大量の排泄物が流れ込めば、動植物や微生物、昆虫たちの営みが破壊される。一度壊された生態系が完全に回復することはまずない。レンジャーたちがＣＭＣを配り、排泄ルールにこだわるのも、生態系維持を踏まえれば当然のことだった。

　そこまで考えて、緑里はふと思う。

　温暖化が起こらなければ、溶け出すこともないのでは？

　自分の考えのバカらしさにふっと笑いがこみ上げる。冷凍であろうが、山のなかに排泄物を放置していいはずがなかった。そもそも、温暖化を止めることなどできない。あり得ない未来を夢想するより、今そこにある現実に対処する。それが成熟の証だ。

頭の片隅がちくちくと痛みだした。古い記憶が蘇る。

島は沈ませない、と十七歳のリタは言った。十五年も前の出来事だが、緑里は海風に立ち向かうリタの横顔を鮮やかに思い出すことができた。

あの時、リタは本気だった。彼女なら本当に、温暖化を止めてしまうのではないかとさえ思わされた。

リタは口だけの人間ではない。登山家となり、単独で次々と高峰を制し、ほんの数年で世界に名を馳《は》せた。実際に、故郷であるサウニケは急速に知名度を上げた。人々の地球温暖化への危機感も高まった。

だが、そこまでだった。

十五年前と比べて、世界の二酸化炭素排出量は数十億トン増えた。各国政府は二酸化炭素を減らさないといけないと口では言いながら、実態は増えている。きっとこれからも増え続ける。リタが有名になり、どれだけ大声で叫んでも、危機的状況は改善しなかった。

では、彼女は何のために登山家になったのだろう？

テントに閉じ込められているうち、気分が塞いできた。これではいけない。

冬山では荒天による足踏みはしょっちゅうである。重要なのは、足止めを食らっている間、いかに精神の平衡を保つかだった。停滞は焦りを生み、判断力を低下させる。逆にあまりに泰然とした態度は、登高への怯《おび》えにつながる。焦らず、恐れず、平静を維持すること。厳冬の山を登るにはそれが大事だった。

Ⅲ
dissolution—2023

午後三時頃、悶々《もんもん》とした気分を振り払うため、思い切って外に出た。幸い風は弱まっている。一眼レフを手に、雪の降る屋外を散策した。さらさらとした粉雪がウェアを滑り落ちる。辺りを歩き、無造作にシャッターを切った。日の当たらないベースキャンプは薄暗く、画になるような一枚は撮れそうにない。だが、それでも撮っておく。師匠の柏木は、カメラが発明されたのは幽霊を撮るためだと言った。写真には肉眼で見えないものが写るのだ。

風が弱まったのはいいが、そのせいで雪が飛ばされずに積もっている。踏み出した足は、スキーを履いていても柔らかな雪中へ沈み込んでいく。この調子では明日の登攀はかなり時間を取られるだろう。だが焦ることはない。食料も装備もしっかり備えていた。四週間でも五週間でも、登る準備はできている。

問題は——

もう一つのテントに視線を向けると、呼応するように内側からジッパーが開けられ、フードを被《かぶ》ったシーラの顔が現れた。

「散歩？」

「気分転換《フォア・ア・チェンジ》」

答えると、シーラも外へ出てきた。

しばし二人で並んでデナリの威容を眺める。と言っても、上部は厚い雲に隠れて見えない。数週間後、あの雲のなかに立つことができるだろうか。

どれくらいの間、そうしていただろう。手指の先が冷たくなった頃、シーラが「緑里」と呼んだ。

「あなたは、リタが詐称の女王《クイーン・オブ・プリテンダー》だと思う?」

はっと息を呑み、隣に立つパートナーを振り向く。シーラは顔を隠すようにうつむいていたが、その目には暗い影が差していた。先刻まで一人で何を考えていたのか、瞬時に理解する。

シーラも、リタのブラックバーン登頂に疑念を持たないほど馬鹿じゃない。だが、リタは今でもアラスカのヒロインだ。その業績を否定すれば、多くの人から反感を買うのは間違いない。マイルズがゴシップ記事を書いたのも、人々の怒りを煽るためだ。無分別に乗っかるような真似はできないだろう。

それにシーラは、リタがデナリに消えるまでの数年間、挑戦をサポートしてきた。日本でカメラマンをしていた緑里よりずっと長い間、傍で見てきたのだ。リタの登頂を否定することは、幼馴染みを献身的に支えてきた自分の数年間を否定することになりかねない。

たっぷりと時間をとった後、緑里は首を横に振った。

「リタは冬の女王だよ」

返答を聞いて安堵したのか、シーラの目元が少しだけ緩んだ。

緑里は嘘を言ったわけではない。たとえ大麻に溺れていようが、登頂写真が偽物であろうが、リタ・ウルラクは登山家だった。どれだけ疑念があっても、緑里には彼女を断罪することはできない。そういう意味ではシーラと大差なかった。

リタはアラスカの自然を愛し、愛されていた。それは事実だ。

緑里の脳裏には、かつて訪れた夏のデナリ国立公園が蘇っていた。シーラ、カナック、それにリタ。四人で過ごしたあの数日間を忘れたことはない。

風は絶えた。白いカーテンを下ろすように、雪がまっすぐに落ちていく。足元の雪はさらに高さを増し、静かに緑里の足を止めさせる。

眼前にそびえる彼女は、記憶に潜る時間を登山者たちに与えているようだった。

Ⅳ wildness 2012

窓の向こうに、見渡す限りの野生が広がっていた。

二十四歳の緑里はキャンパーバスの硬い座席で、窓外の風景に目を奪われている。八月の青空に綿をちぎったような白雲が浮かんでいた。深緑色の大地を割るように舗装路が延び、その先には雪に覆われた山々がそびえている。

なかでも一際高い、純白に染まった峰。それが北米最高峰デナリだった。

ここはデナリ国立公園。アメリカで三番目に広大な面積を有する国立公園で、有数の観光客人気を誇る。人気の理由は豊かな自然が残されている点にある。クマやリス、オオカミといった哺乳類のほか、鳥類、魚類などの野生生物たちが暮らし、生態系が保たれている。

この地の雄大さは話に聞いてはいたが、想像以上だった。隣にいるリタも、流れる風景から視線を離せないようだ。後ろにはシーラとその兄、カナックが座っている。カナックは「見ろよ」「すげえ」などと言いながら楽しんでいるようだが、シーラは涼しい顔をしていた。後ろで一つにたばねた髪が、バスの振動に合わせて揺れる。

緑里は日本とは桁違いに雄大な風景を眺めながら、感慨にふけった。

思いきって、一週間の休みをとってよかった――

朝七時にライリークリークのキャンプ場を出発してから、休憩を挟みつつ五時間。ここまでカリブーを二度、クロクマ《ブラックベア》を一度見かけた。いずれも一キロほど離れていたが、初めてじかに見る野生動物たちに、緑里の目は釘付《くぎづ》けになった。

敷地内の奥深くへと進むバスは二十数名の客を乗せている。最奥部にあるカンティシュナのロッジに向かう者、ワンダーレイクのキャンプ場を目指す者、そして未整備区域《バックカントリー》での宿泊を企てる者。

緑里たちは、その三つ目に当たる。

「ここで降ろしてくれ」

緑里の前に座っていた男性が、運転手に声をかけた。道には標識も何もない。じきにバスが停まり、男性は一人で降車する。残った乗客たちからの「楽しんで」という声に手を振って応え、巨大なザックを背負った男性はツンドラの奥へと歩いていく。

緑里たちはいったん拠点となるワンダーレイクまで行くつもりだが、こうして途中下車するキャンパーもいる。予約したユニットの近くで降りたり、あえて散策をするためだったりと、目的は様々らしい。

「緑里は疲れたんじゃないか」

後ろからカナックが言った。

Ⅳ
wildness―2012

「どうして？」

「一年ぶりのアラスカだろう。まだ感覚が戻ってないんじゃないかと思って」

振り向くと、背もたれから顔を覗かせたカナックが笑っていた。緑里の一つ上だから二十五歳のはずだが、年齢の割に幼さを感じさせる笑顔だ。頼りがいのあるタイプではないけど、一緒に遊ぶ分には楽しい。

「そうね。でも、リタやシーラがいるから平気」

「おいおい。ぼくは？」

「あなたは荷物持ちでしょう？」

カナックは苦笑してシーラに視線を向けるが、窓側の妹は気にもかけず夏のツンドラを見ている。横からリタが「または運転手」と茶々を入れた。実際、アンカレッジからデナリ国立公園まではカナックの運転する車で来た。

緑里がアラスカを訪れるのはこれで五度目だ。二十歳の夏休みから、毎年夏には欠かさずアラスカの土を踏んでいる。昨年まではサウニケが主な行き先であり、そこでリタやシーラと会うのが恒例だった。

シーラの兄、カナックと初めて会ったのは二年目。兄妹の自宅で夕食の席をともにした。初対面の時からカナックはどこか憂鬱な顔をしていた。

――ここはぼくの居場所じゃない。

島の革なめし工場《タンナリー》で働いていた彼は、分厚い手を額に当てて嘆いた。

――外の世界とつながっていないし、娯楽といえば賭けビンゴしかない。こんな島で一生を終えるつもりはないよ。

食卓にはカナックの両親もいたが、咎める様子はなく、呆れたように肩をすくめるだけだった。いつもの口癖だ、とでも言いたげに。妹のシーラは反応すら見せずパンを口に運んでいた。

カナックが町から出奔したのは、その年の末だった。誰にも何も告げず、密《ひそ》かにノーム行きの航空チケットを取り、島から姿を消したのだ。翌夏に三人で会った際、シーラはうんざりした口調で話していた。

——後始末がどれだけ大変だったか。工場の人にも家族で頭を下げたし、町の人たちには冷たい目で見られるし。家族皆が今でも迷惑してるんだから。

若いとはいえ、カナックは当時二十二歳だ。大人のやる方法じゃない、と緑里も思った。唯一、かばうような発言をしたのはリタだけだった。

——そうするしかなかったんでしょ。案外、真面目だから。

責任感の強い人間ほど、限界まで我慢し、爆発してしまう。確かにそういう顚末《てんまつ》は緑里も目にした覚えがあった。その頃の緑里は専門学校を卒業して、東京の撮影スタジオでアシスタントとして働いていた。まだ働きはじめて数か月だったが、生真面目な性格のスタッフが、ある日を境に職場に現れなくなったことがある。

こうして突如行方をくらましたカナックだが、今年の春になってとうとう居所が判明した。

きっかけはリタの進学だった。昨年大学生になったリタは、島を出て、アンカレッジの下宿で一人暮らしをはじめた。そして先輩から、リタと同じ〈サウニケ出身でイヌピアットの男性〉がいるらしいという噂を聞いた。心当たりは一人しかいない。

カナックは市内のガスステーションで働いていた。リタが会いに行くと、爽やかな笑顔で「久しぶり！」と言ったらしい。島を出たカナックは、水を得た魚のごとく生き生きと暮らしていた。

——妹には言ってもいいけど、両親には連絡しないでくれ。

リタは頼みを聞く代わりに、ある条件を出した。

——夏にシーラと緑里と、デナリ国立公園に行こうって話してるの。男手がほしいから、ついてきてくれない？

三人でそう話していたのは事実だ。特にリタが、デナリに強い興味を示していた。

カナックはその条件を即座に飲んだ。それで両親のもとへ連れ戻されずに済むなら喜んで、とまで言ったらしい。

この話を聞いたシーラは嫌がったが、リタが説得した。男手があったほうが助かるのは事実だし、カナックなら妙な気を起こされる危険もない。緑里に異論はなかったし、リタもこれを機に兄妹の関係を修復してほしいと考えていたようだった。最終的には、シーラも渋々承知した。

こうして女三人、男一人のパーティが成立したのである。

「手つかずの自然はいいね。故郷を思い出すよ」

カナックの感想に、シーラがすかさず「誰が言ってるの？」と言い返した。

「サウニケを思い出すくらい、いいだろう？」

「どれだけ迷惑をかけられたことか」

「それは謝る。でも、あの島が故郷だというのは事実だ」

「どういうところが、サウニケを思い出させる？」

リタが後ろを振り向いて、会話に割り込んだ。

「そうだな……たとえば、草を食《は》むカリブーの姿とかね」

ぷっ、とシーラとリタが揃って噴き出した。

「島にカリブーなんていないじゃない。猟師が獲《と》ってくるのは内陸部でしょう？」

「革なめし工場にいたくせに、そんなことも覚えてないの？」

「覚えてるさ。何というか、こう、郷愁を誘う雰囲気があるんだよ、カリブーには」

「島にいないのにねえ」

「ああ、もう。うるさいな」

カナックが拗ねたふりをして窓に視線を向ける。その後も三人は、目の前の大自然とサウニケの共通項について話していた。この公園の風は、海を吹き渡る風と似ている。同じ空の色を見た気がする。ライリークリークで見た花は、島の野原にも咲いていた。そんなことで盛り上がっていた。

三人が楽しげに話している間、緑里は黙ってバスからの景色を眺めていた。サウニケには何度か足を運んでいるけれど、出身者である三人に混ざって話せることなどない。サウニケの風も空も花も、表面的にしか知らない。

早く別の話題にならないかな。

そんなことを思う自分は心が狭いのだろうか。心の片隅に、棘が刺さったような微妙な痛みを覚えた。

午後一時前、ワンダーレイクのキャンプ場でバスを降りた四人はさっそくテントを張った。持参したのは二人用のテント二つだ。

「ほとんど知らない男と寝るのは、緑里だって嫌でしょう」

シーラがぶっきらぼうに言ったことで、緑里はリタと、カナックはシーラと同じテントを使うことになった。シーラの無愛想な態度には緑里も慣れっこだ。愛嬌《あいきょう》のない表情の裏に、親切心と思いやりを抱いていることは数年間の交流で知っている。

持ち物を整理し、辺りを散策し、夕食の支度をして食べ終わっても、まだ周囲は真昼のように明るい。八月のアラスカは深夜まで日が出ている。

明日からの計画も話し終え、四人の話題は尽きていた。備え付けのベンチに座って、静かに食後のコーヒーを飲んだ。見渡す限り草原が広がり、その奥には橙《だいだい》色の日を浴びた山々が輝いている。緑里は我を忘れて見とれた。十六歳の夏に見た写真集に負けず劣らず、心惹《ひ》かれる光景だった。

しかし、とにかく蚊が多いのには辟易《へきえき》した。用意周到なシーラはヘッドネットをかぶっているが、他の三人は素肌のままだ。あらゆる部位に蚊がまとわりつく。虫よけスプレーは使っているものの、ほとんど意味をなしていない。肌という肌を掻いている緑里とは対照的に、リタは平然としている。ベリーショートのうなじには赤い斑点が浮いているが、気にもしない。

「痒《かゆ》くないの?」

「痒いけど、我慢できる」

恬淡《てんたん》とした口調は、虚勢ではなさそうだった。

なんでもないことだが、こういう時、緑里はリタの大物ぶりを感じる。自分のエネルギーを、必要だと思うことにのみ注ぎ込み、その他の些事《さじ》には見向きもしない。類まれな集中力と胆力が彼女には備わっている。

ふいに、緑里は試してみたくなった。

「四年前に話したこと、覚えてる？」

「何の話？」

「有名になって、サウニケの危機を世界に知らせるって夢」

「もちろん」

即答だった。それどころか、リタは「そのための道筋は決まってる」と付け加えた。緑里は身を乗り出す。

「どうやって？　教えてよ」

リタはゆっくりと、山々の居並ぶ方角を指さした。つられて、緑里もシーラもカナックも視線を移す。人差し指の先には白き高峰デナリがそびえていた。

「あそこに登る」

しばし、緑里は発言を反芻《はんすう》した。だが一向に真意は見えてこない。

デナリが北米最高峰であることは知っているし、厳しい山だということも想像がつく。だが、前人未到という訳でもないだろう。登っただけで有名になれるとは思えない。シーラやカナックも釈然としない表情だった。

「どうしてデナリに登ると有名になれるの」

待っていた、とばかりにリタが不敵な笑みを浮かべる。

「冬のデナリに、女性で単独登頂した人はまだいない」

それからリタは、デナリ登頂の歴史を滔々《とうとう》と語りはじめた。

人類初登頂は一九一三年の夏。アメリカ人の男性四名によって成し遂げられた。女性が初めて制したのはそれから三十年以上が経った一九四七年。その後もしばらくは夏季登頂のみが続いたが、一九六七年、初の冬季登頂に成功する。登頂メンバーには不在だったものの、日本人の西前四郎がこの隊に参加していた。

夏季単独初登頂は、それから三年後の一九七〇年。達成したのは冒険家の植村直己である。これによって、植村は世界初の五大陸最高峰登頂を成し遂げた。そして一九八四年。植村は冬季単独初登頂にも成功。しかし下山中に行方不明となる。

以後、冬季単独登頂を成功させたのはすべて男性であった。

「冬のデナリは、世界でも指折りの難関なの」

穏やかな風に吹かれたリタが目を細める。

「単独登頂に成功すれば、しかもそれを女がやり遂げれば、登山の歴史に名を刻める。私は一流の登山家として認められる」

リタの目は澄んでいた。一応の理屈は通っている。だが、緑里にはまだ理解できない点があった。

「でも、どうして登山なの。有名になるなら、他の方法でも……」

「駄目。時間がない」

ぴしゃりと言い放つリタの語調は強い。カナックは困惑の表情だったが、シーラはヘッドネットの内側で涼しい顔をしている。すでに話を聞いているのかもしれない。

「サウニケのすべてが水没するのはまだ先かもしれない。でも、島の浸食はもう進んでいる。怖いのは、いずれ沈没する島から人がいなくなることなの。わかる？　すでにサウニケから引っ越す住民は増えてる。あの町から少しずつ人が減っている。早く手を打たないと、私たちの故郷は無人になる」

シーラが小さく頷いた。リタは続ける。

「いろんな手段を考えた。環境団体の設立、土木技術の研究開発、政治への進出。けど、どれも時間がかかりすぎる。そうこうしているうちに、またサウニケから人がいなくなる。時間がないの。私は勉強もスポーツも、人一倍できるわけじゃない。他人よりちょっと優れていることがあるとすれば、体力くらい。できるだけ早く、世界に名を知らせるにはあそこに登るしかない」

視線で再度、デナリを示した。緑里は静かに首を振る。

「……無茶だよ」

あの寂しい町から人が消える前に何とかしたいという、リタの気持ちはわかる。だが、他に手段がないからといってデナリに登るというのは短絡的に過ぎる。

「登山ってそんなに簡単なものじゃないと思う」

「わかってる。私だって、明日デナリに登ろうってわけじゃない。まずは登山家になることから。でも、五年以内には登ってみせる」

緑里にも、リタの熱意は伝わった。彼女は本気だ。だが、まだ腑に落ちない部分もある。ただ登山家を目指すだけでなく、冬のデナリを狙うのはなぜか。

「アラスカで達成することが大事なの」

補足するようにシーラが言った。

「私たちはアラスカに生まれたイヌピアットだから。アラスカで一番高い場所から、一番海に近い島の危機を伝える。そこまでやって初めて、みんなが振り向いてくれる」

シーラは十七歳という年齢にそぐわないほど落ち着いている。彼女が語ると、不思議と緑里の頭にもその意図がすっと入ってきた。

要は、ストーリーなのだ。世間にサウニケへの関心を向けさせるために、リタはデナリというアラスカの象徴を選んだ。リタが冬季デナリへの単独登頂を果たせば、女性初という記録が残るだけではない。同じアラスカの出身者であり、しかもその島が沈みつつあるという、個人的な背景にも必ず光が当てられる。すでに、そのドラマ性まで狙っているのだ。

無茶や無鉄砲ではない。リタはちゃんと計算している。

「私もいずれ島を出て、手伝うつもり」

決定事項であるかのように、シーラが告げた。リタが小さく頷く。野望を掲げるリーダーと、それを支える参謀。二人の取り合わせはしっくりきた。

「おい。いつの間にそんなことになってたんだ?」

我に返った様子のカナックは、眉尻を下げて問いかけた。シーラが冷たく答える。

「兄貴がアンカレッジに逃げてる間に」

「逃げたんじゃない。新天地を求めたんだよ」

「とにかく。リタを手伝うとかいう話、父さんや母さんは知ってるのか」

「同じじゃない」

「家出した人が何言ってるの？」

兄妹の小競り合いを横目で見ながら、リタは「緑里」と呼びかけた。

「あなたは、写真家になるんでしょう？」

緑里はとっさに答えられなかった。

専門学校に入った十代の頃は、もちろんそのつもりだった。サウニケの写真集に衝撃を受け、写真家になることを決めたのだ。自然の魅力に溢れた写真集を出すのが夢だった。しかし、今では写真家という仕事の厳しさに直面している。

いわゆる作家の仕事で食べていける写真家は、ほんの一握り。しかも次の仕事がいつあるかわからない、綱渡りの状態であることが少なくない。

専門学校の卒業生たちは大半が作家ではなく、商業カメラマンになる。就職先は撮影スタジオ、写真館や結婚式場、新聞社や出版社などのマスコミ、先輩カメラマンの事務所など。いずれも依頼主の要望に応じたり、会社の指示に従って仕事をするのが当たり前であり、個人的な作品作りに集中できる環境など用意されていない。

加えて、緑里は在学中に作家へのチャンスをつかむことができなかった。コンテストには熱心に応募したが、作品が入選することはなく、講師から高い評価を得ることもなかった。リタやシーラは励ましてくれたが、写真の才能がないことは自身が誰よりわかっている。

緑里は他の卒業生たちと同じように、広告撮影のスタジオにアシスタントとして入社した。仕事は忙しかった。機材の運搬や設置はもちろん、パソコン作業や外部へのお使いまで雑務は何でもやらされた。努力の甲斐《かい》あって、一年半でチーフになった。

スタジオで働きながら、幾人かのカメラマンと面識を得た。なかでも相性がよかったのが、柏木雅治《まさはる》という静物専門のカメラマンだ。五十過ぎの無口な柏木は、白髪交じりの角刈りという風貌も相まって、いかにも職人といった風情だった。一部のアシスタントからは怖がられていたが、緑里は平気だった。シーラと同じように、愛想はないが愛情がある人だとわかっていた。柏木とはよく当たり、じきにカメラの設定管理まで任された。

ある日、スタジオを訪れた柏木から唐突に声をかけられた。

――きみ、うちのアシに興味ない？

この一声がきっかけで、緑里は今年の春にスタジオを卒業して柏木の専属アシスタント、いわゆる直アシになった。

商業カメラマンとして、ここまでは悪くない経歴だと思う。同級生のなかにはいまだにチーフになれない者もいる。このまま柏木のもとで修業を積めば、いずれ静物撮影の専門家になれるだろう。三十歳前に独立することも夢じゃない。

けれど。

現状が思い描いていた姿とかけ離れているのは、否めない。緑里がなりたかったのは商業カメラマンではなく、作家だ。このまま広告用の写真を撮り続けて、死んでいくのか。そのために写真をやってきたのか。

青臭い想いが蘇るたび、緑里は自分に言い聞かせる。私は作家になれない。学生時代、箸にも棒にもかからなかった。それが答えだ。

いつしか、緑里はプライベートでカメラを手にしなくなった。撮影は仕事であり、飯を食う手段だ。趣味の写真など一円にもならない。この旅にも一眼レフは持参しているが、まだ一度も取り出していなかった。

緑里は悩んだ末、「一応ね《フォア・ナウ》」とリタに答えた。

「私、商業カメラマンになるの。作家になれなかったから」

無意識のうちに自嘲的な笑みが浮かんでいた。リタはぴくりとも笑わず、コーヒーに口をつけてから言った。

「写真って、そんなに簡単なものじゃないと思うけど」

ついさっき、緑里がリタに放った言葉と同じだった。

「商業カメラマンにも矜持《きょうじ》はあるし、見下すような言い方は緑里らしくない。芸術的な写真が撮りたいなら、やればいい」

リタの言うことは正論だった。そんなことはわかっている。けれどできないから苦しいのだ。

緑里は苛立ちを隠さなかった。

「リタに何がわかるの」

「わからないけど、あなたの言うことは泣き言にしか聞こえない」

「作家じゃ食べていけないのは事実なの」

「だったら両方やればいいじゃない」

緑里は思わず苦笑いした。それこそ、カメラマンの仕事を舐《な》めている。商業の仕事をこなしながら、作家として作品の完成度を追求するなんて無理だ。時間も体力も許さない。両方半端になって行き詰まるのが落ちだ。

「何がおかしいの」

リタは笑わなかった。その真剣さに、緑里も顔に浮かんだ苦笑を消す。

「緑里は自由なんだよ。何をしたっていいの」

「自由だよ、今も」

「そうは見えない。あなたは写真家を目指すべき。いい？　私は世界的な登山家になる。緑里は一流の写真家になる。そして冬のデナリから下りたら、あなたに記念写真を撮ってもらう。他の数多《あまた》の写真家を振って、真っ先に緑里にオファーする」

まるで実現することが決まっているかのような、確信的な口ぶりだった。緑里は下唇を噛む。リタの言葉に即答できない悔しさと、封じ込めていた本音を見抜かれた恥ずかしさからだった。

「だから、絶対に写真家になって。約束して」

緑里が口にすべき答えは一つしかない。だが、恐怖が唇を固く閉じさせていた。作家を目指すことは、わざわざ自分から危険な場所に飛び込むのと同じだ。

母の顔が頭をよぎる。カメラを仕事にすることにずっと反対していた真利子だが、ここ最近は態度をやわらげていた。諦めもあるだろうが、仕事が安定してきたことが最大の理由だ。もしも作家を目指すと言い出せば、また親を心配させることになる。商業との両立が簡単でないことはわかりきっていた。

リタは強引で、同時に優しかった。彼女は返事を急《せ》かさずじっと待った。

「私は……」

いつしか、シーラやカナックも会話を止めて緑里に注目していた。静かな草原のただなかで、蚊の羽音だけが妙にうるさい。

瞼を閉じると、これまで撮影してきた一葉一葉が網膜に映し出された。雪が降る故郷の町。サウニケの町と、住民たちの暮らし。夏のアラスカの雄大な山々や原野。そして大切な人たちのポートレート。

写真を撮る。その一事に惹かれる理由が、おぼろげながら見えてきた。

緑里はいつも、ここではないどこかを求めている。日常から断ち切られた桃源郷を夢見ている。そして、そんなものが地上に存在しないことも知っている。でも写真のなかには時折、存在しない世界が出現する。シャッターを切るたび、その奇跡が起こることを期待している。

商業の仕事では得られない、ギャンブルにも似た興奮。それを味わうために写真をはじめたのではなかったか。緑里は下唇を嚙み、瞼を開いた。

「……私は、私が好きだと思える写真が撮りたい」

どうにか絞り出した一言だった。

作家になりたいとはまだ言えない。だが、空腹を満たすためではなく、心を動かすための手段として写真と向き合いたい。それくらいは言ってもいい、いや、そうしないと嘘だと思った。

「いいんじゃない」

リタは満足げに頷き、シーラは微笑した。カナックは拍手を送る。

「ちゃんと聞いてなかったけど、ぼくは緑里が思うように生きればいいと思うよ」

「ありがとう。カナックが言うと説得力があるね」

「だろう?」

草原に小さい笑いが起こった。明るい夜を、涼しい風が吹き渡る。鼻先をくすぐる野生の匂いが、緑里には好ましかった。


翌朝、四人はバックカントリーへと出発した。

リタを先頭に一列になって原野を歩く。

目指すのは、地図上で目星をつけている川のほとりだった。訪問者はあらかじめビジターセンターで許可を取ったユニット内にしか滞在できないことになっている。同一ユニットに人が密集するのを避けるためだ。四人には、その川のほとりを含むユニットが許可されている。

緑里は首から一眼レフを下げていた。昨夜のリタとの会話が、まだ頭に残っている。自分が好きだと思える写真。撮れるかどうか確信はないが、今日は素直にカメラを手にすることができた。仕事以外でカメラを持ち歩くのは久しぶりだった。

ツンドラの地面は軟らかく、足を踏み出すたびに靴が沈む。足の上げ下げに体力を取られ、思うような速さで進めない。

「白っぽいところは苔がついてるみたい。少し歩きやすいよ」

デナリに来るのは初めてのはずだが、リタのアドバイスは的確だった。進むべき方向を見分ける才があるのかもしれない。快晴の下を歩いているうちに暑くなり、緑里は着ていたウインドブレーカーを脱いで腰に巻いた。

体力があると自負するだけあって、リタは平然としている。黒褐色の不気味な苔をしげしげと観察したり、木陰を横切るジリスに「元気？」と声をかけたりしていた。たまに立ち止まり、白い高峰に向かって祈るような視線を投げかける。

一方、シーラはきつそうだった。額に大粒の汗を滲ませ、歯を食いしばって歩く。最も重量のある荷物を背負うのはカナックだ。普段はおしゃべりな彼も、軟らかい地面と重荷、直射日光の三重苦に、黙々と歩いている。

クマとの遭遇を避けるため、森のなかではなく見晴らしのいい平地を選んで進む。荷物には香辛料を含むベア・スプレーも入っているが、それだけではとても安心できない。

下草の茂る草原を抜けると、荒れ地に出た。

見渡す限り、荒涼とした灰色の地面が続いている。乾いた泥土と、流木などの漂着物、それにわずかばかりの植生。人はおろか動物の姿もない。あれだけ鬱陶しかった蚊もいなくなった。静寂のなかを進んでいると、この世界に人類は自分たち四人しかいないような気がしてくる。

滅入るような気持ちで歩いている最中も、リタだけは元気だった。「素敵《オーサム》」「最高《ザ・ベスト》」と独り言を口にしながら、ずんずん進んでいく。世界の果てのような光景のどこが最高なのか、緑里にはわからなかったが、リタはデナリの麓にいるという事実そのものに興奮しているようだった。時には「風が涼しい」とか「あそこに変な虫がいない？」と他の三人に声をかける。

彼女は全身でデナリを味わっていた。

やがて濁った川に突き当たった。立ち止まったリタが、川面《かわも》と手元の地図を見比べる。

「これ、地図にはないんだけどな」

予定外の障害物らしい。川幅は二メートル程度。濁っているせいで深さは読めない。最後尾にいたカナックが前に出てきた。

「流れも遅いし、大丈夫だろう。行こう」

「待って」

制止したリタは足元の枯れ枝を拾い、川のなかを探った。川底へ差し込むと、枯れ枝の先端が一〇センチほど濡れた。

「うん。深くはないみたい」

そう言って、川へと足を踏み入れる。ズボンが濡れるのも意に介さず、大股で川を横切っていく。ほんの数秒で向こう岸へ辿《たど》り着くと、笑顔で振り向いた。手際のよさと度胸に感嘆する。

緑里はその背中を追うように、恐る恐る水のなかへ足を踏み入れ、川底の感触を確かめるようにゆっくりと前進する。倍以上も時間をかけて到着した対岸で、リタに尋ねた。

「トレッキングとかキャンプとか、よくするの？」

「ほとんどしたことない。どうして？」

「ずいぶん慣れてるみたいだから」

「そういう風に見えているなら、デナリのおかげだよ」

眩《まぶ》しい笑顔を見やりながら、緑里は思う。

リタにはきっと、冒険の才能とでも呼ぶべきものがあるのだ。自然に囲まれ、不慮の事態に襲われても、慌てず適切に対処できる。手つかずの大地を相手に堂々と渡り合える。意識的か無意識かはわからないが、彼女が選んだ登山家という目標は、その才を存分に発揮できるものに思えた。

しばらく徒渉が続いた。小川を越え、靴や衣類を濡らしながら前進する。やがて地図上に記載された、一〇メートルほど幅のある川に突き当たった。そこからは川沿いを上流に向かって進む。鋭い日の光のおかげでずぶ濡れだったズボンはある程度乾いたが、靴のなかは水気を含んだままだった。

「ごめん。少し待って」

後方から呼びかけたのはシーラだった。前を歩いていた緑里が振り向いた。両手を膝につき、苦しげに顔をしかめている。

「どうしたの」

「blisterが潰れたみたい」

口にした単語の意味がわからず、視線でリタに助けを求める。彼女はすぐさま駆け寄り、倒木にシーラを座らせ、靴を脱がせた。右足親指の付け根にできたマメが潰れている。緑里は痛々しさに眉をひそめた。同時に、blisterがマメのことだと理解した。

「大丈夫か。歩けるか」

狼狽《ろうばい》したカナックの言葉に、シーラは黙って唇を噛んだ。自分がパーティに迷惑をかけていることが耐えられない、とでもいうような面持ちだった。マメが潰れるずっと前から、足は痛かったに違いない。

リタは手早くペットボトルの水で傷を洗い流した。シーラが痛みに声を漏らす。ファーストエイドキットから取り出したガーゼを巻きつけ、傷口を覆う。

「これでどう？」

シーラは新しい靴下に替えて、靴を履き直す。数歩歩いてから「平気そう」と答えた。

「なら、行こう。また辛くなったらいつでも言って」

リタはさっと身を翻し、また先頭に立って歩き出す。デナリの方角へと進んでいくその背中は、誰よりも頼もしかった。


その後の行進も一筋縄ではいかなかった。

泥沼にはまったカナックを三人で引っ張り出した。茂みにいたアカギツネを猛獣と勘違いした緑里が悲鳴を上げた。マメをかばって歩いていたシーラが左足首を軽くひねった。トラブルが起こるたび、リタが率先して対処し、皆を鼓舞した。

ワンダーレイクを出発してからおよそ五時間。ようやく、目的の場所に辿り着いた。清流のほとりにある開けた土地で、転がった小石を取り除けばテントも張れそうだ。

「着いた！」

川沿いの砂礫《されき》に立ったリタが叫び声をあげた。つられて、緑里やシーラ、カナックも喜びの声をあげる。達成感がじわじわとこみ上げる。

「とりあえず、テント張る前に休憩しよう」

リタの号令で四人とも座り込む。カナックは早速清流に手を浸して「冷たい！」とはしゃいでいた。シーラは緊張が切れたのか、呆然と空を見上げている。リタは残り少なくなった飲料水を口に運び、一息ついていた。緑里はその隣に座る。

「リタは天性の冒険家だね」

彼女は微笑で応じ、彼方にそびえる山々に視線を移した。

「ここに来たいと思ったのは、デナリのことを知りたかったから」

白い巨峰は沈黙を守ったまま、たたずんでいる。

「私はいずれ必ず冬のデナリを登る。でも、そのためにはもっとデナリのことを知らないといけない。ただ高いから挑戦するっていうのも間違っていないけど、私は山へのリスペクトを大事にしたい。だからデナリの麓がどういう土地で、どんな動物や植物が生きていて、どんな風が吹いているのか、知りたかった。少しだけど、このバックカントリーでそれがわかった気がする」

行進中、リタがいやに興奮していたことが腑に落ちた。今この瞬間も、彼女にとってはデナリ登頂へ続く道の途上なのだ。リタは本気で、冬季デナリの女性単独初登頂を達成するつもりだ。

「私は北米大陸のことをまだまだ知らない。所詮、キギクタアミウトだから」

独り言のように口にした聞き慣れない言葉が、緑里の耳に引っかかった。

「今の、なに？　その、キギ……」

「キギクタアミウト？　〈島の人々〉って意味。サウニケの島の住民が、自分たちを呼ぶ時に使う言葉」

リタは照れ混じりにはにかんだ。彼女の口調に卑屈さはなく、むしろサウニケの住民としての誇らしさすら感じられる。羨ましい、と緑里は思った。

「なら、私もキギクタアミウトじゃない？　日本も島国だよ」

とっさに言った緑里に、リタは数秒ぽかんとした表情で応じた。次の瞬間には、あはは、と朗らかに笑ってみせる。

「確かにね。そうだよ。緑里もキギクタアミウト」

バスの中で感じたような、自分だけが余所者《よそもの》だという意識がずっと緑里を覆っていた。だが、キギクタアミウトという奇妙な言葉が、四人の共通点を差し出してくれた。心に刺さっていた棘が抜けたような気がした。

「撮らなくていいの？」

ふいに、リタが言った。視線は一眼レフに注がれている。

「首飾りにしておくのは、もったいないでしょ？」

緑里は苦笑した。その通りだ。このままでは、重いネックレスを下げて悪路を歩いてきただけになってしまう。

撮るべきものはすでに見えている。立ち上がった緑里は、ＩＳＯ感度やＦ値を素早く設定し、レンズを被写体に向けた。ファインダーの向こうに捉えているのは、雪に覆われた山の頂である。身じろぎ一つしないデナリは、撮られることに慣れているかのようだった。

美しく雄大な姿に、緑里は夢中でシャッターを切った。

デナリは荘厳さと獰猛《どうもう》さが同居した、独特の空気を帯びている。白い衣をまとった聖母であると同時に、白い毛皮に覆われた巨獣でもあった。

山頂に立った時、どんな景色が見えるのか。考えるだけでシャッターボタンを押す指先が震える。いつか私も見てみたい。デナリという、母なる獣の頂の風景を。

液晶モニターで撮影データを確認していると、横からリタが覗き込んできた。

「いい写真！」

そう言って清流のほうへと歩き去っていく。緑里は彼女の後ろ姿に無言で伝える。この写真は、私一人で撮ったんじゃない。あなたがいたから撮ることができたんだよ。

冷たい水に足を浸したリタが奇声をあげる。歓喜の声が、原野に響き渡った。

バックカントリーでのキャンプは二泊三日の予定だった。

一日目の残る時間を、四人は周辺を散策したり、昼寝をしたり、ただぼんやりと寝そべったりして過ごした。予報では天気が崩れる恐れもなく、浄水器があるため飲み水の心配もなかった。蚊のいない生活は快適で、カナックなどは「一生ここに住みたい」と言っていた。

「だったらサウニケに帰れば？」

シーラに言われると、「あそこはダメだ。親がいるから」と平然と応じた。カナックらしい図太さである。

唯一の心配事はクマとの遭遇だった。就寝時には、ベア・キャニスターと呼ばれる密閉容器に食べ物をはじめ、匂いがするものを入れておくのが決まりだ。クマをおびき寄せてしまうのを防ぐためである。さらに、テントと炊事場、ベア・キャニスターは、それぞれが一〇〇ヤード（約九一メートル）以上離れた三角形になるよう設置しなければならない。

デナリ国立公園に棲《す》むクマは、主に二種類。ハイイログマ《グリズリー》とクロクマ《ブラックベア》である。どちらも遭遇すれば危ないという点で変わりないが、クマの危険を語る際には大柄なグリズリーが引き合いに出されることが多い。

オスのグリズリーは体重二〇〇キロを優に超える。鋭利な牙と爪、強靭《きょうじん》な膂力《りょりょく》を持ち、正面から格闘すればまず勝てない。走力もあり、本気で追いかけられれば逃げ切ることは不可能だ。アメリカ国内だけでも、グリズリーの犠牲となった例は枚挙にいとまがない。

その一方、緑里の頭にはかつて星野道夫が書いた文章が残っていた。

――アメリカの開拓史はそのままグリズリーの虐殺史であった。

危険生物として排除され、グリズリーたちの居場所は年々狭められてきた。かつて生息域は北米大陸全域であったが、今ではアラスカやカナダ西部などに限られている。絶滅が危惧され、保護の対象にすらなっているのだ。

恐ろしいのはグリズリーか、それとも人間か。緑里には答えることができなかった。

バックカントリーでの最初の夜は何事もなく過ぎ、二日目、四人は原野への散策に出かけた。せっかくデナリに来たのだから、もっと野生動物を見てみたい、というのは四人の総意だった。バスから見たカリブーやブラックベア、テントの周辺で見つけたジリスだけでは物足りない。

「できればヘラジカ《ムース》の群れか、グリズリーでも見てみたいよな」

川沿いを歩きながら、カナックが呑気な声で言った。シーラがむっとした顔で振り向く。

「もし見つけても、変なちょっかい出さないでよ」

「わかってるよ」

軽やかなカナックの返事を聞きながら、緑里はビジターセンターでレンジャーから告げられた台詞を思い出していた。

――クマからは四分の一マイル（約四〇二メートル）は離れて観察すること。

かなり遠いようにも思えるが、追いかけられることを考えればそれでも近すぎるくらいだ。いざという時すぐ取り出せるよう、バックパックのサイドポケットにはベア・スプレーが入っている。

一時間ほど歩いたところで、リタが「見て」と声を上げた。

「あれ、ムースじゃない？」

視線の先、沼のほとりにうごめく動物の影があった。リタが言う通り、ムースだ。褐色の毛に覆われた巨体は動かず、目だけが四人を見つめている。頭に生えたヘラ状の巨大な角には威厳が漂っていた。

「撮らなくていいの」

「ここからじゃ写らない」

現在地からは三、四十メートル離れている。手持ちのレンズで撮るには遠すぎた。

――もう少し近づけるかな。

緑里は一人、足元を確認しながら距離を縮める。十メートルほど前進しても相手は逃げなかった。晴天を背負った大鹿の姿には荘厳さすらある。やっと撮影できる距離まで近づいた、というところでムースは億劫そうに足を動かし、方向転換した。そのまま沼から遠ざかっていく。

リタたちのもとに戻った緑里は、肩をすくめた。

「撮らせてくれなかった」

「でもムースには会えた」

リタはあくまで前向きだ。確かに、それだけでもここに来た価値はある。写真を撮ることは主目的ではない。

「じゃあ、もっと先に行こうか」

彼女の掛け声で四人は再び歩き出す。

その後も運よく、カリブーの親子に出会うことができた。カリブーのオスはムースとは異なる、枝分かれした鋭い角を持っている。緑里は動植物を存分に撮影し、野生の甘酸っぱいブルーベリーをつまみながら探検を楽しんだ。

テントへの帰路、カナックが「違うルートで帰らないか」と言い出した。

「あの森の近くなら、他の動物が見られるかもしれない」

指さす方角には針葉樹の森があった。公園内には森はおろか、木々の密集する地点そのものが少ない。

「見通しが悪いんじゃない?」

「森の内側を行くわけじゃない。近くを通るだけだ。川が見える距離なら迷うこともない」

「まあ……別にいいけど」

疑問を口にしたシーラも強くは反対しなかった。原野に分け入り、キャンプで夜を過ごしたことで誰もが大胆になっていた。

四人は川沿いを離れ、森の輪郭に沿って歩き出した。右手には三、四メートルほどのトウヒが群生している。木々の隙間から鳥の鳴き声や、葉擦れの音が聞こえた。湿り気を帯びた青い香りが鼻をつく。

緑里は時おり森の内部へとレンズを向けた。原野では見られなかった草花が茂り、違った魅力を見せている。森の近くを通ろう、というカナックの提案は正しかった。緑里だけでなく、他の三人もそう思っていたはずだ。

遭遇は唐突だった。

手頃な被写体を探して、緑里は森の内側へ視線を走らせていた。奥まったトウヒの陰から何かが現れた。二メートルを超す姿はムースか、カリブーか。いや、違う。ずんぐりとしたシルエット。黒褐色の毛皮。突き出した両耳。

緑里の喉が、ひゅっ、と鳴った。勢いよく空気を吸い込んだせいだ。その音に振り向いたリタが固まる。続いてシーラ、カナックも。

至近距離に、グリズリーがいる。

四分の一マイルどころか、ほんの一〇メートルしか離れていなかった。緑里たちとの間には数本のトウヒを挟んでいるが、気休めにもならない。

巨大なグリズリーは、四つん這いになって闖入者《ちんにゅうしゃ》たちを睨んでいる。逆立った体毛から殺気が放たれ、鋭い牙の隙間から涎《よだれ》が垂れ落ちた。大型犬など比較にならない。鎧《よろい》を着込んだかのような威容に身動きが取れない。緑里は一瞬で、圧倒的な力の差を思い知った。向こうが本気を出せば、自分たちは数秒でただの肉片へと変わる。

震えが全身に回る。顎先から、汗が滴り落ちた。

薄茶色の瞳は確実に四人を捉えている。緑里の脳内には様々な選択肢が乱れ飛んでいた。一目散に逃げる？　ベア・スプレーを使う？　どうすればいい？　殺される？　食べられる？　どうすれば……。

「ゆっくり伏せて」

リタの声が耳に届いた。横目で見れば、彼女はすでにうつ伏せで地面に寝ている。緑里はその言葉に従い、膝をついて、上体を地面につけた。上目遣いにグリズリーの反応を窺う。シーラとカナックも同じように伏せていた。

グリズリーはしばらくじっとしていたが、やがて、焦《じ》らすような速度で緑里たちのほうへと近づいてきた。草を踏む音が鳴る。心拍数が急激に上昇する。目を見開き、喘《あえ》ぎながら、緑里は祈る。どこかへ去って。私たちを殺さないで。

脳裏をよぎるのは家族の顔だった。写真家になると宣言してから、ずいぶん心配をかけた。娘がクマに襲われて死んだと知らされたら、真利子はどう思うだろう。泣き叫ぶ母の姿がよぎり、自然と涙が溢れてくる。嗚咽《おえつ》を必死で噛み殺す。

「死にたくない」

気づけば日本語でつぶやいていた。

たっぷりと時間をかけ、グリズリーは二メートルほどの距離まで来て止まった。滲む視界の向こうに、緑里はその顔を見た。

警戒に満ちた表情は、あたかも、自分の顔を鏡で見ているかのようだった。

はっとした緑里は、胸のうちで問いかける。

あなたも怖いの？

つぶらな瞳の奥に見えたのは、嗜虐《しぎゃく》の色ではなく、冷たい恐怖だった。

緑里の想いが通じたわけではないだろうが、数秒すると、グリズリーはふいと鼻先を元来た方角に向けた。そのまま振り返り、踏みしめるように森の奥へと歩み去って行く。尻尾がトウヒの陰に消えると、強張《こわば》った身体をようやく動かせるようになった。

「怖かった……」

最初に言葉を発したのはシーラだった。冷静な彼女もさすがに涙目になっている。裏返った声で「食われるかと思った」と嘆くカナックは、鼻水を啜《すす》っていた。立ち上がったリタが土や枯葉を払いながら言う。

「早く行こう。二度目のラッキーはない」

緑里は心から同感する。そう。私たちは、たまたまラッキーだっただけだ。立ち去ったグリズリーの抱く恐怖心は、いつ防衛本能に変化してもおかしくなかった。何かが違っていれば、敵として認識され、この場で惨殺されていたかもしれない。

クマが人を襲うのは、食べるためだけではない。彼ら彼女らが身を守るために反撃する場合もきっとある。

涙を拭った緑里は、足早に森から離れつつ、そんなことを考えていた。


テントに逃げ帰った四人は、その後、川のほとりに留まり翌朝を迎えた。グリズリーへの恐怖で緑里はろくに眠れなかったが、他の三人も大差なかった。

帰りのバスで熟睡し、目覚めると公園の入口であるライリークリークに到着していた。色濃い文明の気配に懐かしさがこみ上げる。

そこからカナックの運転する車でアンカレッジへ移動し、四人は解散した。緑里は日本へ、シーラはサウニケへと帰還する。デナリ国立公園で過ごした四日間の記憶は、まるで夢のようだった。

解散の間際、休憩のために入ったカフェでリタは言った。

「今年の冬、初めて本格的なアタックに挑戦しようと思う」

「どこの山？」

尋ねた緑里に、リタはいたずらっぽい笑みを浮かべた。

「デナリよりはちょっと地味な山。今回は一人じゃなくて、連れて行ってもらうんだけどね。登山家になるための予行演習《ドライ・ラン》みたいなものかな」

「ふうん」

緑里は勝手に、アラスカにある無名の山にでも登るのだろうと想像した。冒険の才能に恵まれたリタでも〈予行演習〉はいるんだな、と能天気に考えていた。

山の名を知るのは、それから半年が経過した後のことだった。

翌年二月末、緑里はシーラからの電子メールを受け取った。スタジオからの帰り道、事務所のスタッフが運転するバンの助手席にいた緑里は、スマートフォンの液晶画面に映る文面に目を疑った。

――リタがアメリカ隊の一員として、冬季チョ・オユー登頂に成功。

その名には聞き覚えがある。昨夏の別れ際にリタが言っていた〈ちょっと地味な山〉というのは、世界の屋根と呼ばれるヒマラヤ山脈の一角、チョ・オユーのことだった。冬のヒマラヤに登るのが少なからず困難であることは、緑里にも直感的にわかった。

揺れる車内で、緑里はネットを使ってチョ・オユーについて調べた。

ヒマラヤのなかでは比較的死亡者が少ないとはいえ、山頂の標高は八一八八メートルと世界第六位。高さだけなら六〇〇〇メートル級のデナリをはるかに超える。しかも気候の厳しい冬に、登頂を達成したという。

緑里の背筋に寒気が走った。リタはまだ二十一歳だ。この電子メールに記された一文は、ただならぬ偉業を伝えている。とんだ〈予行演習〉だった。

「どうかした?」

ハンドルを握る男性スタッフが、怪訝《けげん》そうに顔を覗き込んでくる。

「顔色よくないけど。車酔い?」

「……大丈夫です」

そう答えるのが精一杯だった。

改めて、自分とリタの間に深く大きな川が流れていることを思い知らされた。リタはとっくにその川を渡り、向こう岸を脇目もふらずに前進している。それなのに。緑里はまだ川のこちら側で、濁流を前に足踏みをしているだけだった。大半の人間は川を渡ろうともせず、溺れた者を指さし、嘲笑している。

本当に、これでいいのか?

昨夏デナリから戻って以後、緑里はプライベートの時間をやりくりして、作家としての撮影に取り組んでいる。だが、作れる時間は限られていた。週に一日取れればいいほうで、仕事が立て込めば後回しにすることも多い。

濁流に足先だけ浸《つ》かり、安全地帯で遊んでいる自分が、自己満足のためにカメラをやっている気がしてならなかった。

事務所に着いた緑里はスタッフとともに機材の荷下ろしを終え、主《あるじ》である柏木の居室に足を踏み入れた。一足先に戻っていた柏木は、八帖《じょう》の雑然とした部屋でパソコン作業をしている。機材を保管する部屋や現像室はアシスタントが整理することになっているが、居室だけは勝手に片づけないよう指示されていた。そのため、いつも書類や雑誌が散乱している。

「戻りました」

帰着の挨拶だけして、すぐに去るつもりだった。だが「おい、藤谷」と柏木から声を掛けられた。ミスでもしただろうか。最近の仕事を振り返るが、心当たりはない。

「どうかしましたか」

「人間の目と、カメラの違いは何だと思う？」

予想だにしない質問に、緑里は呆気《あっけ》に取られた。答えられずにいると、柏木は白髪交じりの頭を掻きながら言った。

「人間は物を見る時、前後の出来事と関連付ける癖がある。だからほんのわずかな奇跡を、起こらなかったものとして見落としてしまう。でも、カメラは違う。一瞬を永遠に記録する。だからこそ写真を撮る意味がある」

柏木は眉間に皺を寄せ、直立する緑里の顔を見上げた。

「藤谷。きみが記録したい一瞬は、どこにある」

そんな問いかけをされたのは初めてだった。無口な柏木とは、仕事上の話をした記憶しかない。

哲学を教え込まれることも、思想を語ることもなかった。あまりに唐突で、緑里は口にすべき言葉を持ち合わせていなかった。

柏木は答えがないと見るや、鼻から息を吐き出した。

「そろそろ考えてみるといい。お疲れさん」

言い残してパソコン作業に戻る。それからはモニターに視線を注いだまま、二度と緑里のほうを見ることはなかった。何一つまともに言えないまま、緑里は部屋を後にした。

記録したい一瞬。

そう言われて思い出すのは、寂しいサウニケの町、そして、デナリ国立公園で見た野生の情景だった。アラスカ。己の写真家としての原点は、やはりあの地にある。もう逃げない。逃げられない。アラスカで起こる奇跡を、その一瞬を記録するまでは。

思った時、すでに緑里は濁流に腰まで浸かっていた。向こう岸を猛然と走る、彼女の背中を追って。

V
snowstorm
2023

午前十時。

標高三〇〇〇メートルのC3キャンプ地に設営したテント内で、緑里とシーラは睨み合っていた。外は疾風が吹いている。

「本当に、今日は行かないの？」

幾度目かのシーラの問いに、緑里は「やめておこう」と即答した。

「無理はしない。そのために、これだけ荷物を持ってきたんでしょう？」

「それはそうだけど……」

表情を曇らせたシーラは、未練がましく進路の方角へと視線を動かした。当然、テントの内壁に遮られて外は見えない。彼女が前進を望んでいることは、改めて尋ねるまでもなかった。

互いに沈黙すれば、気まずさはいや増す。緑里は胸のうちでため息を吐いた。

ベースキャンプからC1への荷揚げは多少手こずったものの、その後、C2、C3への移動は荒天につかまることもなく、比較的順調だった。最終キャンプであるＣ７まではあと四つ。だがＣ４への移動を開始しようとした今日、夜明け前からにわかに風が強まってきた。霧が出て、小雪もちらついている。ラジオから得た情報によれば、昼過ぎに雪は止むという。ただしアンカレッジでは、という条件付きだ。冬のデナリの天気予報を聞きたがる物好きはいない。

緑里は当然、今日は停滞だと考えていた。だから夜明けの直後、緑里のテントにやってきたシーラが「行こう」と言い出した時は驚いた。

――待ってよ。この状況で強行するの？

――これくらいならどうにか行ける。ここでもたつくと、後が怖いの。

シーラの言うことも、まったくわからないではなかった。

七年前、リタが遭難した理由は、アタックのタイミングを見極めるのに失敗したせいだと見立てられている。要因として、前半で時間を使いすぎたために食料が残りわずかとなり、悪天候での無茶な山頂アタックを強いられたのだという意見が大勢を占めていた。おそらくはシーラもそう考えている。だからこそ、前半のうちに標高を稼いでおきたいのだろう。

だが、まだベースキャンプに着いてから八日目だ。装備や食料は五週間分用意している。焦る段階ではない。

――落ち着いて。今日の時点でＣ３にいるのは、悪いペースじゃない。

――でも、明日からもっと天気が荒れたら……。

そんなやり取りを、かれこれ三十分ほど続けていた。

このままでは埒《らち》が明かない。会話を打ち切ろうにも、ここは緑里のテントだ。追い出す口実を思案していると、シーラのほうから口を開いた。

「リタなら、どうすると思う？」

髪をベリーショートにしたシーラは、本当にリタとよく似ている。顔立ちや体型ではない。帯びている空気そのものが、だ。

「そんなのわからない」

「リタなら、行くって言う気がする」

理屈になっていない。

それに、リタは危険を冒してまで前進するような性格ではないはずだ。そう言おうとしたが、舌が口内で貼りついたかのように動かなかった。詐称の女王。不穏な疑惑がよぎり、リタについて語ることを躊躇させた。

国立公園のバックカントリーで共に探検した時の面影は、すでに消え去っている。

「リタなら、きっと進む」

シーラは繰り返した。変わりつつある空気を引き戻すように、緑里は抗弁する。

「何を焦ってるの？　準備は十分してきたし、今年駄目でもまた来年挑戦すればいい」

「そんな猶予はもうない！」

ぴしゃりと言い放つシーラの顔は紅潮していた。ブリザードがテントを揺らし、風切り音が静寂を破る。

「こうしている間にも、世間はリタのことを忘れていっている。登頂詐欺を繰り返した愚かな女性登山家のまま、葬られようとしている。もう耐えられない。私たちは、一日でも早くリタ・ウルラクが単独登頂に成功したことを証明しないといけないの」

——要は、自分のためじゃない。

緑里は喉元まで出かかった反論を呑み込んだ。一方のシーラは止まらない。

「私から聞きたいんだけど、なぜ緑里は焦らないの？　今がダメなら、一年先までチャンスは訪れない。私たちも一年分歳を取る。その一年先だって、天候のせいで入山許可が下りないかもしれない。私や緑里が怪我《けが》や病気をするかもしれないし、どうしても外せない事情ができるかもしれない。挑戦できていること自体が、とてつもない幸運なんだよ。その幸運を捨ててまた来年、なんて考えられない」

テント内には荒い息遣いが満ちている。

論理的とは言いがたい主張。だが、停滞すべきだ、という先ほどまでの決意は揺らいでいた。熱意に打たれたということもあるが、ここまで意固地になったシーラを無理やり引き止めれば、後々までわだかまりを残すかもしれない。明日以降、挽回《ばんかい》しようと余計に無茶をするかもしれない。

デナリではパーティの仲違いが多い。入山前に聞いた言葉が、現実になりかかっている。

緑里は思案した。あと三、四時間で小雪は止むはずだ。風は強いが、進めないほどではない。ここを正念場と見定めるなら、前進はギリギリ不可能ではない。

「……わかった。行こう」

シーラの表情がふっと緩み、「ありがとう」と小声で言った。

それから三十分後、Ｃ３を出発した。

昨日まで風が強くなかったせいか、深雪が残っている。

ストックを持ち、スキー板を履いた二人はラッセルを強いられた。ラッセルとは、雪をかき分け、踏み固めながら進む雪中行のことである。前を進む者のほうが体力を消耗するため、時おり順番を入れ替わりながら進む。一歩踏み出すごとに膝まで埋まり、一分かけて二、三歩進めるかどうかというありさまだった。

しかも、横合いから小雪混じりの風が吹きつけている。霧がかかっており視界は悪い。デナリに入って以降、最悪の状態での登高だった。間もなく緑里は後悔したが、戻ろう、とは言い出せなかった。ここまで来て異議を口にすれば、それこそ仲違いを生む。黙って霧と雪と風のなかを進むしかない。

やがて、視界が完全に霧で覆われた。ゴーグルの向こうは一メートル先も見通せない。いわゆるホワイトアウトである。ただでさえクレバスに注意を払わねばならない雪山において、視界が奪われるのは致命的だった。

「ここで止まろう」

後ろを歩いていた緑里が声をかける。シーラは渋る素振りを見せたが、それでも従って足を止めた。出発から一時間と少し。雪が止む気配はない。

二人はなだらかな斜面の中腹にしゃがみこんで、霧が晴れるのを待った。風の勢いは弱くない。そう待たずに視界は戻ると踏んでいたが、白い霧は一向に去らなかった。風に乗った雪が眉に貼りつく。顔が凍てつき、痺れるように痛い。

シーラは隣でうずくまって目を閉じ、じっと我慢している。あとどれくらい、この場所で耐えられるだろうか。

緑里は気を紛らわすため、東京でのことを思い返していた。

現在、緑里はフリーのカメラマンとして活動している。主な収入源は広告用の撮影で、商品などの静物が専門である。自動車や家電などの工業品よりは、アクセサリーや雑貨のような小物のほうが得意だ。とは言え、タイミングさえ合えば人物でも風景でも撮る。広告会社の社員や編集者から依頼を受け、一回いくらで仕事をするのが通例だった。

商業の仕事で得た収入は、食費や家賃以外、ほぼすべてを作家活動に注いでいた。最も大きな出費は、アラスカを中心とした海外への遠征費だ。登山用具も安くない。撮影機材も下手なものは使いたくない。どれだけ働いても、予算は常に不足気味だ。普段の食事はもやしとうどんに頼っている。

アシスタントを卒業したのはずいぶん前のことだが、今でも年に一、二度は柏木雅治の事務所に顔を出す。仕事の打ち合わせを兼ねることもあるが、ほとんどはただ雑談をしに行っているだけだ。柏木との会話は将来への漠然とした不安を軽減してくれる。口数が多い人ではないが、その言葉は緑里の指針となる。

この冬、アラスカへ発つ前も柏木のもとを訪ねた。還暦を過ぎ、角刈りに交じった白髪の量は増えたが、今も商業カメラマンとして精力的に仕事をこなしている。柏木はいつものように雑然とした居室で緑里を出迎えた。

V
snowstorm—2023

「お久しぶりです。ご挨拶に来ました」

「またアラスカに行くのか？」

昨年も、同じ時期に柏木を訪ねていた。ブラックバーンに挑戦する直前だ。

「今年はデナリに登ります」

「そうか。気をつけてな」

アドバイスめいたことは何も言わない。いつもそうだ。柏木は愛想のない表情でコーヒーを飲んでいる。勝手知ったる緑里は自分で客用のコーヒーを淹《い》れた。許可を得てから、丸椅子に積まれた書類をデスクに除《の》けて腰かける。

「柏木さんは、本気で死を覚悟したことってありますか」

「あるよ。何度かね」

唐突な質問にも動揺を見せず、柏木は淡々と答えた。

「そういう時、どうすれば恐怖を乗り越えられると思いますか」

それは、デナリ挑戦の準備をしながらずっと考えていたことだった。

緑里はこれまでの人生で一度だけ、本気で死を覚悟した瞬間がある。デナリ国立公園で野生のグリズリーと遭遇した時だ。もしかすると今回が二度目になるかもしれない。覚悟だけならまだいいが、本当に落命してもおかしくない。それほど冬のデナリは危険だった。

もしも、死への恐怖を感じてもなお前進できる術があれば知りたい。柏木に聞くのはお門違いかもしれないが、この師匠なら何か答えてくれそうな気がした。

柏木はコーヒーをひと啜りして、言う。

「乗り越えられない、だろうな」

軽い落胆が緑里の肩にのしかかる。

「無理ですか」

「無理だと思う。完全に恐怖を克服したやつがいるとしたら、そいつは人間じゃない。ただ、恐怖を推進力に変換することはできる」

柏木は壁に掛けられた自分の作品を見ていた。二十年以上前に撮影された宣伝用ポスターだ。海外のハイブランドから出た人気のバッグで、今も定番品として残っている。人物は写っておらず、黒い布の上に白いハンドバッグがぽつんと置かれていた。お気に入りらしく、このポスターは常に居室に飾られている。

「猛獣に追いかけられれば、誰だって必死で逃げるだろ。同じだよ。死の恐怖が身近にある限り、俺たちは全力で逃げることになる。だから恐怖を乗り越えようとしなくていいんだ。死なないために全力を出せ」

そこまで語って、柏木はポスターを指さした。

「その一枚も、死の恐怖を感じながら撮った」

意味がわからず、緑里は首をひねる。

「当時、俺は自己破産寸前だった。独立する時に作った借金が膨れ上がってな。いい加減に経営していたツケが回ったんだ。毎月が綱渡りだった。この世界も狭いから、悪い噂はすぐに出回る。同じ腕なら、借金漬けのカメラマンよりも、そうでないやつのほうが選ばれる。仕事も減って、もう業界から足を洗おうと思っていた矢先だった。たまたまこの仕事が来たのは」

緑里は内心驚きながら、耳を傾ける。まったく初耳だった。

「この仕事で成功しなければ、俺は死ぬ。本気で覚悟した。事実、資金繰りももう限界だったからな。そのポスターは命がけで撮ったよ。結果、デザイナーの手柄もあって、広告賞をもらった。商品も売れた。ブツ撮りにしてはずいぶん注目を浴びたよ。そこからまた仕事が来るようになって、機材を売らずに済んだ」

柏木は咳払《せきばら》いをして、緑里に視線を移す。

「藤谷」

「はい」

「死にに行くなよ。恐怖を飼いならせ」

再び「はい」と応じる。コーヒーを口に運ぶと、苦味が広がった。

この人がいつも冷静でいられるのは、死の恐怖を自在に操縦しているからだろうか。そんなことを思った。

怯えが完全に消えたわけではないが、闇雲な不安は薄れていた。過剰に恐れず、自暴自棄にもならずに死地を生きる。その先には、安全地帯にいるだけでは成し得ない仕事があるはずだった。

「カメラが何のために発明されたかわかるか?」

緑里は首を横に振る。禅問答のようなやり取りには慣れている。こういう時は無理にあがこうとせず、さっさと諦めることにしていた。どうせ正解は当てられない。

「幽霊を撮るためだよ」

珍しく、柏木は笑っていた。どこか嬉しそうに。

「目に見えるものなんか世界のほんの一部だ。幽霊も目に見えないが、写真には現れる。藤谷。アラスカであがいてみろよ。幽霊が撮れるかもしれないぞ」

とっさに思い出したのは、リタのことだった。彼女の魂はデナリのどこかに眠っている。生身の姿でなくていい。写真に写り込むだけでいいから、リタと会えればどんなに嬉しいだろう。

「撮ってきます」

「気負いすぎるな。撮らせてもらえたら儲《もう》けもの、くらいだ」

柏木への挨拶はそれで終わりだった。三十分にも満たない時間だったが、緑里の胸のうちにその会話は深く刻まれていた。

濃霧はなかなか晴れなかった。雪も止まず、緑里とシーラは凍てつく風雪を浴びながらひたすら耐えた。防寒は十二分にしているが、完全に冷気を防げるわけではない。ゴーグルを装着しているが、顔の上半分は痛みを通り越し、麻痺《まひ》しかけている。指先も痛む。

凍死、という言葉が脳裏をよぎった頃、ようやく晴れ間が覗いた。

瞑目《めいもく》していたシーラが瞼を開く。緑里はシーラが動き出そうとするタイミングで、「C３に戻ろう」と言った。

「またホワイトアウトに出くわすかもしれない。これ以上は進めない」

「ここまで来て、何言ってるの」

シーラがゴーグルの内側の目を見開いた。

「C４はもうそこだよ。荷物をデポして、戻るだけでしょう。引き返すのも、進むのも距離的には変わらない」

「大違いだよ。C4まで三十分はかかる。往復で一時間弱」

「待ってよ。もうすぐ雪が止む。これから晴れるのに、もったいない」

「その考えが甘いって言ってるの！」

無意識のうちに、緑里は声を荒らげていた。やってしまった。内心でそう思いながらも、非難する言葉は止まらない。

「怖いのは雪だけじゃない。濃霧につかまって、身動き取れなくなったらどうするの。テントもないのに。だいたい、雪が止むって予測もどこまで信じていいかわからない。山の天気が読めないことくらい、知ってるでしょう？」

シーラはうつむき、黙っていた。緑里の発言を吟味しているのか、反論の機を窺っているのか。彼女が平常心を欠いているのは明らかだった。シーラは本来、冷静で思慮深い性格のはずだ。だがデナリに入ってからはどこかおかしい。

「落ち着いて考えて。まだ焦る時じゃない。いったん戻って……」

話している途中でシーラが「リタなら」と遮る。

「リタなら、進むと思う」

まただ。C3を出発する時もその台詞で言いくるめられた。もう騙《だま》されない。緑里は苛立ちを隠せなかった。

「私たちはリタじゃない。私は藤谷緑里で、あなたはシーラ・エトゥアンガ。私たちの最重要ミッションは登頂じゃない。生きて帰ること。ダニエルとの約束を忘れたとは言わせない。無謀なことはやめて」

「無謀じゃない。私は」

シーラが続く言葉を発するより早く、緑里は言った。

「リタは死んだ《リタ・イズ・デッド》」

その瞬間、時が止まった。

口にしたのは、これまで注意深く避けてきたひと言だった。いなくなった。行方不明になった。消えた。消息を絶った。リタに関してそういう表現をしたことはある。だが、死んだ、と明言したのはこれが初めてだった。

遺体が見つかっていない以上、たとえ実質的に生きている可能性がゼロだとしても、死の証拠はない。その事実が、二人の絆をつなぎとめていた。

もともと、緑里とシーラの関係はリタという存在を媒介することで成立していた。だからこそ、緑里もシーラもリタの生存を信じているという姿勢が大事だった。それは二人なりの親友への誠意であり、関係を維持するための努力だった。

リタが生きている可能性など万に一つもないと、心の底ではわかっている。それでも、死を口にしてはいけなかった。

明らかに、二人の間に漂う空気が変わった。シーラの目に浮かぶのは失望だ。こうなるとわかっていても、緑里は言わずにいられなかった。こうでもしないと、シーラを止められなかったからだ。だが、湧きあがる後ろめたさは無視できない。

先に目を逸らしたのは緑里だった。

V
snowstorm—2023

「いったんＣ３に戻る。それでいいよね？」

問いかけへの答えはない。不安を覚えつつ緑里が立ち上がると、シーラも無言で倣った。一応、耳には届いていたらしい。

緑里が前を歩き、午前中に通ったルートを下る。一度ラッセルした道を戻るのは、行きよりもはるかに楽だった。スキーで下っていくにつれて、霧は徐々に晴れていく。視界にも不安はない。先刻までの絶望感が嘘のようだった。

三十分足らずでＣ３に到着した。帰着直後には霧もすっかり晴れ、雪も止んだ。緑里は無事に戻れたことに安堵したが、シーラは荷物を片付けている間も無言で眉をひそめている。天気が好転したことで、余計不満を募らせているのだろう。屋外で遅い昼食を摂りながら、シーラはぼそりとつぶやいた。

「やっぱり、登ればよかった」

緑里は答えない。シーラの言っていることは結果論に過ぎない。あそこで引き返す判断をしたことに悔いはなかった。

ただ、リタの死を持ち出したことへの後ろめたさは、緑里の心を苛《さいな》んだ。

濡れた衣類を干し、雪のブロックを再度積み直すと、やることがなくなった。日没まであと一、二時間はある。曇天だが雪は止み、風も弱まっている。シーラのテントは静かだった。昼寝でもしているのだろうか。

行く当てはないが、一眼レフを手に辺りを歩いてみることにした。

雪を被った山景にレンズを向け、無造作にシャッターを切る。

日本の雪山は凹凸が目立ち、陰影がくっきりと映える。そのせいか硬く、引き締まったような印象を受けることが多い。一方、アラスカの雪山は裾野が広く、三角形よりも台形に近く見える。一つ一つの峰が重くどっしりとしており、威容と呼ぶにふさわしい。

緑里の実感として、日本の雪山のほうが見せる表情は多彩だ。アラスカの雪山は似た印象であることが多いが、そのなかに複数の要素が混ざっている。優しさ、厳しさ、おおらかさ、狡猾《こうかつ》さ。すべてが入り混じり、山という形で結晶している。

白に染まった山々を眺めながら、緑里はふと思った。

——ゆかりは、この景色を死ぬまで見ないんだろうな。

妹のことを思い出した理由は自分でもわからない。ただ、そこにほのかな優越感を覚えたのは事実だった。同時に、三十五にもなっていまだに妹のことを意識している自分がみっともなく思える。

無意識のうちに、妹に勝てることはないかと探している。

ゆかりの穏やかな笑顔が浮かぶ。他人の成功を祝福し、失敗を慰められる、素直な性格だ。顔だって、派手ではないけど愛らしい。素直で、気配りができて、愛想もいい。悪口を言わず誰からも好かれる。

けれど妹には意志がない。やりたいことも、目標もない。そんな中身のない人生は、緑里には考えられなかった。

緑里は黒々とした感情を吹き消すように、盛大にため息を吐いた。それでも自己嫌悪は去らない。あえて胸のうちを声に出してみる。

「バカバカしい」

姉妹の間に勝ちも負けもない。そもそも、普通の人は雄大な雪山など見る必要はない。冬のアラスカに身を置かずとも、幸せになる術は他にいくらでもある。ゆかりは冬のデナリに登ることはないし、この光景を目にすることもない。だが彼女は、緑里にはない数々の経験をしている。

結婚。出産。主婦としての生活。

ゆかりが手にしてきたものは、緑里が遠ざけてきたものばかりだった。本気になれば、緑里にだって手に入れられたはずだ。でも、私には不要だから。もっと他にやるべきことがあるから。だから母親の言う女の幸せは、ことごとく捨ててきた。

ゆかりは高校卒業後、地元の私立大学に進んだ。大学三年から付き合いはじめた同級生の男と、新卒で家具メーカーに就職してからも交際を続けた。二十五歳で結婚し、二十八歳で妊娠して会社を辞めた。仕事への未練はなかったという。

ゆかりが第一子である長男を産んだのは四年前だ。その時の母のはしゃぎようは尋常ではなかった。

当時、緑里は忙しさのピークだった。売れっ子ゆえの多忙さではなく、トラブル対応に追われていた。企業の広報担当者が、緑里の撮影した写真を無断でプレスリリースやウェブサイトに掲載していたことがわかり、しかも他のカメラマンたちも同様の被害に遭っていたことが発覚したのだ。なかには著作権侵害での提訴を検討している者もいた。行きがかり上、緑里はカメラマン側の取りまとめ役のようなことをやらされ、仕事と並行して一銭にもならない事務作業をする羽目になった。

襲いかかる眠気を堪えながら、企業へ提出する書面を夜通し作成し、法テラスで知り合った弁護士へメールで送った時には朝になっていた。

ベッドへ潜り込むと同時に、真利子から電話がかかってきた。

――陣痛、来たって！

興奮した母の声は、徹夜明けには刺激が強すぎた。

――何の話？

――ゆかりに決まってるじゃない。昨日が予定日だったのに、全然気配がないから心配してたのよ。

そこまで言われて、ようやく妹が里帰り出産をしていることを思い出した。

改めて時計を見ると、午前五時半だった。実の娘が相手とはいえ、この時刻にかけてくるなんて非常識にもほどがある。しかも生まれたわけではなく、まだ陣痛だ。

真利子は一人で勝手にしゃべっていた。緑里とゆかりが二人とも予定日前に生まれたこと、緑里の時は陣痛から二十時間以上かかったのに比べて、ゆかりはたった五時間で生まれてきたこと。

――生まれる時から、あんたのほうが手がかかったんだから。ねえ。

今まで、何度聞かされたかわからない台詞をまた聞かされた。いつもなら聞き流すところだが、気が立っているせいか、舞い上がっている真利子に腹が立ってくる。

――徹夜だからさ。悪いけど、もう切るね。

――あんた、その年でまだ徹夜なんかしてるの？

呆れたように真利子が言う。その声の裏返り方が癪《しゃく》に障る。

——色々立て込んでんの。本当にもう眠いから。

——仕事頑張るのもいいけどね、緑里にも計画とかないわけ？

——は？

——だからさ、賞味期限的にはもう結構きついわけじゃない。計画的にいかないと、出産だって何歳でもできるわけじゃないんだし。

ぷちっ、と何かが切れる音がした。

やっぱりこの人は、今でも私を認めていないんだ。女は結婚して出産して育児することが正しい道なんだと信じている。そして私は、その道を外れてしまった出来損ないの長女なんだ。

——私の人生は私が決めます。

真利子の返事を待たず、緑里は通話を切った。これ以上話せばきっと怒鳴っていた。

その日の夕方、ゆかり本人から出産の報告を受けた。真利子からも電話がかかってきたが、出なかった。

その後、ゆかりからは出産前後の話をぽつりぽつりと聞いた。実家にいる間、真利子は四六時中ゆかりの身の回りの世話をし、里帰りが終わってからも何かと理由をつけて家に押しかけてくるのだという。

長男を産んでからしばらく経ち、今から半年前、ゆかりは第二子である長女を産んだ。その時の話はまだ知らない。今回も里帰りだと聞いているが、きっと前回と似たようなものだろう。母親なのだから、娘の出産育児を手伝うのは当然なのかもしれない。でもそれを当然と言うのなら、娘の挑戦を応援してくれたっていいはずだ。カメラを持って自然へ飛び込む娘に、冷たい視線を送らなくてもいい。

シャッターボタンを押す手つきが雑になっていく。

アラスカの雪山で、俗っぽいことを考えている自分がまた嫌になった。余計なことを考えながら撮る写真はたいてい上手くいかない。早々に切り上げ、明朝までテントのなかで静養することにする。

ダウンジャケットを脱いで横になっても、雑念は消えなかった。山に入るとこういうことはよくある。いったん何かを考えはじめると容易には止まらない。自分自身の深みへと降りていくような感覚は、身体が山へと順応しはじめた証でもある。

妹と自分との違いは、男との関係にも表れている。

数名の恋人との断片的な記憶が、浮かんでは消える。専門学校の頃から数えて四人。誰が相手でも半年は続いたけど、二年もつこともなかった。別れる時は毎回振られている。

——俺がいてもいなくても、緑里の人生変わらないでしょ。

別れ際にそう言ったのはどの男だったか。

たぶん彼は、そんなことない、と言ってほしかったのだと思う。しかし緑里自身は、その言葉が妙に腹に落ちてしまった。確かに、この人がいてもいなくても、私のやることは変わらない。だったら別れたっていいか。

緑里の人生を変えたと言える相手は、ただ一人。

リタ・ウルラクだけだ。

——絶対に写真家になって。

国立公園でリタにそう言われていなければ、果たして今もカメラを手にしていたかどうか。一眼レフの代わりに乳児を抱いている場面を想像してみたが、下手な芝居のような、滑稽な姿しか思い描くことができなかった。

午前中に行動したせいか、日没後も疲れが取れない。夕食にドライフードの親子丼とリゾット、野菜スープを食べた。

ココアを飲みながら耳を澄ますと、どこからか雪崩の音が響いた。今後、温暖化が進めば雪害も増えるかもしれない。

ラジオを聞いていると、アンカレッジの天気予報が流れた。今夜から明日の午前中までは雪。午後も不安定で、降雪の可能性あり。おそらくはデナリにも雪が降るだろう。

この調子だと明日も停滞だな。そう考えながら、緑里は寝袋に潜り込んだ。

翌朝は午前七時半に起きた。疲れのせいか、少し寝坊した。

扉を開けて外を覗くと、案の定、大粒の雪が降っている。夜のうちに降り出したらしく、五〇センチほど積もっていた。シャベルを使う音が聞こえる。先に起きたシーラが、すでに活動をはじめているらしい。

緑里もダウンジャケットを着込んで外へ出る。日の出前のデナリは夜と同じように暗い。闇のなかでヘッドライトが上下に動いている。シーラは柄の長いシャベルを使って、テント周辺の雪を除いていた。頭にかぶったフードに絶え間なく白い礫《つぶて》が降りそそぐ。

「すごい雪だね」

声を掛けると、シーラは手を止めず「大したことない」と応じる。

「これくらいなら、ラッセルで進める」

緑里はその言葉に耳を疑った。

「まさか、登るつもり?」

「当然。風も弱いし、この程度で停滞していたらいつまで経《た》っても登れない」

平然と言い放つシーラは、自分が正しいと確信しているようだった。

「やめてよ。昨日のこと、もう忘れたの?」

「昨日は霧のせい。今日は霧なんてない」

「そういうことじゃなくて。無茶するのをやめて、って言ってるの」

シーラは雪塊に勢いよくシャベルを突き刺した。

「じゃあ、どうなったら登るつもり? 雪も霧もなくて、風も弱い日にだけ登るっていうの? ここをどこだと思っているの。冬のデナリだよ。そんな好条件の日だけ選んでいたら、何週間あっても頂上にはたどり着けない」

彼女の言うことにも、理がないわけではなかった。冬のデナリは天気が荒れて当然だ。むしろ好天続きなどあり得ない。冬を選んでデナリに登るということは、その気象条件も織り込み済みでなければならない。

緑里もある程度の風雪は覚悟していた。だが、今日は降雪量が多すぎる。雪は視界を遮るし、体力も奪われる。反論の言葉を選んでいるうちに、シーラが畳みかける。

「私だって、むやみに前進したいわけじゃない。雪は多いけど、風は弱い。気圧は上り調子だから風が強くなる可能性も低い。そういうことまで考えて言っている。今は、どうにか登れる条件なの」

シーラはデナリ国立公園のレンジャーだ。この地の気候は緑里よりはるかに熟知している。そのシーラが行けると判断しているのだから、もしかすると平気かもしれない。

だが結局、首を縦に振ることはできなかった。

「……やっぱり無理だよ。ここまで降ってるんじゃ、前が見えない。せめて小降りになるまで待とう」

シーラは顔を歪めて視線を逸らす。舌打ちがはっきりと聞こえた。もはや落胆を隠そうともしない。雪のカーテンの向こうにいるパートナーは、果てしなく遠い場所にいる。だが緑里も退《ひ》けない。ダニエルや真利子に、生きて帰ると約束した。もしものことがあれば悲しむのは自分以外の人だ。

「わかった」

吹っ切れたようにシーラが言った。緑里には期待しない、という意思が透けて見えた。

「ごめん。シーラの言うこともわかるけど、まだそこまで焦らなくても……」

「もうわかったから」

一方的に会話を打ち切ると、シーラはシャベルを手に除雪作業を再開した。置き去りにされた格好の緑里も、仕方なく作業に移る。夜を徹して降り積もった雪は重く、テントの周辺を均《なら》すだけでも一苦労だった。

除雪後、緑里はゆっくりと朝食を準備して自分のテントに籠った。無音を紛らわすためにラジオをつけっぱなしにしておく。山中でも電波は問題なく入った。むしろ、登るほど電波の入りはよくなる。アメリカのヒットチャートを聴きながら、しばし身体を休めた。

やがて日が昇り、テントの外から薄明りが入りこんできた。風速は徐々に上昇している。雪の勢いは止まず、礫が激しくテントを叩く音がした。やはり、停滞日にしたのは正解だった。

十一時頃、水を作るためにテントの外へ出た。吹雪に辟易しながらも片手鍋に雪をすくう。外に出たついでに隣のテントの様子を窺うことにした。

「ねえ、シーラ」

閉じられた扉の前に立って声をかけるが、応答はない。まだ拗ねているのだろうか。この天候を見れば納得してもよさそうなものだが。

立ち去りかけたその時、妙な胸騒ぎがした。シーラがここまで運んできた、オレンジ色のダッフルバッグが見当たらない。雪のなかに埋めているのかもしれないが、朝、作業をした時にはいくつかのバッグが転がっていた気がする。緑里はシーラのテントに改めて呼びかける。

「ちょっといい？　話したいんだけど」

答えは返ってこない。心拍数が上がるのを感じた。

テントの出入口はジッパー式で、外からも開けられるようになっている。シーラは眠っているだけかもしれない。あるいは無視しているだけかも。緑里は躊躇しつつ、ジッパーをつまんで扉を開けた。

テント内には誰もいなかった。

「嘘でしょ」

思わず、独り言が漏れていた。

まだわからない。近くを散策しているだけかもしれない。でも、こんな吹雪のなかをわざわざ出歩く物好きがいるだろうか？　緑里はゴーグルを装着して周辺を見て回る。

「シーラ！」

叫び声は疾風にかき消され、闇のなかへと吸い込まれていく。厚い雲のせいで、真昼だというのに夕刻のように暗い。どれほど感覚を研ぎ澄ましても、自分の他に生き物の気配は感じられない。暴風雪は体温を奪い、生命の灯火を容赦なく吹き消していく。

直感が告げている。シーラはもうC3にはいない。たった一人で、C4への荷揚げのため出発したのだ。ネックウォーマーの内側で唇を噛んだ。わかった、というあのひと言。あれは単独でも登頂を目指すという、決意の表れだった。

立ち尽くしているだけで、体力が削られていく。現在のデナリはたおやかな聖母などではない。ここは、雪嵐という名の猛獣が棲む場所だった。

緑里はいったんテントへ戻った。落ち着け、と己に言い聞かせる。二人いるうちの一人が単独行動をとっている今、もう一人が動転すれば状況はさらに悪化する。冷静に対処しなければ。

思考とは裏腹に、すぐにでも探しに行け、と本能は叫んでいる。たった一時間で風はかなり強くなっている。常識的に考えて、この状況での登高はあまりに危険だ。最悪の事態もあり得る。

そうなる前にシーラを助けに行くべきだ。

しかし、共倒れになる可能性も十分ある。視界の利かない悪天候のなかでは、深いクレバスを踏み抜く恐れも高い。救助に行った側が遭難することだってある。そうなれば、何のために助けに行ったのかわからない。何より、死にたくない。

颪を切る悲鳴のような音が、恐怖を掻き立てる。暴風のなかへ飛び出すことを考えただけで、ウェアの下の皮膚が粟立《あわだ》った。奥歯を嚙みしめ、歯が鳴るのを堪える。

何が正解だ？　どうすればいい？

苦悩する間も時は経つ。

五分が過ぎ、十分が過ぎた。その間もブリザードの勢いは増す一方だった。

とうとう、緑里は決断した。

「行こう」

自分を鼓舞するため、あえて口に出した。あと何時間もじっと帰りを待つなんて、とても耐えられない。とにかく、行ける範囲まで行ってみる。できることをやらず、後悔するのだけは御免だった。

腹を決めてからは速かった。早めの昼食で腹ごしらえをして、厳重に防寒装備を施し、ザックには行動食など最小限の持ち物だけを入れる。吹雪のなかへ飛び出した時刻は、午前十一時四十二分。日没までは三時間強といったところか。それまでに、必ずこのテントへ戻ってくる。決意を胸に抱き、緑里はＣ４へのルートを歩きはじめた。

早くも雪に隠されつつあるが、ラッセルの跡があった。シーラが踏み固めた道だ。やはり一人で出発したのは間違いない。痕跡が消える前に、急いで追わなければならない。

頭上を覆う灰色の雲から、間断なく雪が降り続ける。横殴りの風が空気をかき乱し、雪粒を緑里の身体に叩きつける。体力の消耗はもちろん、雪に打たれている、という精神的なダメージも小さくない。痛みはなくとも、常に何かが身体にぶつかってくるのは相当なストレスになる。

昨日のホワイトアウトほどではないものの、視界は利かない。雪煙が舞い上がり、足元もよく見えなかった。最も怖いのはクレバスだ。吹き上がった雪が積もり、わずかな兆候を覆い隠している。一歩踏み出すたび、死に近づいているような感覚があった。

「シーラ！」

数歩進むたび名前を叫んだ。それは捜索のためであり、自分を励ますためでもあった。声を出していなければ心が挫けそうになる。少し気を緩めれば、足はひとりでにＣ３への帰路を辿ってしまいそうだった。

歩きながら、今朝シーラが口にしていた台詞を思い出す。

――風が強くなる可能性も低い。

嘘つけ。めちゃくちゃ吹雪いてるよ。

内心で悪態をつきながら雪上に目を凝らす。シーラの痕跡は今のところ、このラッセル跡しかない。それは、この跡がある場所までは前進できている、生きているという意味でもある。

風切り音を聞きながら、吹きすさぶ雪煙のなかを突っ切る。左手から壁に押されているような風圧を感じる。思わず緑里はしゃがみこんだ。勢いはますます強くなるばかりだ。たった今、シーラもこの山のどこかで強風に耐えているはずだ。

なぜだか泣きそうになった。

「シーラ！　返事して！」

こみ上げる涙をごまかすように声を張る。ほとんど白一色の世界で、緑里は繰り返しパートナーの名を呼ぶ。どうして彼女とここに来たんだっけ。根源的な問いが浮かんでは、そんなことを考えている場合じゃない、と打ち消す。

獣が吠えるような風音が、耳のそばをかすめる。刃で切られた気がして悪寒が走る。冷気の牙が、剝き出しになった顔の皮膚に嚙みつく。

死神の冷たい手が、首筋から、足元から、忍び寄っている。

緑里はあえて、乾燥した下唇を切れるほど強く嚙んだ。血の味が舌に広がる。

大丈夫、私はまだ生きている。

恐怖を飼いならす。柏木が言っていたことは口にするよりはるかに難しい。ただ、実現するチャンスがあるとすれば、それは今だ。背後に追いすがる死神を振り切るように、無我夢中で前進する。

その時、かすかにノイズが聞こえた。

遠くで虫が鳴くような雑音。小さいが、風の合間に確かに聞こえた。気のせいかもしれない。だが、ごくわずかな可能性でも賭けるしかなかった。体力を振り絞り、足元を注視しながら歩き回る。

「シーラ？　ねえ。どこにいるの！」

耳をすますと、また例の雑音が聞こえた。気のせいではない。これは人の声だ。だが方角はわからない。名前を呼びながら雪原を見回すが、それらしき影はどこにもない。緑里は小走りでラッセル跡を辿る。しかし吹雪のせいで痕跡は薄れていた。

焦るな。ここで私がしくじれば、二人とも命を落とすかもしれない。

「返事して、シーラ！」

叫びながら斜面を駆け上がる。返ってくるノイズは次第に大きくなっていく。それは間違いなく、シーラの声だった。緑里はまとわりつく雪を払いながら、スキーを履いた両足を猛然と動かす。

ついにラッセル跡が途切れた。勢いを増す風のなかで、緑里は声を聞いた。

「……助けて……」

右手の雪原から声がする。駆け寄ると、白い平面にたった一つ、黒色の点が落ちているのを見つけた。シーラのグローブが黒だったことを思い出しながら、緑里は新雪をかき分けて接近する。徐々に、雪の丘に隠れていた身体が見えてくる。

そこに、シーラがいた。

顔は真っ青で、青のダウンジャケットは胸まで雪に埋まっている。強風で飛ばされた後、雪に埋もれて自力で出られなくなったのか。運んでいたはずのダッフルバッグはどこにもない。だが、今はそれどころではなかった。

「助けて」

悲痛な叫びを聞いた緑里が駆け寄ろうとすると、今度は「待って」と言う。怪訝に思いながらも反射的に立ち止まる。

「足がつかない。下がクレバスになってる！」

全身から血の気が引いていく。体温が下がるのを感じた。

シーラがいるのは、死の溝の上だ。分厚い雪に埋もれたことで身体が引っかかり、落下は免れたが、下手に動けば雪が崩れて谷底へ落ちていくだろう。落ちれば、助かる可能性は限りなくゼロに近い。

緑里はシーラの蒼白《そうはく》な顔を見つめながら、思考を巡らせる。だが妙案は浮かばない。こうしている間も、いつシーラが落ちるかわからない。純白の足元に視線を落とす。

積雪量は、少なく見積もっても七〇センチ以上。成人女性の落下を防ぐことができているのだから、クレバス上の雪は凍っていて、それなりに密度もあるはずだ。すぐに崩落することはないと見た。いや、そうであることを期待した。

短く息を吐いて、気合を入れる。

「動かないで。今行くから」

緑里は一歩ずつ、足裏の感触を確かめるように前進をはじめた。歩を進めるたび、シーラの顔が恐怖で歪む。緑里も顔が引き攣っていた。薄い雪庇《せっぴ》に足を踏み入れれば、即落下だ。死との境界にあるのは雪の膜だけだった。

シーラのそばに近づくまでのほんの数分が、気が遠くなるほど長い時間に感じられた。

やがて、一メートルに満たない距離まで来た。緑里はそこで腹這いになる。手袋は五枚重ねで、その上にグローブをはめていた。表面が滑らかに加工されたグローブを外し、右手を差し伸べた。

「つかんで」

シーラも右手の手袋を外すが、慌てたせいか、いっぺんに全部外してしまった。緑里はシーラが差し出した右手をつかみ、力強く握りしめ、その上から左手を重ねる。

ここからが正念場だ。シーラの身体を引き上げれば、バランスが崩れて雪の層が崩落するかもしれない。二人そろってクレバスの下へ転がり落ちる可能性もある。握りしめた二人の手の上に、雪のかけらが落ちた。

みしり、と身体の下で雪がきしむ。死の予感に全身が総毛立つ。涙すら乾いていた。

死にたくない。

けれどそれ以上に、助けたい。

「行くよ。一《ワン》、二《ツー》……」

三《スリー》、の掛け声で緑里は両手を強く引き、シーラは左手を雪にかけて身体を引き上げた。腰のあたりまで一気に外へ出た。そのままうつ伏せに倒れ込む。先程までシーラが埋まっていた場所はぽっかりと穴が開いていた。

大丈夫だ。まだ崩れていない。

「立って。早く行こう」

緑里は上ずった声で急がせながら、足跡を逆に辿って戻る。シーラは腕と足で這うように進み、やがて立ち上がり、おぼつかない足取りで歩き出した。

埋もれていた場所から一〇メートルほど離れた岩陰で、ようやく一息ついた。とにかく生還できた。まだ心臓が動いていることに感謝する。いつの間にか、風は微風へと変わっていた。今さらかよ、と緑里は内心で思う。

しばらく顔を伏せて荒い呼吸を続けていたシーラが、青い顔を上げた。

「……ごめんなさい」

緑里は謝罪の言葉をゆっくりと噛みしめる。気にしないで、とは言えない。だが責める気にもなれなかった。

「間に合ってよかった」

それが嘘偽りのない本心だった。友人が二人も同じ山で消えるのは耐えられない。

徐々に平静を取り戻したシーラは、事情を語りだす。

「斜面を登っている最中、物凄い突風が吹いて、荷物ごと飛ばされたの。危険だと思って荷物を手放したら、ソリもろともダッフルバッグ全部が谷底に落ちて。反射的に追いかけていたら、あそこに埋もれてしまった。スキーもストックも失った」

シーラは緑里に向き直り、両手を握った。右手はまだ素肌のままだった。彼女のうるんだ瞳には緑里自身が映っている。

「改めて、ごめんなさい。あなたが来てくれなければ私は一〇〇パーセント死んでいた。かっとなって、何も見えていなかった。今後は冷静になる。だから、もう少し一緒に登らせてくれない？」

シーラは本気だ。死にかけてもなお、山頂を目指す意志は潰《つい》えていない。体調にも異変はなさそうだった。気掛かりは装備のことだ。シーラは自分の荷物のおよそ半分をなくしてしまった。デナリ滞在は最大で五週間程度と考えていたが、その期間は短縮しなければならない。逆に言えば、期間が短くなることさえ飲み込めれば、まだ旅は続けられる。

緑里の顔には自然と微笑が浮かんでいた。

「いいよ。あと、グローブしなよ」

「本当？　ありがとう」

顔をほころばせながら、シーラは右手に厚いグローブをはめる。その笑顔がまた、リタを彷彿とさせた。彼女はたった一人でこの白銀の世界と闘ってきたのだ。〈冬の女王〉という異名を背負わされて。

テントに戻った二人は、紛失した荷物の中身を確認した。谷底に落としたのはほとんどが食料と燃料だった。その他の身の回りの品はＣ３に残している。残量を見比べながら、緑里の食料や燃料をシーラに分配し直した。

「あと二週間ちょっとかな」

荷物を点検した緑里はそう結論付けた。シーラも「二週間だね」と同意する。本来の滞在期間から十日以上、短くなった計算である。最終キャンプ地であるＣ７からの下山に五日ほどかかるため、残り十日で山頂に立たなければならない。日程的にはがぜん、厳しくなる。

だが緑里は開き直っていた。こうなったら、行けるところまで行くしかない。それで駄目なら、今回はデナリに嫌われたということだ。

それに得られたものもあった。シーラを捜している最中、緑里の背後には紛れもなく死神がいた。その気配から逃れるように前進し、結果シーラを発見することができた。

恐怖を飼いならした、と胸を張ることはできないが、少しだけ自信はついていた。

「あれ。ダニエルじゃない？」

シーラが頭上を見ながら言う。緑里が視線の先を追うと、曇天を背景に赤いセスナ機が飛んでいた。ダニエルが様子を見に来てくれたのだ。小型無線機のスイッチを入れてみると、雑音まみれの声が届いた。

「ウェバー……シーラ、緑里……どうだ……」

凍っているせいか、無線機の調子は悪い。途切れ途切れにしか聞こえなかった。

「こちら、ミドリ・フジタニ。荷物の一部を紛失しましたが、可能な限り登高を続ける予定です。どうぞ」

「こちら……了解……どうぞ」

じきに電波が通じなくなった。どこまで会話が通じたのか、甚だ不安だった。

念のため、緑里とシーラはセスナ機に向かって大きく両手を振った。あらかじめダニエルと決めていた合図だ。無事ならば両手を大きく振る。トラブルがあれば膝を抱えてしゃがみこむ。赤い機体は空をひと回りしてから、タルキートナへと去っていった。

「どこまで聞こえたかな?」

緑里がつぶやくと、シーラが肩をすくめた。

ふと、ダニエルとリタが最後に交わした会話を思い出す。

——頂上から何が見えた?

——完全なる白銀《パーフェクト・シルバー》。

緑里たちが冬のデナリに登るのは、リタの登頂を証明するためだ。しかし矛盾しているようだが、二人が登頂に成功しても、第三者がリタの登頂を認めるかどうかは別問題だった。

極論すれば、物的証拠がない限り、登頂に成功したかどうかは本人にしかわからない。複数名なら互いの目もあるが、単独登頂の場合はその本人の証言にかかっている。もちろん山頂での写真は撮るにしても、厳しい気候条件のなかで必ずしも鮮明な一枚が撮れるとは限らない。

だからこそ、登山家には高潔が求められる。登攀能力、それまでの実績、性格や挙動、下山後のコメントといった要素ものを言う。すべては、その人物が真実を語っているかどうか、に収束する。

結局、リタの登頂が認められていないのは、彼女にそれだけの信用がないからだ。少なくとも冬季デナリの単独登頂においては、自己申告だけでは足りなかった。

ならば、緑里とシーラは何のために頂を目指すのか。

二人が登頂に成功すれば、少なからず登山界では話題になるだろう。当然、リタ・ウルラクの挑戦について思い出す者も増える。そこで緑里たちが〈完全なる白銀〉と呼ぶにふさわしい写真を公開し、宣言する。

——リタは山頂でこの景色を見たのです。

その行動に心を動かされる人は、決して少なくないと踏んでいた。公式にリタの登頂が認められることはないだろうが、それでもいい。大事なのは、リタが山頂に立ったのだと信じてくれる人、彼女を〈詐称の女王〉ではなく〈冬の女王〉として記憶してくれる人が増えることだ。

同時に、緑里にとってこの登山は自分のためでもあった。最悪、他の誰もが疑ったとしても、自分自身がリタの登頂を確信できるのならそれで構わない。シーラには申し訳ないが、密かにそう思っている。

分厚い雲はいつしか薄れ、黒灰色から白に近づいている。デナリの山頂は雲に隠れて見えない。

そこには今もリタが眠っているはずだった。

彼女への登攀は、まだ終わらせない。

Ⅵ
kigiqtaamiut
2014

目が覚めて、最初に緑里の視界に飛び込んできたのは照明を浴びた腕時計だった。

理解が追い付かない。まさか、撮影中に眠ってしまったのだろうか。それがモニターに表示された写真データであることに気が付くまで、数秒かかった。

首と肩の激烈な凝り。足の筋肉痛。身体からのメッセージを通じて、徐々に状況を把握していく。カーテンの隙間から朝日が差している。上体を起こした拍子に、エナジードリンクの空き缶に肘が当たって落下した。

寝落ちした——

また、やってしまった。この一か月で何度目だろう。

編集作業は、なぜか夜中のほうが捗《はかど》るのだ。昨夜も高級腕時計ブランドの宣材用に撮影したデータを整理しているうち、本格的に編集をはじめてしまい、ついつい夜更けまで熱中してしまった。フォトショップをいじっていると、時たま時間を忘れる。そして眠気に抗《あらが》えず、デスクに頭を預けて眠ってしまう。

緑里は覚醒しきっていない頭で、今日のスケジュールを確認する。午前十時から六本木で仕事が入っていた。二度寝ができない時間ではないが、やめておく。ベッドに潜れば寝過ごしてしまいそうだ。

シャワーを浴びながら、積み残している仕事のことを考える。

例の腕時計の宣材写真は、来週中に編集済みのデータを渡すことになっている。それより急ぎなのは、女性誌のインタビュー記事に使う写真だ。昨日撮ったばかりだが、今日中に編集者へ送る手はずだった。データ丸投げでいいから、と編集者には言われていたが、プライドが許さない。万が一にも低クオリティな写真が選ばれないよう、こちらで選別して送る必要がある。

浴室を出た緑里は、冷房の設定温度を下げてから、下着姿のまま選別作業をはじめる。誰かに見られているわけでもなし、汗が引くまでこの格好でいい。

インタビューされたのは、フードロスゼロを目指すNPO法人で代表を務める女性だった。緑里と同年代の女性は、取材中も溌剌《はつらつ》とした様子で受け答えをしていた。すごいなあ、と感嘆しながら緑里はシャッターを切った。

かつては、同世代の活躍を目にするたびに焦りを覚えたものだ。写真家として何の業績も残していない自分を情けなく思い、奮起させられた。しかし今ではただただ、感心するだけだ。

柏木の事務所から独立して半年。がむしゃらに仕事をしてきた。ありがたいことに、食べていけるだけの収入は確保できた。二十六歳の独立カメラマンとしては、かなりの幸運と言っていいだろう。一つひとつの仕事にこだわりすぎるため、やたらと体力を使う点は何とかしたいが、金銭面では概《おおむ》ねうまくいっている。

ただし作家としては、開店休業状態と言ってよかった。

外部から作家の仕事が舞い込むカメラマンなど数えるほどしかいない。そうではない緑里は、身銭を切り、時間を作り、撮影した写真を発表するしかなかった。だが商業の仕事に時と体力を使うほど、作家活動は難しくなる。

まったく撮っていないわけではない。デナリ国立公園で、リタと交わした約束は忘れていない。リタは世界的な登山家となり、緑里は一流の写真家になる。その約束は、商業の仕事だけでは達成できない。夏山を散策したり、冬の北海道をさまよったりしながら撮りためた写真が一応、ある。

だが、それだけだ。データの整理も行き届いていないし、発表の当てもない。写真集の刊行など、妄想できる段階にすら達していない。現時点では緑里の自己満足でしかなかった。夢と現実は違う。ありふれた言説を、カメラマンの仕事をはじめてから嫌というほど思い知らされている。

一時間ほどかけて女性誌用の撮影データをピックアップし、編集者に送った。休憩がてら、シリアルで簡単な朝食の準備をする。サウニケでリタに説教されてからというもの、朝食は抜かないようにしていた。

立ったまま、牛乳に浸したシリアルを食べる。機械的に口を動かしながら、1DKの部屋を見渡す。出し忘れたせいで溜《た》まっている、燃えないゴミの袋。脱ぎっぱなしの夏用パジャマ。積み上げられた写真集や雑誌。

恋人と別れてからというもの、加速度的に部屋が汚れている。男と付き合うメリットなんてないと思っていたが、一つ見つけた。付き合っている間だけは部屋を綺麗に保つことができる。

出版社の総務部に勤めている、三歳上の男だった。知り合いの編集者との宴席で出会い、意気投合して二人で食事に行くようになって、自然と付き合いはじめた。口数が少なく、物足りないところもあったけれど、一緒にいて落ち着く相手だった。

交際は一年と二か月続いた。もしかしたら結婚するかもな、と思ったことも一度ではなかった。でも結局、向こうから別れを切り出された。

——俺がいてもいなくても、緑里の人生変わらないでしょ。

最後に会った日、この部屋でそう言われた。緑里はとっさに否定できず、黙っているうちに彼は出て行った。置きっぱなしにしていた下着やシェーバーも、いつの間にか回収されていた。掃除された部屋のなか、やけになってビールを飲みながら思ったものだ。男と付き合っても、いいことなんかない。

シリアルの最後のひとすくいと一緒に、苦い記憶を飲み下す。

六本木での仕事まで、まだ時間はある。腕時計の宣材写真を仕上げてしまうか。あるいは、もっと締め切りが近い仕事をやっつけるか。歯磨きをしながら考えていると、スマートフォンが震えた。

画面にはメールの受信が通知されていた。こんな朝早くから誰だろう。編集者からの受領の連絡だろうか。

送信者の名前を確認した時、緑里の心拍数が跳ね上がった。

シーラ・エトゥアンガ。彼女から連絡が来たのは久しぶりだ。

一昨年の夏にデナリ国立公園に行ってからというもの、緑里はアラスカに足を運んでいない。昨年は独立のための雑務に忙殺されて余裕がなく、今年も仕事を優先しているうちに計画を立てるのが先延ばしになっていた。

ただ本心を言えば、多忙というのは言い訳でしかない。リタへの引け目。それが最大の理由だった。

この二年で、リタ・ウルラクは登山家として世界に名を馳せていた。アメリカ隊に参加して冬季チョ・オユーの登頂に成功した十か月後、リタは冬季モンブランの単独登頂に成功した。二十二歳の若さで冬の難峰を制した女性登山家は、一躍新鋭として知られるようになった。さらに今年に入ってから、サンフォードやボナといったアラスカの山々をやはり単独で制している。

リタを紹介したある記事の見出しはこうである。

――沈む島から現れた、冬山のヒロイン。

緑里はネットを情報源に、リタの活躍を逐一追っている。登頂を果たした山はすべて把握しているし、インタビュー記事も目を通している。彼女がメディアで語っていることは、かつて緑里やシーラの前で話していた内容と同じだった。

温暖化で沈みかけている故郷、サウニケのことを知ってほしい。そのために私は山へ登っている。一人でも多くの人に環境問題へ目を向けてほしい――リタは有名登山家の仲間入りをしても、志を失っていなかった。

翻って、緑里自身はどうか。

国立公園でアラスカを撮ると誓ったことに嘘はないし、リタの活躍を知って奮起しなかったわけではない。そもそも事務所から独立したのも、作家活動の時間を確保しやすくするためだ。個人事業主は自分でスケジュールを差配できるため、自由度が高い。

だが、蓋を開けてみれば諸々《もろもろ》の作業に手一杯で、とても作家活動まで手が回らない。時間的には融通が利くようになったが、仕事を失うかもしれないという恐怖のせいで依頼は断れない。目の前の仕事をこなしているうちに、何も成果を残せないまま二年が過ぎた。情けなさと恥ずかしさで、合わせる顔がない。

アラスカへ行かないのは、忙しいからではなかった。アラスカへ行けないよう、忙しくしているだけだ。

シーラからのメールに意識を戻す。まさか、アラスカへ来ないことに怒っているのだろうか。そんなことを考えながら、ディスプレイに指を触れ、本文を表示する。

長い文章の内容は、意外なものだった。

シーラは現在大学に通いながら、登山家であるリタのスタッフとして働いているという。主な仕事は、スポンサー集めやトレーニングのサポート。加えて、講演に随行することもあるらしい。

あの二人は夢に向かって一直線に進んでいる。自分とは違うのだ。緑里はため息を吐きながら、続きを読んだ。

リタは冬山を主戦場と考えているため、夏場は講演のために世界中を飛び回っている。ついては、私が同伴して再来週に東京へ行くことが決まったため、時間を作ってもらえないだろうか。久々に三人で食事でも――

「ほんとに?」

数秒前まで落ち込んでいたのが嘘のように、明るい声が出た。もう一度、頭からメールを読み直す。間違いない。リタとシーラが東京に来る。

緑里はすぐさま返信を送った。もちろん大歓迎。日時を指定してくれたら必ず空ける。いいお店を予約しておくから。会えることを楽しみにしている。

興奮のままメールを送ると、ちょっとした虚脱状態になった。

リタやシーラに会うのは気まずい、できれば避けたい。そう思っていたけれど、実際に向こうから連絡が来るとやっぱり違った。彼女たちは大切な友人で、会えば必ず元気をくれる。会えるのが決まっただけでこんなに心が浮き立つのだから、余計なことを考える必要なんてなかった。

緑里は服を着て、インスタントコーヒーを淹れ、デスクの前に座った。六本木へ行く前にもう一仕事片付ける。萎えていたカメラマンとしての本能が、熱く滾《たぎ》っていた。


カタログ掲載用の商品撮影を終え、六本木のスタジオを出たのは夕方だった。すぐに帰宅して、今夜こそは作家活動のために撮ったデータを整理しようと心に決めていた。シーラから受け取ったメールの効果はまだ続いている。

中古で買ったミニバンで自宅へ走る。信号を待っている間、スマートフォンが震えた。電話だ。表示された名前は、何度も仕事をしたことがあるIT企業の社員だった。緑里より一回り年上の女性で、大手グルメサイトの運営を取り仕切っている。路肩に停めてから電話に出た。

「突然ごめんね。今どこにいるかな?」

「六本木ですけど」

「いいね。これから銀座でご飯食べるんだけど、どう？」

彼女から唐突に食事の誘いが来るのは、いつものことだった。グルメサイトの運営に携わっているだけあって、毎日のように新しい飲食店を訪れているらしい。一人で食べても味気ないから、しょっちゅう知り合いを呼んでいるのだと言っていた。

毎回ごちそうになれるので、普段なら緑里も進んで行くところだ。だが、今夜は写真家としての仕事がある。

「すみません。今日は……」

「えっと、ただのご飯じゃないの。緑里ちゃんに新しい仕事頼みたいっていう人がいて、紹介と打ち合わせも兼ねて。どうかな」

新しい仕事。フリーで働く者にとって、その一語は聞き逃せない。

「どんな仕事ですか？」

「会って詳しく話すから。よかったら来てよ」

とっさに時刻を確認する。まだ午後五時。二時間食事をしても、八時には帰宅できる。作業時間は取れるだろう。「行きます」と返事した。

それから二十分後には、指定された銀座のダイニングレストランにいた。呼び出した当の本人はまだ来ていないが、名前を告げると個室に案内された。四方を壁で囲まれており、廊下の音すらほとんど聞こえない。

五分と経たないうちに、スーツを着た見知らぬ男が入ってきた。値踏みするような視線が、全身をさっと走ったのがわかる。

「お待たせしました。藤谷さん？」

緑里はとっさに立ち上がり「はい」と応じた。男は五十歳前後だろうか、薄くなりかけた頭髪をワックスで逆立て、首には金色のネックレスをしていた。妙に日焼けした顔は脂ぎっている。

「風見《かざみ》といいます。よろしく」

流れで名刺を交換する。風見という男の名刺には〈代表取締役社長〉という肩書きが記されていた。疑問が顔に出ていたのか、風見は席につくなり、身を乗り出して説明をはじめた。

「僕は長らく飲食店経営に関わっていまして、今は傘下に十店舗ほどあります。ここは一番新しい店で、今年の五月にオープンしたばかりなんです。気軽に入れる、でも少し贅沢《ぜいたく》な気分が味わえるダイニング。それをあえて銀座に出してみたんです」

「そうですか」

緑里は曖昧な相槌を打つしかない。自分を呼び出した女性に早く来てほしかったが、一向にその気配はない。

その後も風見の話は続いた。この店のコンセプトやメニュー、客層、売り上げの推移など。きっとこの男が新しい仕事の依頼主なのだろうという予測はついたが、何を依頼したいのか、まったく話が見えなかった。

「それでね。内装の撮影にはいつから入れますか？」

唐突に話が具体化する。驚いた緑里は、愛想笑いで「その」と応じた。

「ご依頼の内容を、まだ伺ってないんですが」

「えっ？　いや、この店のプロモーション用の撮影ですよ。だから今まで店のことを話していたんじゃないですか。聞いてないなら早く言ってくれないと」

質問する隙間なんかなかっただろ、とは言えない。こんな相手でも、一応はクライアント候補だ。

「まずはご依頼の内容を確定させましょう」

「内容って？」

「写真の使用目的とか、想定されている被写体とか、期日とか、色々ですよ」

「色々って言われても、困っちゃうなぁ」

風見はワックスのついた髪をいじりながら、口を曲げる。困るのはこっちのほうだ。

「今の段階では何とも言えないんだよね。メニュー表とか、ウェブサイトとか、フライヤーとか、写真を使う場面ってたくさんあるじゃない？　だから現時点で全部指定するのは難しいかな」

「でしたら、そういう条件で見積もりを作りますので」

「お金取るつもりなんだ？」

風見の素っ頓狂な声が個室に響く。

「……と、言いますと？」

「だって、藤谷さんまだ独立したばっかりだよね。仕事があるだけラッキーな状態じゃない。ちゃんと撮影者の名前は出すから、今回は無償で受けてもらえないかな。名前が売れて、宣伝になるでしょう。僕もそこまでこだわるタイプじゃないから、ちゃっちゃと撮ってくれれば大丈夫」

薄笑いを浮かべながら、風見は言う。緑里はテーブルの下で拳を固く握りしめる。我慢の限界が近づいていた。

「そういうことでしたら、他のカメラマンに当たってください」

「あ、いいの？　言っちゃうよ。藤谷さんは使わないほうがいいって。僕、この業界では顔広いからね。さっとやっちゃったほうがお互いのためだと思うけど」

「お断りします」

緑里は迷わず席を立った。こういう手合いには関わらないのが一番だと、独立してからの経験で知っていた。こんなことならまっすぐ帰宅すればよかった。

即答で拒否されるとは思っていなかったのか、風見はやおら慌てて「いやいや」と言い出した。

「待って、待って。これからご飯が来るところだから。食べながら話そうよ」

「結構です」

「藤谷さんてさ、美人って言われること多いでしょう？」

猫なで声で言われ、虫唾《むしず》が走った。返事がないことを緑里が気をよくしたと勘違いしたのか、風見はさらに言い募る。

「実はね、もともと聞いてはいたんだよ。若くて綺麗なカメラマンさんがいるって。だから紹介してもらったの。武器は一つでも多いほうがいいでしょう。同じ技術なら、やっぱり綺麗な人と一緒に仕事したいと思うもの。ね。他の誰かじゃなくて、藤谷さんにやってもらいたいんだ。その女性らしい感性で撮ってもらえば、きっといい作品ができると思うんだよね」

風見はにやつきながらまくしたてる。その言葉のすべてが汚らしかった。美人だとおだてられればこちらがいい気分になると、本気で思っているのか。女性らしい感性と言っておけば、有頂天になるとでも思っているのか。

死ね、という罵倒が口から出かかったが、どうにか呑み込んだ。言ってもよかったかもしれないが、逆上されても面倒だ。

「……失礼します」

緑里がスライドドアに手をかけると、背後から舌打ちがした。

「調子乗んなよ」

風見の捨て台詞が聞こえた。

調子に乗っているのはどっちだ――

力任せにドアを開け、廊下へ出る。店を出て、一直線にパーキングまで歩く。呼び出した女性に抗議したかったが、思い出すのも嫌で、放っておくことにした。

最低だった。けさ灯《とも》された野望の火は、完全に消えていた。

ミニバンで帰宅して、シャワーも浴びずにベッドへ飛び込んだ。うつぶせになって少し泣いた。結局、夕食も食べそこねた。空腹だったが外に行くのも億劫だ。冷蔵庫に入っていた発泡酒に口をつける。仕事をする気などさらさら起きない。

男なら舐められずに済んだのに。生まれてこの方、何度同じことを思っただろう。柏木の事務所にいる頃よりも、風見のような連中に目を付けられることが多くなった。後ろ盾を失えば、妙なやつに絡まれる確率も上がる。

それにカメラマンの世界も、まだまだ男社会だ。女性カメラマンは増えたというが、事務所の代表や、作家として認知される写真家は男のほうが圧倒的に多い。それは、女性が出産や育児でキャリアが断たれることと無縁ではないだろう。

苛立ちにまかせて二本目の発泡酒を飲んでいると、電話がかかってきた。未登録の番号だ。嫌な予感がして、風見の名刺を確認する。表示されているのは、そこに記載されたのと同じ番号だった。

しつこい男だ。番号を着信拒否に設定する。

シーラに送ったメールへの返信は、まだない。リタやシーラと会えれば以前のように熱意を取り戻せるかもしれない。それだけが希望だった。

酩酊した緑里は、パソコンを操作して過去の撮影データを表示する。モニターに初めてのサウニケ旅行での写真が映し出された。灰色の雲に藍色の海。くすんだ町並み、カリブーの毛皮。幼さが残るリタとシーラ、そして二十歳の緑里の笑顔。

「戻りたいな」

つぶやきは、夏の夜の空気に溶けていった。


翌々週の金曜午後、緑里は都内にある文化会館の大ホールにいた。

四百人にも及ぶオーディエンスの前で、ドイツ人冒険家が講演をしている。オープニングから登壇者は全員が英語で話しており、日本語への同時通訳もない。聴衆もおよそ半分が外国人のようだった。

緑里は中ほどの座席で手に汗をかいていた。次は、リタの出番だ。自分が登壇するわけでもないのに緊張してくる。

大手アウトドアブランドが主催する山岳シンポジウムで、数名の登山家、冒険家がスピーカーとして招かれていた。いずれも日本での知名度はともかく、国際的に名の知られた面々である。そのなかに友人の名があることが誇らしかった。二十三歳のリタは、登壇者のなかで群を抜いて若い。

壇上の冒険家が講演を終え、拍手を浴びながら去っていく。

さあ、いよいよだ。

緑里は肩に力を入れて、舞台袖に視線を注いだ。

リタが現れた瞬間、照明の光量は変わっていないはずなのに、壇上が輝いて見えた。にこやかに聴衆を見渡す彼女は、全身から自信を発散していた。オーラと表現してもいい。他人の視線に慣れている者特有の、堂々としたたたずまい。サウニケ学校の裏で出会った時とは別人のようだった。

気負いを感じさせない軽やかな足取りで、リタは演壇の中央まで進む。ベリーショートの黒髪は二年前と同じだ。青いパーカーの胸には、イベントを主催するブランドのロゴが入っていた。胸元のピンマイクを調整する手つきからは余裕すら漂っている。

巨大スクリーンの前に立ったリタは、両手を広げた。

「こんにちは、リタ・ウルラクです。このような場に呼んでいただき光栄です」

雑談でもはじめるかのような、何気ない口ぶりだった。

「突然ですが、皆さんはサウニケという村をご存じですか？」

スクリーンに、小さな島の空撮写真が映し出される。

それからしばらく、リタはサウニケの直面する危機的状況について語った。温暖化による海氷の消失。波によって削られる海岸。浸食される島。声を詰まらせながら「故郷が消えようとしているのです」という姿は、共感を誘った。

「温暖化の影響は別の場所にも表れています。すなわち、冒険者たちの挑戦の場である世界中の冬山です」

リタは具体的な事例を挙げた。ヒマラヤでは溶けた氷河が土石流となって谷へ流れ、多くの犠牲者が出た。アルプスの氷河は縮小し、雪崩の危険性が増している。アラスカでも同様の事態が起こりつつある。

「私は黙って見過ごすことができなかった。冬山の現状を確かめるため、冬季モンブランへ登りました。海に近い島から、空に近い場所へ。無我夢中でした。単独登頂は初めての経験でした。気が付けば私は、山頂に立っていたのです」

実際のリタを知る緑里からすれば、さすがにケレン味を感じた。だが、これくらいは演出の範囲内だろう。おそらくリタは女性単独登頂による話題作りを狙っていたはずだが、それを口にする必要もない。

登山時のエピソードを披露する口調は熱を帯びていた。滑落寸前の危機、足に負った凍傷、前後不覚に陥るほどの高山病など、登高中に遭遇した数々のピンチを、臨場感たっぷりに語る。スクリーンには厳しい風雪と美しい自然が交互に映し出される。

身内のひいき目を抜きにしても、リタの講演は巧みだった。いつしか緑里も話に引き込まれていた。

「いくつもの冬山を登るうちに、氷河の溶解とサウニケの危機が同じ原因に根差していることを、まざまざと実感しました。すべては温暖化という共通の問題の下で起こっているのです。私はこれからも、冬のアラスカ、ヒマラヤ、ヨーロッパの登攀を続けます。そして無数の頂から、地球温暖化の抑止を叫びます」

最後に環境問題へと話題を戻して、講演は終わった。満面の笑みで壇上を去るリタに、盛大な拍手が送られる。緑里は誰よりも長く手を叩いた。

次のスピーカーが登壇する前に、休憩時間が設けられた。手洗いに立った緑里が席に戻ると、前の列に座っている白人男性二人が、リタの講演の感想を話していた。

「初めて聞いたけど、上手いね」

「冬の女王《クイーン・オブ・ウィンター》か?」

「そう。スポンサーが放っておかないはずだ」

それを聞いたもう一人の男が、鼻で笑った。

「でも彼女、エスキモーだろ?」

その瞬間、背筋が冷たくなった。言葉に込められた侮蔑的なニュアンスは、英語が母語でない緑里にも伝わった。

「エスキモーが広告塔っていうのは、どうだろうね」

確かにリタはイヌピアット・エスキモーだが、何の問題があるのだろう。前に座る二人は、背後で聞いている緑里のことなど気にかける様子もない。

「むしろ今は、そのほうが好都合じゃないか。特徴的《キャラクタリスティック》で」

「言えてるな。先住民が環境保護を訴える光景には、説得力がある」

「そこまで計算済みなんだよ」

話題は突然、日本での食事へと移った。すでにリタへの興味は失ったらしく、彼らは寿司《すし》と鰻《うなぎ》のどちらを食べるべきか議論していた。

今まで緑里は、リタやシーラがイヌピアットだと意識したことはほとんどなかった。だがそれは所詮、日本人だからかもしれない。同じアメリカに住む人々にとって、先住民族かそうでないかは根深い問題だった。頭では知っていても、カジュアルに差別するような発言に接すると身体が凍る。

リタが戦う相手は冬山だけではない。人種への差別意識も、強大な敵だった。

晴れやかな気分に水を差された緑里は、その後の講演を聞き流した。内容はほとんど頭に入ってこなかった。


その夜、緑里は東京駅からほど近い懐石料理店にいた。座敷の個室で、ちょっとした床の間も設《しつら》えられている。三人分のコースはすでに注文済みだった。久しぶりの再会だからと奮発した。

約束の午後七時を過ぎても二人は現れない。迷っているのかもしれない。シーラにメールを送ると、すぐに返ってきた。

〈ごめん。スポンサー対応が長引いていて〉

リタが日本に来るのは初めてだ。この機会に、彼女に会いたいという人もたくさんいるだろう。多忙なのは仕方ない。緑里は持ち込んだノートパソコンで仕事をして時間をつぶした。

一時間弱遅れて、ようやく二人が現れた。先に入ってきたシーラが眉尻を下げて言う。

「本当にごめんなさい。日本支社の人たちがなかなか帰してくれなくて」

十九歳になった彼女は驚くほど大人びていた。髪を伸ばし、紺色のシャツに黒のパンツを合わせている。

「気にしないで。オフィスで働いていると言われても何の違和感もない。

「緑里、久しぶり!」

後ろから現れたリタは、登壇した時と同じ青のパーカーを着ていた。弾けるような笑顔も健在だ。リタは緑里の向かいに腰を下ろし、その隣にシーラが座った。

「昼間のシンポジウム、聴いたよ」

「ありがとう。ちゃんと話せていた?」

「最高。リタらしい、いいスピーチだった」

前の席で話していた白人男性たちの姿が頭をよぎるが、無視した。

遅れてコースを開始する。二人ともアルコールは飲まないというので、緑里も遠慮することにした。リタは先付けに出てきた煮こごりや茶わん蒸しを見て「これは何?」としきりに言い、シーラは慣れない箸に挑戦していた。料理を話題に、しばし雑談に興じた。二年前に戻ったかのような、親密な時間が流れた。

「こういう繊細な料理は、他の国じゃ絶対食べられないね」

リタが感嘆し、いくつかの国で遭遇した口に合わない料理について話した。この二年、リタは登山家として世界を飛び回っていた。

「すっかり一流登山家だね」

「まだまだ。もっと実績を積まないと、トップブランドは見向きもしない」

何気ないリタの答えに、かすかな引っかかりを覚える。トップブランドを振り向かせるため、山に登っているわけではないはずだった。

「スポンサー集めはそんなに重要？」

緑里の問いに、リタは眉をひそめた。

「登山はタダじゃできないからね。旅費、装備費、人件費。お金はいくらあっても足りないくらい。もちろんお金のためにやってるんじゃないけど」

最後の一言は、慌てて付け足したように聞こえた。シーラが会話に加わる。

「私も知らなかったけど、登山は本当にお金がかかる。単独であってもスタッフはベースキャンプまで同行することがあるし、リタは短期間でたくさんの山に登っているから、その分出費もかさむ。スポンサー集めは欠かせない」

「……なるほどね」

言い訳じみているのが気になったが、緑里はもう追及しなかった。せっかくの楽しい時間に、余計なことを言ってしまったとすら思った。

「緑里は最近、どうしてるの」

リタに問い返され、すぐには答えられなかった。独立したことや、広告用の写真を中心に手掛けていることをぽつりぽつりと話す。運ばれてくる料理を食べながら、リタとシーラは真剣に耳を傾けた。

「そういうわけで、カメラマンとしては軌道に乗ってきたかな」

「どんな写真を撮っているの？」

シーラが質問した。

「静物撮影が多いけど、人物とか風景も、依頼があれば……」

「誰かからの依頼じゃなくて。緑里自身は、どんな写真を撮っているの？」

心臓のあたりが痛む。要は商業カメラマンとしてではなく作家として何を撮っているのかという問いだ。苦しいのは承知のうえで答える。

「日本の山とか、海沿いを撮っているけれど」

「アラスカには来ないの？」

今度こそ答えられなかった。シーラは責めているのではない。ただ、緑里がアラスカへ足を運ばず、国内での活動に甘んじていることに疑問を呈しただけだ。料理を咀嚼するふりをして黙っていると、リタが「わかるよ」と言った。

「忙しいよね。緑里だって生活のためには稼がないといけない。登山家と同じで、やりたいことのためにはお金が必要なんだよ。きっと今はそのための基盤づくり。それが終わったら、アラスカで撮影旅行をするんでしょう？」

「うん。そのつもり」

緑里は助け舟に飛び乗った。シーラは「そうなんだ」とつぶやく。どこかしらじらしい空気が流れた。

緑里には、似たような経験をした記憶がある。専門学校の同期たちと久々に飲みに行った時だ。

前衛的な作品ばかり撮っていた男友達が、最近は割のいい仕事がめっきり減ったね、と嘆いていた。フィルム写真じゃないと駄目だとこだわっていた女友達が、デジタルカメラの最新モデルについて嬉々《きき》として語っていた。卒業からたかだか五年で、ずいぶん話題が変わった。

変わることは悪くない。人間なのだから、生活に合わせて思想や趣味も変わる。

でも、リタやシーラとだけは、いつまでも夢を語っていられると思っていた。青臭いと思うような夢でも、大それた目標でも、恥ずかしげもなく話題にできる。そう思っていたのに、顔を合わせてみれば、お金や生活といった言葉ばかり出てくる。

「そういえば、シーラは？」

沈みかけた雰囲気を振り払うように、緑里は明るい声音をつくった。

「私は、本業は大学生ってことになるかな」

髪をかき上げ、シーラは大学での生活について話した。

彼女が通っているのは、リタが卒業したのと同じアンカレッジの大学だった。所属は人類学部。環境系の学問に興味があるのだとばかり思っていた緑里は、いささか意外な思いで「どうしてその学部に？」と尋ねた。

「イヌピアット・エスキモーの起源を知りたいの」

緑里の箸を握る手が、ぴたりと止まった。あえて口にしなかった、エスキモーという言葉がシーラの口から出たことに意表を突かれる。

「イヌピアットは、四〇〇〇年も前からアラスカに住んでいる。それなのに、一八〇〇年代にヨーロッパの人々と交流がはじまるまで、どこでどのように暮らしていたのか定かになっていない。

私は考古学的な見地からイヌピアットの歴史を明らかにして、誇りを取り戻したい」

シーラの熱弁に耳を傾けるのは心地よかった。彼女は学者の道を歩むのかもしれない。緑里にそう思わせるほど、シーラはよく語った。

「一口にイヌピアットと言っても、いくつかの文化的グループに分かれるの。そしてそれぞれの呼び名には、違った意味がある。たとえばアラスカ内陸部を中心としたヌナミウトは〈陸の人々〉。それに対して私たち、キギクタアミウトは……」

「〈島の人々〉でしょう?」

「あれ。緑里も知ってたんだ」

デナリ国立公園で、リタから教えられた。サウニケから来たリタやシーラも、日本に生まれた緑里も、ともにキギクタアミウトだと話した。

「すごく素敵な研究テーマだと思う」

「ありがとう。でも、賛同してくれる人ばかりじゃない」

「そんなこと」

反射的に否定しようとしたが、浮かない表情を見て口をつぐんだ。リタは唇を固く結んで宙を見つめている。シーラが首を振った。

「緑里は応援してくれると信じている。でも、なかには私たちの歴史を探ることに価値を見出《みいだ》せない人もいる。少数民族の来し方を知ったところで意味なんかない。そう公言する人は、アカデミアの世界でも存在する」

「ひどい。少数民族だとか、関係ないはずなのに」

「私もそう思う。でも、多数派の理論では意味がないみたい」

前の列に座っていた白人男性たちの会話を思い出す。彼らもきっと、多数派の理論の信奉者に違いない。少数民族であることを小馬鹿にし、ビジネスでは有利になるかもしれない、と心無い発言をした連中。

ああいう輩《やから》が、学術の世界にもいるのか。

緑里が批判の言葉を吟味しているうちに、リタが「でも」と口を開いた。

「利用できるものは、すべて利用したほうがいいと思う」

緑里は耳を疑った。まるで差別を許容するような、リタらしくない発言だった。シーラの顔色も変わっている。緑里は身を乗り出した。

「利用って?」

「緑里は女に生まれたせいで差別されたこと、ある?」

勢い込んで「もちろん、ある」と答えた。風見の件を持ち出すまでもない。

「じゃあ、女であることを利用して、物事を有利に運んだことは?」

「それは……わからない」

「たぶん、あると思うよ」

リタの口調には迷いがない。

「私は自分が少数民族であること、女であることにずっと不満を持っていた。でも正直に言えば、だからこそ注目を浴びやすいんだとも思う。もし私と同じことを白人の男がやったとしても、ここまで人目を引かなかったんじゃないかな」

「リタ、それは違う」

一際声を高くして、緑里は言った。

「それは、少数民族や女性への差別を受け入れることになる。差別されることにメリットなんてないよ。あり得ない」

「そうかな。どんなに抵抗しても、世間は色眼鏡を通して私たちを見る。だったらそこはしたたかに、出自を利用したほうが賢い。弱点を売りに変える、これほど効率的な方法は他にないと思うな」

緑里は言葉を失った。あの白人男性たちの予想は当たっていたのだ。リタ・ウルラクは己がどう見られているか、すべて計算済みだった。

「そんなの本当のリスペクトじゃない。好奇の目で見られているだけだよ」

「私の目的は差別を撤廃することではなく、故郷を守ること。そのためなら、どう見られたっていい。前にも言ったよね。私が冬季デナリの単独登頂を目指すのは、それが女性初だから。男がやるより、話題性が強いから」

デナリ国立公園で、リタは確かにそう話していた。でも、それだけが彼女の本心とは思いたくなかった。

「あなたがよくても、他の人はどうなるの？　シーラもおかしいと思うよね？」

すぐに同意の言葉が返ってくるはずだった。

だが緑里の意に反して、シーラはうつむき、黙りこくっていた。

「ねえ、シーラ？　どう思うの？」

「……ごめん。すぐには答えられない」

苦しげに絞り出された返答は、想定外のものだった。

「嘘。だってついさっき、イヌピアットの起源を知りたいって。誇りを取り戻したいって言ってたじゃない」

「それも事実だけど。でも……だからといって、リタを否定できない。私がもし白人だったら、やっぱりイヌピアットの研究をしようとは思わなかっただろうから」

それとこれとは話が違う。緑里が言うより早く、リタが「聞いて」と割り込んだ。

「緑里の言うこともわかる。でも、理想だけでは夢は叶《かな》えられない。手持ちのカードで勝負するしかないんだよ。なら、最大限活《い》かそうと考えたほうがいい。差別される側には、それなりの戦い方がある」

緑里は沈黙した。自分がひどく子どもじみたことを言っている気がしてきた。

きっと、リタとシーラは少数民族であることと、女性であることで、二重に抑圧されているはずだ。特に有名登山家となったリタにはさまざまな毀誉褒貶《きよほうへん》が寄せられている。一般人よりずっと苦しい経験をしているはずなのに、その苦しさを武器に変えようとする力強さには、単純に感動する。

リタが間違っているとは断言できない。しかし、誰もが彼女のように力強く生きられるわけじゃない。差別されることで心が折れる人だっている。

——私にはできたんだから、あなたにもできるでしょう？

そう言いたげな傲慢さが、リタの発言には滲んでいた。

室内にはごまかしようのない気まずさが漂っていた。大人になったキギクタアミウトたちは、お互いの進む道が微妙に違っている事実を受け入れられず、戸惑っていた。

「二年前に約束したの、覚えてる？」

緑里は意を決して、リタを正面から見据えた。

「リタは世界的な登山家に、私は一流の写真家になる。冬季デナリの単独登頂を果したら、真っ先に私にオファーして、記念写真を撮影するって」

リタは頷いた。

「あの約束、今でもまだ生きてる？」

「……当たり前でしょう」

緑里は安堵した。その約束が続いている限り、大事な一線は守られていると思えた。リタは黒々と輝く瞳で、まっすぐに緑里を見た。

「でも、緑里が早く一流になってくれないと、間に合わないよ」

心臓をぎゅっとつかまれた気がした。

「私は三年以内に冬のデナリに挑戦する。スポンサーにもそう話している。お金もスタッフも、調達する手はずはできている。でも今のままでは、デナリ登頂の記念撮影は緑里に依頼できない。その辺にいるカメラマンと、何が違うのかわからない」

はっきりと、緑里は顔から血の気が引いていくのを感じた。「やめなよ」と制止したのはシーラだった。

「その言い方はひどいんじゃない」

「緑里自身はどう思う？　一流の写真家になれると思う？」

抗議するシーラを無視して、リタは尋ねた。

緑里は答えられなかった。

正確には、なれないと思う、という本音を口にできなかった。

蒼白な顔をした緑里に、リタは問いを重ねた。

「あなたは写真を撮りたいのか、自然を撮りたいのか、どっち？　どんなものでもいいから写真を撮りたいというのなら、都会で今の生活を続けていればいい。でも自然を撮りたいのなら、自然に飛び込まないと一生撮れないよ」

もはや止めても無駄だと思ったのか、シーラは見守るだけだった。

緑里は拳を握りしめて、こみ上げてくる嗚咽を耐えた。様々な記憶が頭のなかを巡った。アラスカでのこと、普段の撮影風景、遠くに見えるデナリ、柏木の事務所。色違いの記憶がぐちゃぐちゃに混ざり合って、真っ黒に染まった。

なんでそんなに、ひどいこと言うの？

口にしかけた泣き言を飲み込んだ。女は泣けば許されると思っている、と昔言われたことがあった。以来、人前で泣くのは我慢している。歯を食いしばり、涙がこぼれないよう目を見開いた。

「……リタの気持ちはよくわかった」

震える声でそう伝えるのが、緑里の精一杯だった。

険悪なムードを引きずったまま、食事会は終わった。

帰宅した緑里はしばらく眠れなかった。発泡酒を飲みながら、過去の撮影データを見返した。つい先日見たばかりだが、その時よりも幾分くすんで見える。二年前と現在の間に刻まれた、深い溝の存在を感じる。

初めてのサウニケ旅行で撮った写真をスクロールしていると、ふと、正体不明の被写体に気が付いた。

海面から突き出た、灰色の塊。コンクリートか何かでできた人工物だった。

これ、なんだっけ。

数秒考えて思い出した。堤防だ。かつては波から島を守っていたが、島そのものが削られて海岸線が後退したため、海に没してしまった。そんなことをリタが話していた。

じっと見ているうちに、この一枚を撮った時の感情も蘇ってきた。海のなかの堤防に虚しさを抱くと同時に、いまだ倒れず残っていることにしぶとさを感じた。堤防だったその構造物は語りかけていた。

――負けるとわかっていても、すでに負けていたとしても、時にはやらなければならないことがある。

緑里の意識は、二十歳の頃のサウニケに舞い戻っていた。技術もツテもない、業界の事情も独立の苦労も知らない、ただの学生だった。サウニケを撮りたいという一心で金を貯めて、後先考えず飛行機に乗った。無鉄砲だった。けれど後悔は一切ない。

緑里はモニターを切った。

それから発泡酒を飲み干して、盛大に息を吐いた。

自然を撮るということは、綺麗な風景を写真に収めることだけが目的じゃない。未知の領域と向き合う瞬間にのみ現れる、心のありようを記録すること。そこに自然を撮影する意味がある。

緑里は書類入れにしまっている通帳の残額を確認した。数日間、アラスカに行けるだけの蓄えはある。仕事の予定はあるが、どうしても身体を空けられない、というほどの売れっ子でもない。もう間に合わないかもしれない。一流の写真家にはなれないかもしれない。けれど、そうだとしても、やらなければならない。

スマートフォンで安い航路を探し、二週間後に出発するチケットを注文した。仕事や雑務は山積みだが、ノートパソコン一台あれば何とかなるだろう。躊躇している暇はなかった。数年分の遅れを、これから取り返すのだから。

照明を消して、ベッドに横になっても、なかなか眠気は訪れなかった。身体が熱い。すぐにでも部屋を飛び出したかった。

「やるか」

つぶやいて、再びパソコンの電源を入れた。手つかずだった撮影データの整理に着手する。これをまとめたら、まずは個展を開くところからはじめようか。小さな貸しスペースでいい。他の誰かの目に触れる場所であれば。

編集ソフトを立ち上げ、片端からデータを読み込んでいく。

今日も徹夜になるかもしれない。

だが、この徹夜はきっと後悔しない。まだ完全には腫れの引いていない目で、緑里はモニターに映る写真を見つめた。

Ⅶ
raven
2023

片手鍋のなかで湯が沸騰している。

辺りはまだ明るいものの、徐々に日が傾いている。

鍋のなかでは二つのパウチが湯に浸っていた。一つは白身魚の中華風、もう一つはペンネのトマト煮であった。小さな泡の立つ湯を、緑里とシーラは一緒に見つめていた。

水を沸かすのも、ここでは普段よりはるかに時間がかかる。燃料だって使い放題というわけにはいかない。登高の負担にならないよう、持参しているガソリンの量は最小限だ。五週間分用意したとはいえ、無駄にはできない。ましてや、シーラの運んでいた燃料は山の彼方に消えてしまった。

――食事は一緒に摂ることにしない？

そう提案したのは緑里だった。これまでは別々だったが、一緒に準備をすれば、レトルト食品を温める時の湯量も節約できる。限られた燃料を有効活用するための、苦肉の策だった。

「そろそろいいかな」

シーラの言葉が合図となった。各々が自分の食事を取り上げ、食器にあける。沸かした湯で二杯分のスープをつくる。パウチを温めた湯を使うことを、不衛生だとは思わなかった。ここは自宅のキッチンではない。

これから、Ｃ４で夜を迎えようとしていた。標高は三三〇〇メートルを越えている。晴天に恵まれたこともあり、荷揚げは一日半で終わった。シーラがクレバスに落ちかけた一件以後、かえって気力体力は充実している。荷物を失い、行ける場所まで行くしかない、と開き直ったせいかもしれない。

二人は屋外で黙って箸を、フォークを動かす。標高が高くなるにつれて緑里には、食事の位置づけが変わってきたように思えた。楽しみという側面も当然あるが、もっと根本的な、命をつなぐ行為として物を食べている。そう考えると、目の前の食料への集中が増す。

夕食を終え、片づけを済ませると、ようやく周辺の様子に意識が向く。

緑里とシーラは、日が沈みゆく夕刻のデナリを眺めていた。これまでなら、シーラは用が済めばさっさと自分のテントに戻っていた。食後も屋外に留まっているのは、心境の変化と受け取っていいだろう。

満腹感を堪能《たんのう》しながら空を見ていると、シーラが「あれ」と言った。

彼女の視線は雪原上の一点に釘付けになっていた。目を凝らすと、遠くで動いているものがある。ベースキャンプに入って以来、シーラ、それにダニエルのセスナ機以外で初めて生命の気配を感じた。

雪上を小さな生き物が動いている。鋭いくちばしに、濡れたような黒い羽。

「ワタリガラス《レイヴン》」

小さく叫んだのはシーラだった。

ワタリガラスはデナリ山中で遭遇する、数少ない動物である。ここより高い標高五〇〇〇メートル地点でも姿を見かける。町に生息するカラス（crow）に比べてワタリガラス（raven）は大柄で、同じカラス科でも別種として扱われる。

三〇メートルほど先の雪原を歩いていたワタリガラスは、立ち止まって首を巡らせた。緑里は反射的にニコンD4Sを手に取り、レンズを向ける。幸い、動作不良は起こっていない。二、三度シャッターを切るが、思うように焦点が合わない。

――もっと近くで撮れるかな。

一歩ずつ雪を踏みしめ、静止したワタリガラスに接近した。突き出した岩のこぶにくちばしを向け、物思いに耽《ふけ》っているように見える。寂しくはなさそうだ。むしろ、一羽でいることに誇りを感じているように思えた。

その姿は、一人で山頂を目指したリタと重なる。

緑里は夢中でシャッターを切った。やがてワタリガラスが空へと飛び立っても、緑里はしばらく雪原にたたずんでいた。

テントに戻ると、シーラから「いい写真、撮れた？」と訊かれた。

「うん。たぶん、悪くないと思う」

たぶん、と言ったのには理由がある。写真は、撮った瞬間にはその価値が判断できない。撮影した写真を後で鑑賞した時に、初めてその一枚を理解することができる。すべての写真は、ある程度は当初の意図から逸れたものとなる。柏木の言葉を借りれば〈幽霊〉が撮れることもある。

直感的に、ワタリガラスの撮影はうまくいったと感じる。それでも時間を置いてみなければ、真価はわからない。

「緑里は将来が不安になったりしない？」

出し抜けにシーラが尋ねた。

「どうして？」

「写真家ってフリーでしょ。仕事がなくならないか、不安にならない？」

もちろん不安に決まっている。ただ、独立して十年近くが経つと、その不安との付き合い方もわかってくる。緑里はそんなことを答えた。

シーラは「説得力があるね」と言う。

「親から言われたんだよね。いつまで季節限定《シーズナル》の仕事やってるんだって。国立公園のレンジャーなんて一生続けられないんだから、そろそろ安定した町の仕事に就け、だって。自分たちも元はサウニケの漁師だったのに」

思わず苦笑した。アラスカでも日本でも、親が言うことは似ているものだ。緑里は薄暗い空を見つめて言った。

「恐怖を飼いならせ……師匠にそう言われたことがある」

柏木の部屋に貼られたポスターを思い出す。

「どんなに頑張っても不安は消えないし、どこに落とし穴が潜んでいるかわからない。それでも前進するしかないなら、恐怖を飼いならして推進力にしたほうがいい。冬のデナリでも、町中でも、同じだと思わない？」

シーラと視線が合った。赤みの混ざりはじめた日を浴びて、彼女の顔は輝いていた。その口元にうっすらと笑みが浮かぶ。気づけば緑里も同じ表情をしていた。

「リタは一人で寂しくなかったのかな」

シーラは言う。

「私、ずっと不思議だった。リタがどうして単独登頂にこだわるのか。女性初の単独登頂、っていう記録が欲しかったのはわかるけど、それだけじゃない気がする」

「本人に尋ねたことは？」

「ある。でも、一人が気楽だから、とかそんな答えしか返ってこなかった」

もう少し、話は続きそうだ。緑里は魔法瓶の湯で二人分のココアを用意しながら、リタの真意について考えた。

彼女は自分で決断して、自分で動く人だった。よくも悪くも、集団行動に向いているタイプとは思えない。本人もそれを自覚していたのではないか。

「リタのことだから、できるだけ他人を巻き込みたくなかったんじゃないかな」

「私もそう思う。でもね……デレク・マイルズは違う意見だった」

リタの名誉を貶《おとし》めた男の名前に、緑里は思わず眉をひそめた。

「単独なら、山頂に立っていなくても嘘がつけるから、ってやつ？」

「そう。同じように考える人間も、一部にはいるみたい」

あり得ない、と今の緑里には言えなかった。昨冬、ブラックバーン山頂からの景色を見てしまったせいだ。リタが撮った証拠写真が山頂からのものではないと知ってしまった。緑里が黙っていると、シーラは「わかってる」と言った。

「ブラックバーンのことを考えているんでしょう？」

緑里は頷いた。

「私は、リタはブラックバーン登頂には成功していないと思う。あの証拠写真は背景の山の位置関係が違う。どこか別の場所から撮ったはず。それと、単独登頂にこだわったこととは、別問題ではあるけど……」

シーラの前で初めて、はっきりと疑念を表した。反発するかと思ったが、彼女の顔つきはそれを予想していたかのように穏やかだった。

「本音を言えば、私もあれは山頂の写真じゃないと思う」

日没前の最後の残光が、シーラの影を揺らした。

「けど、意図的に騙そうとしたとは思えない。それに、ブラックバーンの写真が怪しいからと言って、他の登頂まで否定できない。でしょう？」

「まあね」

曖昧な返事は冷たい空気に溶けた。緑里は沈黙を埋めるため、問うべきことを探す。

「ブラックバーンの登頂で、シーラから見ていつもと違うところはなかった？」

「わからない。あの時は大学の試験で忙しくて、サポートに入っていなかったから……たぶん、変則的なことはしていないと思うんだけど」

二人で話しても、結論は出ない。ただ、そのことを話せたという事実が、わずかながら進歩に感じられる。しばし黙ってココアを啜った。登攀の間も、休息の間も、リタは一人だった。その強靱な精神に、緑里は改めて敬意を抱いた。

「登山の才能って、どういうものなんだろうね？」

リタを思い浮かべながら、緑里は言う。

「底なしの体力。的確な判断力。野性の勘。どれも登山の才能なんだけど、どれも一つの要素に過ぎない気がする。ただ、リタは間違いなく天才だった」

彼女には冒険の才能があると感じていたが、それを言語化することは難しい。返答を期待していたわけではなかったが、シーラは「そうだね」と応じた。

「リタには体力も判断力も勘もあった。でも一番の才能は、臆病さじゃないかな」

予想外の答えだった。

「嘘でしょう。彼女が臆病？」

「ああ見えてね。登り方より、どうすれば適切に下山できるかをいつも考えていた。遭難した時の備えとか、負傷した時の助けを求める方法とか、そういうことを一番気にしていた。登攀ルートは最も安全で、確実性の高いものを選んだ。装備はその山に合った性能のものをメーカーと厳しく吟味して、必ず入山前に試していた。低酸素、低温でトレーニングすることはもちろん、旅先でも毎日怠らずに体力維持に励んでいた」

ココアの湯気が微風にさらわれて消える。

「リタは無事に登頂して、無事に降りるための努力を惜しまなかった。結局、そこなんだと思うよ。登山の才能って」

シーラの意見には納得できる。臆病な人間こそが、最も入念に準備をする。そして目的を達せられる可能性も高くなる。それこそが才能だという見解には共感する。

ただ、その話を聞いてなおさら理解できない点もあった。

そこまで山に身を捧げられる人間が、どうして大麻に溺れたのか。

「わかってるよ、緑里」

顔を曇らせた緑里に、シーラが頷いた。

「言いたいことはわかってる。前にも言った通り、私たちは何度も注意した。生活に支障を及ぼすほど濫用すれば、いずれ登山にも悪影響が出る。リタがそれをわかっていないはずがなかった。でも、手放せなかった」

シーラの声には、罪を告白するような悲痛さがあった。

「リタは孤独だった。登山家としての名声も罵倒も全部背負って、自分一人でサウニケを救うんだって思い込んでいた。周りにどれだけスタッフがいても、リタは最後まで孤独だった。誰も彼女の代わりにはなれないし、彼女の苦悩を本当の意味では理解できないから。幼馴染みでもね。その孤独と戦うために、大麻がやめられなかったんだと思う」

緑里は、ベースキャンプでシーラを咎めた自分を恥じた。彼女はリタの大麻中毒を放置したどころか、止められなかったことを深く悔いている。それなのに。

「非難してごめん」

「別に気にしてない。私が無力だったのは事実だから」

とうとう太陽が沈んだ。黒い天幕が頭上を覆う。緑里はヘッドライトの電源を入れたが、シーラの顔を見ることはできなかった。

テントに戻った後もなかなか寝付けなかった。

緑里は寝袋にくるまって、FMラジオを流しながら、最後にリタと交わした会話を思い出していた。

七年前の一月。リタがデナリ単独登頂に挑む数日前のことだった。

自室で編集作業をしていた夜半、リタからメールが来た。シーラからメールが来ることはあっても、リタから直接というのは初めてだった。そもそも、日本での再会が喧嘩別れのような形で終わってからというもの一度も連絡を取っていない。

編集作業は佳境に入っていたが、胸騒ぎがした。手を止めてメールを開く。

〈デナリに登ることにした。話がしたい。〉

かっと顔が熱くなった。とうとう、か。前年の冬ブラックバーンの単独登頂を成功させたことは知っていたが、デナリ挑戦は初耳だった。

慌ててスカイプで音声通話をかける。リタはすぐに出た。

「久しぶり」

少しだけかすれたリタの声が耳に届く。

「うん……久しぶり」

尋ねたいことは山ほどあるのに、声を聞いた途端、頭が真っ白になった。沈黙する緑里の背中を押すように、リタが口を開く。

「メールに書いたけど。これから、デナリに挑戦する」

緑里は息を呑む。リタは登山家として脂が乗っている。挑戦するなら今だという気持ちは理解できた。彼女はその四年前、デナリ国立公園に足を運んだ時から、いずれ冬のデナリを登ると決めていた。

「シーラは？」

リタは詳しい旅程と、登頂までの条件を話した。単独で登ること。荷物は最小限にすること。ダニエル・ウェバーというブッシュパイロットのサポートを受けること。

「もちろん手伝ってもらう。ただ、シーラが同行するのはタルキートナまで。ベースキャンプから先は一人で行く」

「勝算は？」

訊くべきか迷いつつ、緑里は口にしていた。

失礼な問いだということはわかっている。それでもあえて訊いたのは、リタの身を案じていたからだ。緑里は初めて、母の気持ちがわかった気がした。無鉄砲な娘を持った親の気分は、こういうものかもしれない。

「私は〈冬の女王〉だよ」

言葉の端々に強烈な自負が滲んでいた。自分が失敗するはずがない、という確信が伝わってくる。

ただその返答は、緑里を安堵させる反面、一抹の不安も残した。かつてのリタはデナリへのリスペクトを重んじ、山を理解しようとしていた。だが今の彼女は、山を力で制しようとしているように聞こえる。そこに対話はない。強引にねじ伏せられるほど、冬のデナリは甘くない。

「緑里に頼みたいことがある」

リタの口調にかすかな緊張が混ざる。

「登頂に成功して、無事に山を下りたら、あなたに写真を撮ってほしい」

「……もちろん。喜んで」

メールを読んだ時から、例の約束は頭に浮かんでいた。冬季デナリの単独登頂を果たした暁には、緑里に撮影を依頼する。ただし、緑里が一流の写真家になっていることがその条件だった。

客観的に、緑里自身が一流になれたとは思っていない。作家として名前が売れているわけではないし、今も九割九分が商業カメラマンとしての仕事だ。写真集は一冊目を出したばかりだし、それとて絶賛を浴びているとは言えない。

だが、できるだけのことをやったという自負はある。そしてリタは、そんな緑里を選んでくれた。じわじわと滲む喜びを嚙みしめる。

「成功したら、やりたいことがもう一つある」

話はそこで終わらなかった。リタの真剣な顔つきが脳裏に浮かぶ。

「サウニケが町ごと移転するにはすごくお金がかかるって話、したよね？」

聞いた記憶がある。初めてサウニケを訪れた夏、リタが言っていた。

――村の移転を試算したことがあるんだけど、一億ドル以上かかるんだって。

「そもそも私が登山家になったのは、サウニケの危機を知ってもらうためだった。その目的は果たせた。でも、住民は依然として島外に引っ越しているし、島も削られている。広報活動だけじゃ、いずれ島が沈むのは阻止できない。そういう意味では、登山家としての活動は失敗だと思ってる」

「そんなこと言わないでよ」

つい、大きな声が出た。リタは淡々とした口調で続ける。

「私が心配しているのは、サウニケの人たちが離れ離れになること。いったんバラバラになれば、町は二度と戻らない。だからサウニケが消滅してしまう前に、町ごと島の外に移転させたいの」

「……本気？」

壮大な計画に、緑里は呆気にとられた。その計画を夢物語だと断じ、笑ったり否定したりするつもりはない。しかし、壮大すぎてすぐには呑み込めなかった。

「一億ドルあれば、何とかなる」

目のくらむような大金である。簡単に集まる金額ではないことくらい、子どもでもわかる。どうやって、と尋ねるより先にリタが言う。

「私は必ず、冬季デナリの単独登頂を果たす。女性登山家の達成は史上初になるから、絶対に注目を集める。成功したら基金を設立するつもり。そこをベースに、団体と個人の両方から支援金を募る。まとまった額が集まったところで、順次移転をはじめる」

とうとうと語るリタに、緑里は圧倒された。だが、登頂成功を確信するような物言いには違和感があった。山に絶対はない。

「その計画はすごいと思う。でも、考えるのは登頂した後でもいいんじゃない？」

「心配しなくていい。登頂成功のために万端の準備をするから。懇意にしているスポンサーには、考え得る最高の装備を用意してもらう。トレーニングも十分に積んできた。今回で無理なら、死ぬまで無理だと思っている」

「でも……」

「ごめん。そろそろ次の用事があるの」

通話を切る直前、リタは言った。

「無事に帰ったら連絡する」

それが、直接聞いた最後の言葉だった。

何も心配いらない。リタなら成功する。彼女は冬山に愛されている。緑里は自分にそう言い聞かせたが、空虚な言葉は胸のうちですぐさま霧消した。

七年を経た、三十五歳の緑里は思う。

あの時本気で制止していたら、リタはデナリ挑戦を諦めただろうか。いや、あり得ない。彼女にはデナリ、そしてその先にある壮大な計画しか見えていなかった。たとえ緑里がその足にしがみついたとしても、振り払って山頂を目指しただろう。

リタの死は避けようのないことだった。

それなのに、後悔の念が押し寄せてくる。

Ｃ５への移動初日は、曇天だが穏やかな気候だった。霧もなく、風雪に悩まされることもなかったが、体力はひどく消耗した。ここから先はスキーは使わない。

まず、ラッセルに苦労した。膝の上まで雪が積もっていたため、一歩一歩が重い。アイゼンを装着した足は、油断すると雪へはまり込む。クレバスの数もそれまでとは比にならなかった。転落防止に、二人は腰の左右に長いポールを装着して歩いた。まるで、武士が刀を差しているような格好である。緑里は一度、右足をクレバスに取られたが、ポールがひっかかったおかげで事なきを得た。

「最初からこうすればよかった」

緑里を助け起こした直後、数日前に転落しかけたシーラがつぶやいた。

手には杖がわりにピッケルを持ち、滑落に備える。ピッケルは柄の長いツルハシのような道具で、歩行中のバランス維持に役立つだけでなく、ラッセルに使ったり、滑り落ちるのを防いだりできる。

二人は前後を交代しながら、クレバスをかわし、雪を踏み分けて歩いた。

ラッセルが続くと体力を奪われ、意識に靄《もや》がかかりはじめる。注意力が散漫になり、それに気づくたびグローブをはめた手で顔を揉《も》む。顔のむくみは戻らないが、多少は覚醒する。緑里が前を歩いている最中、背後のシーラが声を上げた。

「見て」

立ち止まって振り向くと、シーラがピッケルで頭上を示していた。見れば、ワタリガラスが空を飛んでいた。頂上の方角へと向かっている。二人はしばし立ち止まり、呆然と見送った。艶めいた羽を動かし、黒い影はそのまま雲のなかへと消えていった。もはや何も飛んでいない曇天を見ながら、シーラがつぶやく。

「昨日見たのと同じ子かな」

デナリに棲むワタリガラスは一羽ではない。常識的に考えれば別の個体だ。だが、ここにきて続けざまに見かけることに運命めいたものは感じていた。上空を飛ぶ鳥が、自分たちを導いているように思えてならなかった。

開けた場所で休憩をとっている最中、シーラが言った。

「ワタリガラスは創造神話の主人公なんだよ」

イヌピアットのシーラは、祖父母からアラスカの神話を聞かされたことが幾度もあったそうだ。考古学の研究をしていた学生時代にも、先住民の神話に触れる機会があったらしい。

「どんな話？」

「地域によって微妙に違うけど……ワタリガラスが森をつくった時、人も植物もまだ魂がなく、成長することもなかった。浜辺を歩いていたワタリガラスは、海から火の玉が現れるのを見つけた。若いタカに頼んで、火の玉を取ってきてもらったワタリガラスはそれを自然界に投げ入れた。するとすべての動植物が魂を得て、生命が芽吹いた……私が聞いたのはこんな感じかな」

淀みなく物語を口にするシーラは、どこか誇らしげだった。スポーツドリンクを飲み、羊羹をかじっていた緑里は、星野道夫の本でそのような話を読んだのを思い出した。率直な感想が口を衝く。

「その話だと、ワタリガラスはちょっとずるいよね」

「そう？」

「自分で火の玉を取りに行かないで、若いタカに行かせたんでしょう。そのくせ、おいしいところだけ持っていってさ」

ははは、とシーラは笑った。

「緑里の説も一理あるけど、責任をかぶったとも言えるよ。魂を宿らせたワタリガラスは確かに世界創造の象徴になった。でも象徴になれば、賞賛や感謝だけじゃなくて、批判や揶揄《やゆ》もたくさん浴びることになる」

その言葉の裏にリタがいることは、緑里にもすぐにわかった。

リタが背負ったのは登山界の期待だけではない。彼女は環境問題の若き旗手として、温暖化抑止を訴え続けた。メディアはリタをもてはやし、リタは請われればどこにでも飛んで行って講演をした。

だが、結局のところ温暖化は止まらず、サウニケは沈み続けた。

リタの虚しさは想像するに余りある。空に向かって拳を突き出すような、無人の荒野に向かって叫び続けるような徒労感。それでも立ち止まるわけにはいかなかった。一人きりで冬山を登りながら、彼女は何を考えていただろう。

ピッケルとアイゼンでの登高は、五時間続いた。Ｃ５に到着した時には正午を過ぎていた。

標高三七〇〇メートル、Ｃ５。

雪も多いが、氷が目立つ。気温は一層低くなり、外気に触れる顔の上部分から、体温を吸い取られていく感覚があった。長居はしたくない。

「あそこ。またいるよ」

荷物をデポしている最中、シーラが白い原野に浮き上がる黒い影を指さした。一羽のワタリガラスが向かい風に耐えて雪上に立っている。

「私たちを待っていたとか？」

「まさか」

冗談を交わしながらも、緑里の目にワタリガラスの影が焼き付いていた。自然とその姿にリタが重なる。責任を負い、自ら象徴となることを選んだ友人。はるか高くへ飛び立ち、一人で消えてしまった彼女。

何か、大事なことを忘れている気がした。

Ｃ４へ戻っている間も、緑里はその正体を突き止めようとした。記憶のなかに、リタへのわだかまりを解消する鍵が隠されている予感がある。だがその思考に注意を奪われ、集中力が欠けていることには気が付いていなかった。

緑里が前、シーラが後ろになり、緩やかな傾斜を下っていた。

何気なく前へ出した右足が、薄い雪膜の下に潜んでいた氷を踏んだ。足裏に装着したアイゼンは、青く固い氷には刺さらず、ずるり、と滑る。バランスを失った緑里はそのまま仰向《あおむ》けに倒れ、巨大な氷板の上に身体を投げ出した。

尾てい骨を打ち、鋭い痛みが下半身に走る。驚きのあまり声も出ない。

足を滑らせた勢いのまま、緑里の身体は傾斜を落下していく。緩やかな斜面の先は急傾斜になっており、一瞬のうちに滑り落ちていった。腰のポールが弾け飛ぶ。

「緑里！」

シーラの叫びが響く。

状況を理解した緑里は身体をよじって、どうにか滑落を止めようとする。とっさにピッケルを雪面に刺そうとするが、凍りついているために先端が入っていかない。それでも突起を氷に引っかけることを試みながら、手足を広げ、接地面積を広げて勢いを殺そうとした。しかし滑らかな氷の坂道では、無駄な抵抗だった。緑里は猛スピードで落ちていく。

冷たさも、痛みも忘れていた。死への恐怖だけが頭のなかを占めている。

登りのようにダッフルバッグを引いていれば、どこかに引っかかってストッパーとなったかもしれない。しかしC４への帰り道とあって、緑里はザック以外の荷物を持っていない。ザックでもないよりはましだが、滑落を止めるほどの効果はない。

後頭部を打たないよう、腹筋を使い、顎を引き付ける。銀色の風景が流れていく。ほんの三、四秒で十数メートル下まで落ち、傾斜が緩やかになってようやく止まった。

荒い呼吸をしながら、緑里は誰にともなく言う。

「生きてる……」

呼気が白い。心臓が鳴っている。手や足は凍ってしまったのかと錯覚するほど冷たいのに、身体の芯は燃えるように熱い。

「緑里！　怪我はない？」

斜面に仰向けで寝ている緑里に、シーラが呼びかけた。

「大丈夫！」

見回すと、登りの時に立てた旗があった。どうやらルートを外れたわけではないらしい。期せずして、ショートカットしたような格好である。時間は短縮できたかもしれないが、命がけの近道なら二度とごめんだった。

　ゆっくりと上体を起こしてみる。変に引っかからなかったのがよかったのか、腕や足を打撲した痕跡はなかった。尾てい骨には痺れるような痛みがあるが、折れたと感じるほどではない。

　ザックも破れていないし、ピッケルは紐《リーシュ》で手首につないでいたので紛失を免れた。ほぼ無傷で済んだのは奇跡だった。氷の斜面を滑落し、谷底で即死していてもおかしくなかった。

　見上げると、シーラは小指の爪ほどの大きさだった。身振りと叫び声で目立った外傷がないことを知らせ、ルート通りに降りてくるよう伝える。少し待てば合流できるだろう。緑里は軽くぼんだ岩陰に身を潜め、シーラを待つことにした。

　うずくまって膝を抱える。エネルギー補給のために羊羹をかじった。さすがに羊羹も凍りはじめており、歯ごたえがある。

　気力が回復し、冷静さを取り戻すと、滑落直前まで考えていた疑問が再浮上した。リタに関して何か重要なことを見過ごしている。

　改めて、自分がどこに引っかかりを覚えているのかを丹念に辿ってみる。ワタリガラスがきっかけなのは間違いない。その孤高さが、リタに似ているような気がしただけなのか。あるいはもっと具体的に、ワタリガラスをどこかで目にした記憶と重なったのか。見たとすれば、日本ではない。アラスカのどこかだ。

　緑里は純白の雪原を睨みながら考えた。なぜワタリガラスが、リタの登頂疑惑と結びついているのか。あと少しで答えに手が届きそうだった。

「お待たせ」

結論が出るより先にシーラが現れた。失ったと思ったポールも回収してくれている。

「本当に怪我はない？」

「うん。平気……それより、聞きたいことがあるんだけど」

シーラは怪訝そうに眉をひそめる。

「ワタリガラスを見た時、なぜかリタを思い出した。今日が初めてじゃない。きっとどこかでワタリガラスを見ているんだけど、どこで見たんだろう。国立公園か、サウニケか、それとも別の山か」

「ブラックバーンだよ」

隣にしゃがみこんだシーラが即答した。

「去年のブラックバーン。私たち、去年もワタリガラスを見たじゃない。それのこと？」

目の前で火花が散った。

シーラが指摘した通りだ。緑里が思い出そうとしていたのは昨冬の記憶だ。つい最近のことすら正確に振り返れない頭の鈍さが嫌になる。

「見たのは、山頂アタックの時だっけ？」

「そう。アタック当日。快晴の、風が強い日だった」

シーラはその時のことをよく覚えていた。絶好の天気の下、二人は最終キャンプを出発し、山頂への道のりを順調に歩いていた。その最中、前を歩いていた緑里が黒い影を発見したのだ。

――あれ、なんだろう。

――ワタリガラスだよ。

国立公園内で見かけたことがある、とシーラが言った。普段なら接近してカメラに収めるところだが、山頂アタックの最中である。緑里は登頂成功を優先して、カメラを取り出すことなく、その前を行き過ぎようとした。

——ちょっと、緑里。どこに行くの。

——何が？

——ワタリガラスのほうじゃない。そっちは別の峰につながっている。

その場で足を止め、方角を確認する。シーラの指摘通りだった。雪原で方向感覚を失った緑里は、てっきり別の峰を山頂だと勘違いして進みかけていた。その後、前と後ろを交代し、シーラが先導する形で登頂に成功した。

「それがどうかした？」

シーラは意図が理解できず、困惑している様子である。

緑里はようやく、核心に触れようとしていた。リタがブラックバーン登頂の証拠として撮ったセルフポートレート。彼女への疑いを抱いたきっかけはあの一枚だった。背景に写っている風景は明らかに山頂とは異なる。リタが適当な場所で撮影し、証拠写真を偽装した可能性は拭いきれない。だが、リタに悪意がなかったとしたらどうか。「もしかして」と緑里は言った。

「リタが登ったのは〈偽の山頂《フェイク・ピーク》〉だったんじゃない？」

デナリの初登頂は一九一三年、四名の米国人によって達成された。

だが公式初登頂の十年前、一九〇三年に登頂を主張した者がいた。フレデリック・クックという米国人冒険家で、その数年後には北極点到達にも挑戦した人物である。

当初クックはデナリを初めて制した人類とみなされていたが、後に、彼が山頂で撮ったとした写真は偽物だと判明する。実際には山頂より四六〇〇メートルも低い、ルース氷河の露頭で撮影されたものだったのだ。クックがデナリを制覇したという記録は取り消され、現在、氷河上のその地点には〈偽の山頂〉という名がつけられている。

緑里がこの話を知ったのは昨年の夏だった。冬のデナリに挑戦するため、下調べをしている最中に見つけた。

ずいぶんお粗末な、というのが緑里の感想だった。

嘘をつくにしても、せめてもう少し近くまで行けなかったものか。氷河上で撮影したということは、登っていないに等しい。もしかすると、登ろうとしたけれど途中で諦め、帰りに写真を撮ったのだろうか。

クックの偽装には、人を騙そうという悪意が見え隠れする。だが山頂を間違えること自体は、プロの登山家であってもしばしば起こることだ。

高峰を目指す登山者は疲労や高山病と闘いながら、極限状態で山頂に辿り着く。朦朧《もうろう》とした意識は勘違いを誘い、登頂の幻想を見せる。ましてや単独での登頂では、道を間違えても指摘してくれる同行者はいない。下山してから、自分が登ったのが真の山頂ではなかったと知らされることはない話ではない。

「リタは山頂と間違えて、別の峰に登ってしまったのかもしれない」

緑里はシーラに考えを打ち明けた。

リタはブラックバーンの別の峰を山頂と勘違いし、写真を撮り、それを登頂の証拠として公表した。幸か不幸か、その〈偽の山頂〉は本物の山頂とさほど離れていない位置にあったため、背後の山並みの微妙な違いを誰も指摘できなかった。緑里とシーラが、じかに山頂からの景色を確認するまでは。

「ブラックバーンの登山ルートはシーラが引いたの？」

「前にも言ったけど、私は関わっていない。他のスタッフがやったんだと思う」

「その人は、信頼に値する人？」

シーラは数秒、考えこんだ。

「……わからない。でも、経験豊富なスタッフはいなかったように思う。もともと、リタ自身に登山界とのコネクションが乏しかったから」

「ルートはいつもどうやって決めていたの？」

「最も確実な道を選ぶのが基本方針。だからデナリでは一番オーソドックスなウェスト・バットレスを通る道を選んだ。冬のカシンリッジやウェスト・リブは、難易度が高いし、前例が少なすぎた」

「ブラックバーンの登攀ルートも、そうやって選んだということだよね」

「そうね。でもこの時期、リタ自身はルート選定に関わっていなかった。デナリの時は私が仕切ったし、ブラックバーンでも他の誰かがやったと思う。なぜかというと、リタ本人はその……」

言い淀んでいるシーラに代わって、緑里は言った。

「大麻で酔っ払ってたから？」

とっさにシーラは「否定はしないけど」と答える。

「でも、大麻だけが理由じゃない。リタには、彼女にしかできない仕事に集中してほしかった。スポンサーとの折衝とか、講演とかね。予算は常に不足がちだったから、資金集めに奔走してた。だからいつからか、スタッフが登攀ルートを決めて、リタがそれを参考に登ることになった」

「事前に――たとえば夏に、ブラックバーンを登ったこともなかった？」

「ない。あれがリタにとって初めてのブラックバーンだった」

緑里は得られた情報から仮説を再検討する。

ブラックバーンは北米最高峰のデナリに比べれば、はるかに知名度が低い。当然、登頂の前例も少ない。冬に登る物好きとなれば一層少数だろう。情報が少ないなかで経験の浅いスタッフがルートを作れば、不確かになるのは自然なことではある。

リタ自身もルートが頭に入っていたとは言いがたい。地形まで頭に叩き込んでいても、間違った峰に登ってしまうことはある。おまけに季節は冬。白銀の雪景色は地形を隠し、登山者の方向感覚を惑わせる。

やはり、リタが山頂を誤解した可能性は高そうだ。

「本音を聞かせてほしい。私の話した仮説は、あり得ることだと思う？」

シーラはすぐに答えなかった。今度は先ほどよりも長い時間、黙っている。熟考を促すように風までもが穏やかになった。静かに雪のかけらが舞うなか、シーラは顔を上げ、緑里と正面から見つめあった。

「断言はできない。でも、あの自信家のリタが詐称の女王だとは、やっぱり考えにくい。緑里の仮説のほうが説得力がある」

緑里は盛大に息を吐いた。それで十分だった。

山頂を間違えたとすれば、登山家として致命的なミスだ。それ自体はいくら責められても仕方がない。だが登山家としては許せなくても、友人としては別だ。リタが故意に騙そうとしたのでないことがわかれば、それでよかった。

もう一度、緑里はリタを信じてみることにした。

〈冬の女王〉の威信にかけて、彼女が故意に偽証するはずがない。彼女が登頂したと主張する限り、それを信じる。冬季デナリの登頂に成功したというなら、事実だと認める。

「リタはやっぱり、詐欺師なんかじゃないよね」

目の縁に涙を溜めたシーラがつぶやいた。葛藤を抱いていたのは緑里だけではない。そばにいた時間が長い分、シーラのほうが苦悩は深かったかもしれない。その彼女が今、曇った空を見上げて微笑している。

リタは天才だった。誰よりも臆病で、慎重で、けれど孤独だった。もっと傍にいれば、もっと話していれば、彼女は大麻になんか溺れなかっただろうか。正しい山頂に到達することができただろうか。

「リタは間違ってなんかいない」

緑里は腹に力をこめ、グローブをはめた拳を握った。

「これから私たちが、それを証明する」

緑里も空を見上げた。灰色の雲から白い破片が落ちてくる。

感謝を伝えるため、視線で黒い鳥の影を探した。だがどれだけ目を凝らしても、ワタリガラスは見当たらない。真実に目を向けさせるため神が遣わせた使者だったのだろうか。

あらゆるものが凍りつく世界のなかで、しばらくの間、緑里とシーラは身を寄せて互いの体温を分け合っていた。

Ⅷ
late to say I'm sorry 2016

北太平洋上空を飛ぶ機内は静かだった。どこからか、ひそやかな会話やいびきの音は聞こえるものの、眠りを妨げるほどではない。デルタ航空の機体が向かっているのは、シアトル・タコマ国際空港である。羽田空港から九時間。そこからさらに四時間をかけてアンカレッジに到着する。

窓際の席に座る緑里は膝に毛布をかけ、じっと目を閉じ、眠気が来るのを待っていた。アラスカ行きの機中ではいつも寝ている。長時間じっとしていれば自然と睡魔に襲われるのが常だったが、今日に限ってはまったく眠れない。

理由は、はっきりしている。

昨日シーラからメールが送られてきた。そのタイトルが目に飛び込んできた瞬間、呼吸が止まりそうになった。

〈リタが消えた《リタ・ディサピアード》〉

メールには、リタが一月下旬からデナリに入っていること、登頂に成功したこと、ただしその直後に消息を絶ったことが綴《つづ》られていた。自宅でメールを読み終えた緑里は、重いため息を吐いた。

リタが先月からデナリに挑戦していることは、彼女との通話で知っていた。登頂に成功して帰還すれば、リタから連絡が来る約束だった。そのために緑里は二月いっぱい、仕事を空けていた。いつ彼女から連絡が来ても、すぐにアラスカへ飛べるように。

それなのに。

――嘘だよね。

いったん立ち上がって室内を歩き、再度メールを読み、また息を吐き、歩きまわる。我ながら挙動不審だと思いつつ、感情の置きどころを見失っていた。

すべては、消えた、という言葉の曖昧さのせいだ。

遺体が見つかっているなら、その言葉は使わないはずだった。ならば彼女はどこにいるのか。生きている可能性はあるのか。どのような状況で消え、装備は手元にどれほど残っていたのか。詳細はメールに記されていない。

深呼吸を繰り返し、無理やり気持ちを鎮めた緑里は返信の文面を作りはじめた。デナリに挑戦することは聞いていた。けれど、突然のことに戸惑っている。まずは詳しいことを知りたい。できるだけ早く、電話かオンラインで話したい。そんな内容である。

返信はすぐに来た。

〈会って話せない？〉

シーラいわく、オンラインでは伝えにくいこともあるらしい。直接会いたいというのが彼女の提案だった。

緑里は苛立った。リタの現状を一刻も早く知りたい。悠長にアラスカへ行っている場合じゃない。だが、今はシーラの提案に従うしかない。詳しいことを知っているのは彼女なのだ。

〈いいよ。会おう〉

緑里はすぐさまチケットを手配した。幾度かのメールの往復を経て、二日後、アンカレッジで落ち合うことになった。カナックも同席させてほしい、というシーラの申し出は意外だったが、異存はなかった。

〈それでは、アンカレッジで〉

メールを締めくくろうとしたところで、手が止まった。いつもなら、楽しみにしています、とでも記すところだ。しかし今はとうていそんな気分になれない。悩んだ末、緑里はこう書いた。

〈私の心はいつもアラスカにあります〉


冬のアラスカに降り立つのは初めてだった。

学生時代から、アラスカに来るのは夏と決めている。生命力に溢れる夏のアラスカが好きだった。冬への恐れもあった。厳寒と豪雪に見舞われた、受難の季節。そんな印象があった。写真で見る冬景色はいずれも美しかったが、そのために撮影旅行を組もうとまでは思えなかった。

アンカレッジの空港で手荷物を受け取り、税関を抜けて到着ロビーへ足を踏み入れる。すぐにカナックを見つけることができた。声を掛けると、赤いウインドブレーカーを羽織った男が振り向いた。

「ああ、緑里。久しぶり」

三年半ぶりに会うカナックは、記憶のなかとほとんど変わっていない。くっきりとした顔立ちは少しだけ老けた気もするが、少年らしさの入り混じった出で立ちは相変わらずだった。見たところ、同行者はいない。

「シーラは？　一人？」

「車で待ってる。行こうか」

歩き出したカナックの後ろを、緑里はキャリーケースを引いてついていく。

「短時間の駐車場は二つあるんだけど、国際線側のほうが少しだけ安いんだよ。一時間を超えると料金が上がるから、早歩きで行こう」

軽口を叩くカナックの横顔は、一見すると何事も起こっていないようだ。だが、その口元は引きつっている。彼の明るさの裏にある悲しみが想像できないほど、緑里は幼くも無遠慮でもなかった。

シーラは4WDの助手席で、所在なげに待っていた。カナックが助手席側のドアをノックすると、はっとした表情を見せた。

「緑里」

ドアを開けたシーラが車から飛び出てくる。長い髪は下ろしたままだった。緑里の前に立ったシーラは、二年前に会った時とは空気が違っている。毅然《きぜん》とした態度は消え、年齢相応の頼りなさが漂っていた。

シーラの躊躇に気付き、緑里は進んで彼女の両手を握った。

「落ち着いて。話を聞かせて」

そのひと言が引き金となり、シーラの目から涙がこぼれた。緑里は嗚咽する彼女の肩を抱き、後部座席に並んで座った。カナックは運転席に乗り込んだ。

「これからタルキートナという村へ行く」

カナックはシートベルトを締めながら言った。

「待って。どこって？」

「デナリの入口だ。そこで、リタと最後に話した人が待っている」

こわばったカナックの顔がバックミラーに映っていた。

夕刻。窓外には曇天が広がっている。地上は一面の雪で埋めつくされ、空には雲の天井があった。淡い白灰色で覆われた世界を走っていると、現在地を見失いそうになる。低い風音が車体を叩く。

最初にどうしても訊いておきたいことがあった。隣で涙にくれるシーラに、緑里は思い切って尋ねる。

「その……リタの身体は見つかっているの？」

シーラは重たげに首を横に振った。

「見つかっていない」

シーラいわく、この数日、リタとの交信が途絶えているという。ブッシュパイロットが登高ルートを探索し、放置された荷物を発見したものの、人影一つ見当たらない。予定されていた入山期間はすでに過ぎている。救助隊も冬のデナリには容易に入れない。

たしかに、絶望的な状況だった。

「でもどうして、登頂に成功したとわかるの？」

緑里は一昨日に知らせを受けてから、ネットでリタの行方不明に関する記事を探した。いくつかの速報記事を見つけたものの、登頂の成否については触れられていなかった。だがシーラからのメールには、リタは登頂に成功した後で消息を絶った、と記されていた。冬季デナリへの単独登頂が事実なら、紛れもない偉業だ。報じないはずがない。

遺体が見つかっているのなら、所持品に何らかの記録が残されている可能性もある。だがそれすらない状況で、なぜリタが登頂を果たしたと言えるのか。

「通信記録があるの」

いつの間にか、シーラは泣きやんでいた。まだ赤い目でフロントガラスの向こうを睨んでいる。

「山頂付近で、ブッシュパイロットと無線で通信した記録が残っている。その時、リタが登頂に成功したと証言した」

「タルキートナにいるのがそのパイロットだ。後で記録も聞かせる」

カナックの補足を聞いて、緑里は自分が現地に呼ばれたわけを理解した。つまりは、その通信記録を聞かせるためだったのだ。

ただ、根拠が自己申告しかない、というのはいささか心もとない。

山頂付近で交信したということは、少なくとも直前までは辿り着いたのだろう。だが最終キャンプまで到達するのと、山頂アタックに成功するのとはまったく意味が違う。どんなに肉薄しても、頂に立たない限り登頂成功とは言えない。

タルキートナまでは片道二時間はかかるという。黙って到着を待っていられるほど緑里は冷静ではなかった。走る車中で、隣に座るシーラに迫った。

「改めて、デナリに入ったところから詳しく教えて」

頷いたシーラが、バッグからファイリングされた紙束を取り出した。促されるままページをめくってみると、旅程表らしきものだった。夏場に撮影されたと思しき、デナリ山中の写真も添付されている。

「今回の登山計画。一月十四日にカヒルトナ氷河でベースキャンプを設営して、四週間以内に帰ってくる計画を組んでいた」

「この写真は?」

「去年の夏、コースの下見の時に撮影した。もちろん冬は雪も風もあるから、状況が違うんだけど。これまで、去年を含めて三度も夏のデナリに登っている」

改めて、冬季デナリに懸けるリタの想いの強さを知った。夏と言っても楽に登れる山ではない。それを三度も登るという念の入れようには、素直に感心した。

別のページには気温や風速、気圧の記録もあった。日付は数年前から昨年まで。

「これは?」

「冬季デナリの気候データ。いろんな登山隊から、可能な限りかき集めてきた。いつ、どこで、どれくらいの雪や風があるか。どういうトラブルが想定されて、どう対処すれば解決できるか。そういうことをデータから考えるため」

「リタが準備したの?」

「私が作った。調べるよう指示したのはリタだけどね。彼女はほら……トレーニングとか、広報活動とかで多忙だったから」

妙に口ごもっているのが気になったが、追及している余裕はない。それにしても、周到な準備ぶりだった。緑里は内心で舌を巻いた。おそらく、シーラの貢献も相当大きいだろう。今回の挑戦に対する二人の熱意を再確認する。

資料を見ながら、緑里はリタの足跡をたどった。ダニエル・ウェバーというブッシュパイロットは頻繁にデナリを訪れていたらしく、数日おきに通信記録が残されている。途中ブリザードで足止めを食ったこともあり、順調とは言えなかったらしい。最終キャンプに辿り着いたのは二月三日。四週間のリミットまでは残り八日だった。下山にかかる日数を考えれば、山頂アタックのために残された猶予はほとんどない。

「……この時が、中止する最後のチャンスだった」

シーラの独り言が、車中の空気に溶けて消える。リタが山頂付近で消息を絶ったのはその二日後、二月五日だった。

「この日、ダニエルと通信したのが最後の記録」

「その通信をした時、パイロットはリタの姿を見たの？」

シーラが眉をひそめた。

「上空から人影が見えたと言っていた。表情とかはわからなかったみたい」

「リタが登頂に成功した証はその通信記録だけ、ってことだね」

意図せず、皮肉めいた口調になった。シーラは「そうだけど」とすかさず反論する。

「他にどうやって証明しろっていうの？」

「写真とか。いつも、山頂で自分の写真を撮っていたじゃない」

「カメラが見つかっていないのに、確かめられない」

「だから、現状は証明できないってことでしょう？　他のニュース記事でも、リタが登頂に成功したとは一言も……」

「落ち着いて」

黙っていたカナックが、熱くなりかけた会話に割って入った。

「緑里の言う通り、今はこの通信記録以外、リタがデナリに登頂したという根拠はない。彼女が嘘をついていたらおしまいだ。でも、そんなことをするかな。あれだけデナリに懸けてたんだ。リタが自分に嘘をつくような真似をすると思うか？」

緑里は下唇を噛んだ。

——ずるい。

そんな訊かれ方をされたら、否定できない。リタを信じたいのは緑里も同じだ。しかし客観的な証拠がないから黙殺されている。動かぬ証拠を突きつけて、世間を見返してやりたいという思いもあった。

シーラが投げやりな視線を緑里に向ける。

「疑うなら、それでもいい。私は信じる」

「疑ってなんかない」

むきになって答えたが、その言葉はどこか空虚に響いた。

沈黙の気まずさに抗うように、緑里は資料のページを繰る。そこには緑里の知らないリタがいた。彼女もこの資料に目を通し、冬のデナリに想いを巡らせ、登頂成功を渇望していたはずだ。ファイルの後半に、日付や登攀ルートを書き込んだ地図があった。

「これは？」

「秋のトレーニング記録」

シーラが応じた。

昨秋最後に登ったのはヨーロッパのモンブラン山塊となっている。デナリ挑戦の直前にモンブラン周辺を登ったのは、初心に帰るためだろうか。彼女が登山家として知られるようになったきっかけは、冬季モンブランへの単独登頂だった。

順に目を通していた緑里は、リタが最後に選んだ登攀ルートの名を見た瞬間、視線を釘付けにされた。

〈Late to say I'm sorry〉——謝るにはもう遅い。

その奇妙なルート名には、リタの後悔が滲み出ているように思えてならなかった。何に対する後悔なのかはわからない。だが緑里の瞼の裏には、悔いを抱えて岩壁を登るリタの後ろ姿が浮かんでいた。

タルキートナは小さな村だった。

車は通行人のいない雪道を東へと走り、象牙色に塗られたログハウスの前で停止した。〈ウェバー・エア・サービス〉という看板が掲げられている。建屋の背後には細長い空き地があり、赤い軽飛行機が停められていた。緑里が窓越しに指さす。

「あれは？」

「滑走路《エア・ストリップ》」

シーラが答えた。予想していた回答ではあったが、それでも信じられない。空港の整備された滑走路と違い、目の前に延びているのはただの荒れ地だった。アラスカのブッシュパイロットたちが、荒野でも離発着できる腕を持っていることは知識として理解している。だが氷雪に埋もれた現場を目の当たりにすると、一抹の疑念が生まれた。

——本当に、こんなところで飛んでいるの？

最初に車を降りたのはシーラだった。カナック、緑里が続く。シーラはノックをしてからドアを開けた。暖気が流れ出る。緑里は二人に続いて屋内へ足を踏み入れた。

天井の高い部屋が現れた。内壁も家具も、木製で揃えられている。部屋の奥では暖炉の火が燃えていた。シーラが「お待たせ」と声をかけると、部屋の中央のデスクで書き物をしていた男が顔を上げた。

「来たな」

黒い口髭を生やした、四十代くらいの大柄な男だった。

「彼がダニエル」

シーラは緑里に向けて男を紹介した。慌てて緑里も名乗る。ダニエルは軽く頷き、三人に椅子を勧めた。

「早速だけど、通信記録を聞かせてもらえないかな」

夏のデナリ挑戦で知り合ったのか、シーラはすでにダニエルと顔見知りのようだった。ダニエルが低い声で「少し待て」と応じ、引き出しのなかのＩＣレコーダーをデスク上に置いた。

「ぼくたちも、記録を聴くのは今日が初めてなんだ」

カナックが言った。

やがて、レコーダーからノイズが流れ出した。はじめは途切れ途切れだったが、やがてノイズが小さくなっていく。代わりに音声らしきものが聞こえてきた。音はひび割れているが何とか聞き取れる。緑里は身を乗り出し、聴覚に意識を集中した。

——登頂はどうだった。

最初に聞こえたのは、ざらついた男の声だった。ダニエルだろう。間を置いて、女性からの応答が返ってくる。

——成功した。

「今のがリタ」

つぶやいたのはシーラだった。確かにリタの声である。自信に満ち、誇らしげでもあった。再び男の声が問いかける。

——頂上から何が見えた？

問いかけに、数秒リタが沈黙する。先程よりはやや遠慮がちな声だった。

——完全なる白銀《パーフェクト・シルバー》。

通信記録はそれで終わりだった。テーブル上にはしばらく余韻が残っていた。緑里も、シーラも、カナックも、水中にいるような息苦しい顔つきで黙り込んでいた。

「これが最後の交信だ」

ダニエルの眉間には深い溝が刻まれていた。シーラが「もう一度」と言い、ダニエルがＩＣレコーダーを操作すると、同じやり取りが流れた。しばらく全員が黙りこくった。

「わかったでしょう、緑里」

口を開いたシーラは剣呑《けんのん》な目をしていた。

「これでもリタが登頂に成功していないというの？」

「……わからないけれど、客観的な証拠とするのは無理があるかもしれない」

「あなたの意見を聞いているの！」

シーラの怒声がログハウスに反響した。長い髪が揺れる。言葉に詰まる緑里に代わって、「悪いが」と割り込んだのはダニエルだった。

「俺もリタの発言を完全には信じていない」

鋭いシーラの視線がダニエルに向く。

「どうして？」

「信じるだけの根拠がない。そこの日本人の子と同じだ」

「何を言ってるの。単独登頂なんだから、本人の証言しかないじゃない」

「具体性が乏しすぎる。頂上から見えたものを尋ねたら、完全なる白銀だとリタは答えた」

「山頂が荒天なら、そういうこともあるでしょう？」

「当然。俺はリタが嘘をついていると言いたいわけではない。ただ、全面的に信用できるとする根拠がない。多少なりとも、山頂からの風景を教えてくれればよかったんだがな。現時点では、真とも偽とも断じられない。それだけだ」

シーラはもう反論しなかった。下唇を噛み、爪を弾いている。「ぼくからもいい？」とカナックがとりなすように言った。

「妹の意見は確かに根拠が薄いかもしれない。でも、リタは人生を懸けて冬季デナリに挑戦していた。そのリタが、登頂成功を偽るなんて思えない。登山家としてのプライドを裏切るような真似を……」

「安易に判断するな」

威圧感に満ちたダニエルの声に、カナックは口をつぐんだ。

「登山家たちが人生を懸けているからこそ、安易に判断してはならない。リタはもう、自分の口から弁明することはできないんだぞ。栄誉であれ汚名であれ、残された者は慎重に評価を下さなければならない。願望と事実は区別しろ」

シーラは不服そうな表情だった。緑里にもその気持ちはわかる。ダニエルの、リタが死んだと確定したかのような物言いは癪に障った。

「じゃあ、どうすればその事実が明らかになるの？」

まるでダニエルが責を負っているかのように、シーラは詰め寄る。パイロットの返答はあくまで穏やかだった。

「遺体が見つかれば、わかることもある。それを待つしかない」

「遺体なんて言わないで！」

「俺に当たるな。怒ってもリタは帰ってこない」

正論に黙らされたシーラは興奮の置き場をなくし、音を立てて鼻息を吐いた。カナックは腕組みをして、弱ったように天井を仰いでいる。

「質問してもいいですか」

　おずおずと切り出したのは緑里だ。ダニエルが視線で促す。

「ブッシュパイロットとしてリタをサポートしたのは、今回が初めてですか」

「二度目だ。昨冬のブラックバーンが最初だった」

「それまでにもリタは、アラスカの山に登っていたよね？」

　緑里は質問の矛先をシーラへと変えた。記憶が正しければ、リタはサンフォードやボナにも登頂したはずだった。

「うん」と答えが返ってくる。

「どうして今回は彼に依頼したの？」

　他の山でも、山の麓へ運ぶパイロットが必要だったはずだ。

「さあ……パイロットはリタの指定だから。地理的な事情かもしれない」

　当惑するシーラを、ダニエルが手で遮った。

「パイロットの腕が悪かった。だから俺に変えた。それだけだ」

「リタから聞いたんですか」

「そいつの名前まで聞いたさ。伏せておいてやるがな」

　ダニエルは顔色一つ変えず、口髭をいじっている。そんな嘘をつく意味もないから、おそらくは事実なのだろう。

「リタは他に、何か話していましたか」

「最初に会った時は、登山家として何を目指しているか、なぜブラックバーンに登るのか、そんな話をしたな。俺は別に客を選《よ》り好《ごの》みするわけじゃない。仕事だから、頼まれれば飛ぶ。だが、無鉄砲なやつだけはごめんだ。こっちまで迷惑を被る可能性があるからな。その点、リタ・ウルラクは信用できると思った」

「つまり、慎重だと?」

「少なくとも自暴自棄に陥るようには見えなかった」

ダニエルの背後にある棚には、飛行機のパーツと思しき古びた金属片や、年季の入った工具が片付けられていた。年齢を踏まえると、彼はそれなりに経験を積んだパイロットのようだった。

「登山家とブッシュパイロットは似ている」

分厚い手のひらを組み合わせて、ダニエルは言う。

「どちらも命知らずの仕事だと思われがちだが——それは否定しないものの——本当に命知らずのやつじゃ務まらない。俺たちは勇敢であらねばならないが、蛮勇をふるうことは許されない。違いがわかるか?」

「何となく、は」

「命を捨てることは簡単だ、意外とな。難しいのは、何があっても生き延びようとすることだ。無茶苦茶な乱気流に飲み込まれても、重要な部品が壊れても、諦めず、手を尽くして生還しようとすること。それこそが勇敢という言葉の意味だ」

ダニエルは、遠回しに彼自身の推測を伝えているようだった。リタは蛮勇を振るったのではなく、最善の手を尽くしたはずだ、と。

「まずは落ち着け。残された者でやっていくしかないんだ」

「……はい」

明らかにシーラに向けられた言葉だったが、本人が無言なので、代わって緑里が答えた。

ダニエルの姿勢が間違っているとは思わない。ただ、リタの友人として、冷静な思考を拒絶してしまいたい気持ちもあった。シーラが取り乱していなければ、今頃、声を荒らげていたのは緑里だったかもしれない。

四人の話し合いは、重苦しい空気のまま幕を下ろした。


「このままじゃ、終われない」

アンカレッジへ戻る車中で、後部座席のシーラがつぶやいた。ハンドルを握るカナックが「どうした」と問うと、苛立たしげに応じる。

「リタの名誉に傷をつけられたままで平気なの？　誰もリタの登頂を信じていない。他の登山家も、スタッフもそう。ダニエルも、緑里ですらも！」

「私は違う」

隣に座る緑里は即座に反応したが、鼻を鳴らしたシーラは「そう」とだけ言った。

「とにかく、私は信じる。リタの名誉を回復させる」

「俺も信じてはいる。でも、どうやって？」

カナックがもっともなことを言う。シーラは思い出したように、バッグのポケットからヘアバンドを取り出した。長い髪を後ろでまとめ、束ねる。額や耳が露《あら》わになり、顔つきが引き締まったように見えた。

「私が冬のデナリに登る」

待て、と言いかけた兄を制して、シーラは続けた。

「もちろん、明日行くってわけじゃない。今の私には登頂できない。でも、いずれは必ずやり遂げる。何年かかってでも」

「お前が登っても、リタが登ったことにはならない」

「〈完全なる白銀〉」

確信に満ちた口調で答えるシーラの顔が、一瞬、リタと重なった。

「リタはデナリ山頂で〈完全なる白銀〉を見た。私も同じ景色を見て、写真に収めて、その言葉が正しいことを証明してみせる」

「おい、緑里。止めてくれ」

カナックは眉尻を下げて助けを求めた。彼の気持ちは緑里にもわかる。リタの登頂は信じているが、だからといって妹に危険な挑戦をしてほしくはない。故郷から逃げ出した彼にも、兄妹の情はある。

「緑里はどうする？」

シーラは兄の言葉など耳に入っていないかのようだった。

「あなたも、リタと同じ山頂からの景色を見てみたいと思わない？」

透き通った黒い瞳が覗き込んでくる。思わず唾を呑んだ。今、シーラは緑里を試している。リタを信じているのなら、この提案を断るはずがない。無言のうちにそう伝えている。

緑里にもトレッキング程度の経験はある。ここ二年は、アラスカに足を運んで原野の風景を撮影してきた。時には荒れた山道を歩くこともあるし、ちょっとしたキャンプも行う。

だが、本格的な冬山登山となれば話は別だ。デナリは北米最高峰であり、素人が安易に挑戦できる山ではない。まして、スター登山家だったリタですら行方不明になった冬のデナリを、山歩きに多少慣れている程度の自分が登れるとは思えなかった。

「できるわけないだろ。緑里はカメラマンだぞ」

カナックが心境を代弁してくれたが、シーラは鼻息で一蹴する。

「山岳カメラマンなんていくらでもいる。登れない理由にはならない。それに、決めるのは緑里。ねえ、緑里。このままサウニケが沈んでもいいの？　私たち、リタに代わってそれを食い止めなきゃいけないんじゃないの？」

サウニケに吹く風の感触が、緑里の肌に蘇る。あの島を失いたくはない。リタは世界中を駆け回ったが、心は常に故郷にあった。シーラもそうだろう。そして、島の人々《キギクタアミウト》である緑里も島が失われることは避けたかった。

もし、自分が冬のデナリに登ることで、サウニケが救われる可能性が少しでも高まるのなら。

そして、リタが果たせなかった夢を叶えられるなら。そこには挑戦する価値があると思えた。

加えて、写真家としての本能が刺激されているのも事実だった。いつか柏木が口にした一言が再生される。

——きみが記録したい一瞬は、どこにある。

もしかしたら、リタが見た〈完全なる白銀〉こそが、緑里にとって最も記録したい一瞬なのかもしれない。だとすれば、答えは決まっている。

緑里はためらいがちに、しかし明瞭な口調で言った。

「……何年かかるか、わからないけど」

「嘘だろ」

緑里の答えを聞いたカナックが悲鳴を上げる。路肩に車を停め、運転席から身を乗り出す。

「俺は反対だからな！」

「緑里なら、そう言ってくれると思った」

兄を無視して、シーラは右手を差し出す。緑里はその意味に気付き、右手を伸ばして握手を交わした。

シーラの手を握るのは、これが初めてだった。


帰国してしばらくは仕事に追われた。二月のスケジュールを空けるため、いくつかの予定を延期しており、その対応に忙殺された。だがどんなに忙しくても、頭の片隅には冬のデナリがこびりついていた。

写真や映像では幾度か確認していた。白く染まった巨峰は、見飽きることがないほどの雄大さだった。被写体としての美しさもさることながら、頂上からの景色を想像するだけで神経が昂ぶる。

リタがいなくなったことへの実感は、まだ湧かない。

日本へ帰ってから、緑里はあえてリタに関する情報収集を控えた。彼女の遺体が発見された、というニュースが入ってくるのが恐かったからだ。登頂成功の是非は別として、リタが死んだと思いたくないのは緑里も同じだった。

シーラとは定期的にメールのやり取りをした。内容は近況報告程度だったが、それでも互いに連絡を取り合っていたかった。リタという、心のなかにあった支柱が折れてしまったせいで生まれた不安だった。

シーラのメールによれば、リタのサポートスタッフは解散したらしい。登攀記録などの資料類はシーラが一括して引き取った。

その後、大学生のシーラは、本分である研究に専念しているという。人類学部の研究室に所属している彼女は、葛藤もあったようだが、イヌピアット・エスキモーの起源を探る研究を手掛けていた。それまで緑里は知らなかったが、シーラは成績優秀者名簿《ディーンズ・リスト》に名前が載るほど学業に優れていた。

真夏に受け取ったメールには、こう記されていた。

〈人類学者になるのもいいかなと思っている〉

その一文を目にした時、緑里は安堵した。リタという幼馴染みがいなくても、彼女はきっと学問の世界で居場所を見つけられる。今までリタのサポートに努めていたであろうシーラ自身が、今度は主役になるのだ。

同じ頃、緑里は登山用具を揃えて日本アルプスへの撮影旅行を決行した。木曽山脈や赤石《あかいし》山脈を二週間かけて旅しながら、夏の山景をカメラに収めた。冬のデナリには遠いが、山に親しむための第一歩だった。

少しずつだが、緑里もシーラも、リタ・ウルラクがいない世界に慣れようとしていた。

秋の終わり、シーラから届いたメールの内容はいつもと違っていた。

〈有名人であるリタにあやかって人目を引こうとする下劣な記事〉

自宅のノートパソコンでメールを確認した緑里は、思わず眉をひそめた。嫌な予感がする。短い文章の下に記されたURLにアクセスしてみる。ディスプレイに表示されたのは、雑誌記事をウェブ上に転載したものだった。太字で記されたタイトルが、まず視界に飛び込んでくる。

――リタ・ウルラクは〈冬の女王《クイーン・オブ・ウィンター》〉ではなく〈詐称の女王《クイーン・オブ・プリテンダー》〉である。

「はあ？」

思わず声に出していた。冒頭にはデレク・マイルズという筆者の名前が記されている。記事を読むと、信じられない内容が書かれていた。

――彼女は大半の山で、頂上まで到達していない。

読み進めると、記事にはさらに失礼な一文まであった。

――女性一人で立ち向かうには、冬のデナリは厳しすぎたのかもしれない。

時代錯誤と言ってもいい、女性差別だった。記録的な単独登頂を成し遂げた女性登山家など、いくらでもいるというのに。

〈めちゃくちゃな記事。気にしないほうがいい〉

怒りのままに返信を送ると、シーラからすぐに応答があった。

〈腹が立って抗議したの。そうしたら、謝るどころか取材させてほしいって連絡が来た。昨日会

って話したけど、ケンカしただけだった〉

抗議した、という部分にシーラらしさを感じた。緑里なら無視して済ませるところだが、生真面目な彼女は異議を申し立てずにいられなかった。そのうえ取材にまで応じている。リタのためなら、とことん戦うつもりなのだ。

メールの文末には〈スカイプしてもいい？〉と記されていた。

珍しい申し出だった。メールでの近況報告はあっても、シーラと話すのはずいぶん久しぶりだ。きっと、でたらめな記事への怒りが収まらないのだろう。〈いいよ〉と返答する。日本とアンカレッジは十八時間、サマータイムなら十七時間の時差がある。日本時間の午後五時に通話することに決めた。

約束の時刻ちょうどにスカイプがかかってきた。

「ごめん、急に」

「全然。話すのは久しぶりだね」

それからしばらく、シーラは飛ばし記事を書いたライターへの怒りを吐き出した。マイルズという男はろくに裏を取っていないだけでなく、登山そのものへの知識も不足していたという。リタの経歴も付け焼刃程度しか知らず、ブラックバーンを登頂したことも認識していなかった。さらに、取材中にはシーラを挑発するようなことばかり言ったらしい。

――詐欺師の片棒を担いでしまったわけですが、どう思いますか？

――幼馴染みが金と権力の虜《とりこ》になり、嘘をついたとは認めたくないですよね。

――女性なら、屈強な男性に守ってもらいながら登山すべきでは？

挑発の意図は明らかだった。シーラが激高し、口を滑らせるのを待っていたのだ。もちろん、賢明なシーラが挑発に乗ることはなかった。

「冷静に対処したんだね。偉いよ」

「でも、そのうちまた変な記事を書かれるかもしれない。ああ、むかつく」

憶測に基づく記事を書き、無責任な批判をする者は、リタ自身が反論できないとわかっている。抵抗できない相手を叩くのは卑怯だと、緑里も思う。

ひとしきり文句を言い終えたシーラに、緑里は別の話題を投げかけた。久しぶりに話すのだから、愚痴を聞くだけで済ませてはもったいない。

「これから、シーラはどうするの？」

来年にはアンカレッジの大学を卒業するはずだった。卒業後について話したことは一度もない。研究者になるなら大学院へ進学するのだろうか。あるいは就職か。緑里はアメリカの就職事情に疎いが、日本のような就活システムはないだろう。

「うん……実はまだ決められなくて」

先程とは打って変わって、途方に暮れたような細い声だった。

シーラは、進路に関する悩みをぽつりぽつりと話しはじめた。

大学では、考古学的な観点からイヌピアットを含む先住民について調べているという。アラスカのスワンポイント遺跡やブロークンマンモス遺跡に残された石器、彫器を調査し、その生活ぶりを解き明かすのが主要な研究テーマだった。

大学院に進んで研究を続けようと考えていたが、就職すべきか迷っているという。テーマそのものに不満はないが、指導教官と馬が合わないらしい。

「教授のジェンダー差別がひどいの。アカデミックならもう少し平等かと思っていたけど、とんでもない。私より全然実力のない男子学生を重宝して学会に出すくせに、私は裏方の仕事しかやらせてもらえない。学生だって実績が大事なのに。私の将来を潰して、いったい何がしたいわけ？」

次第にヒートアップしてきた。緑里は相槌を挟みながら耳を傾ける。

きっと今までは、リタが相談相手だったのだろう。不在のリタに代わって、今は緑里が代理というわけだった。

「最近はレンジャーになるのもいいと思ってる」

指導教官の愚痴が済むと、シーラはそんなことを言った。

「一緒に行ったデナリ国立公園。あそこでね、季節限定でレンジャーを雇っている。自然は好きだし、いつかデナリに挑戦するならレンジャーとして働くのも悪くない」

「自分で納得できるなら、いいと思う」

緑里の相槌は徐々にいい加減になっていったが、シーラは構わず話し続けた。進路の話に区切りがついたのは、一時間ほど経った頃だった。アンカレッジは午前一時近い。結局、緑里は一方的に話を聞かされただけだった。

「まだ話していいかな」

「平気だけど……そっちはもう遅いんじゃない？」

「もう一つ、話しておきたいことがある。リタのこと」

シーラの気配が変わった。

「パルサ――リタのお母さんが、リタの墓をつくろうとしている」

緑里はパルサの気さくな笑顔を思い出していた。初めてサウニケに行った二十歳の夏、アザラシ肉のトマト煮をふるまってくれた。気のいい女性だった。リタの遺体が見つかっていないというのに、なぜ墓をつくろうとしているのか。

「どうして？」

素直に尋ねると、シーラは苦しげにうめいた。

「……そうしないと、永遠に期待を捨てることができない、って」

緑里は反論しかけた口をつぐんだ。

娘の生還を期待し続ける限り、パルサは過去に囚《とら》われることになる。それはもしかすると、生還を諦めるよりも辛いことなのかもしれない。

「パルサは、冬になって地面が凍る前に穴を掘ったほうがいいと言っている。私は反対したけど、たぶん意志は変わらない。棺《ひつぎ》にはリタの思い出の品を入れるみたい」

アメリカでは火葬は少数派で、サウニケでも棺を埋める土葬が一般的らしい。これからの時間を生きるため、空の棺と一緒にかすかな希望を埋葬する。パルサの決意を責めることは、とうていできなかった。

「サウニケの土に埋めるってこと？」

「町外れの墓地に、墓をつくると思う。葬儀はやらないみたい」

「そうなんだ」

もはや、緑里には何も言えなかった。自分が口を挟む問題ではない。同郷で幼馴染みのシーラですら、そう思っているようだった。これは相談ではなく報告だ。リタの思い出はサウニケに葬られる。

お互い、冴えない調子で別れの挨拶を告げて通話を終えた。一気に部屋の静けさが浸《し》みこんでくる。一人には慣れているはずなのに、やたらと寂しくなる。

リタは消えた。

頭ではとっくに理解しているつもりだった。だが、夢を見ているような現実感のなさは消えない。今にもリタがふらりと現れて、元気な姿を見せてくれる気もする。

リタと最後に交わした会話は、デナリに挑戦する数日前。彼女は登頂に成功して、無事に帰ったら緑里に記念撮影を依頼すると言った。喜んで、と緑里は答えた。リタは基金を設立すると言った。一億ドルを集めて、住民たちを転居させるのだと。

噛みしめるように過去を振り返っていた緑里は、やがて気付いた。

——あの時私は、冬のデナリへ挑戦しようとするリタに、たった一言でも励ましの言葉をかけただろうか。

どれだけ記憶を探っても、思い当たらなかった。自分が口にしたのは、他人事のような懸念ばかりだ。友人として彼女の支えになるような言葉は、何一つ発しなかった。そして、それが最後の会話になった。

〈Late to say I'm sorry〉

あの言葉は、リタの後悔を表しているのではない。謝るにはもう遅い。それは、緑里自身の悔恨だった。すべてが遅すぎた。

緑里はデスクに肘をつき、両手で顔を覆った。重い吐息が漏れる。やけに目が痛む。リタに会いたい。一目会って謝りたい。たとえ幽霊でも、幻でも構わない。遅すぎるとわかっていても、そう思うことは止められなかった。

窓の外から風の音が聞こえた。日本もアラスカも同じ地表の上にある。ここで吹いた風も、いずれはデナリへ到達するはずだ。緑里はおぼつかない足取りで歩み寄り、窓を開けた。夏の終わりの穏やかな風が吹いていた。

「……ごめん、リタ」

緑里は名もなき風に言葉を託した。いつか、雪山で眠る彼女に届くと信じて。

温《ぬる》い風は町の果てへと吹き去り、その後には透き通った静寂だけが残った。

IX
perfect silver
2023

C6には昼過ぎに到着した。標高四三〇〇メートル。

遅めの昼食後に作業をはじめ、雪洞を作り終えるのに四時間かかった。手際はよくなっていたが、氷の層に突き当たって場所を変えたせいだ。完成した時にはすっかり日が暮れていた。

座り込むと、思わず脱力した。筋肉が悲鳴を上げ、すべての関節が痛む。手指の先にできた霜焼けが悪化していた。

雪洞内部は高さ一・二メートル、底面はおよそ三メートル四方。手間をかけたおかげか、内部は雪山であることを忘れそうなほど快適だった。とはいえ室温は氷点下二〇度を下回っている。耐寒装備は身に着けたままだ。

C5から上はテントではなく雪洞で寝泊まりしている。高地では雪ブロック積みが間に合わないと判断し、凍って板のようになったテントは埋めてきた。アイスバーンでまともに歩くことができないため、山スキーも置いてきた。緑里たちは少しずつ身軽になりながら山頂へと近づいていく。

雪洞を二つ作る体力はないため、一つの雪洞で一緒に過ごす。

出入口付近にコンロを置き、残り少なくなったインスタント食品で夕食を摂る。一酸化炭素中毒にならないよう、時折ツェルトを開けて、空気を入れ替えるのも忘れない。食事を済ませて空腹が鎮まると、いくらか元気が出てきた。

雪洞内でＬＥＤランタンが煌々《こうこう》と輝いていた。白い内壁に二人の影が映る。耳をすますと、氷河のきしむ音が聞こえた。

「ねえ、緑里」

シーラが歌うように呼びかける。手にはココアの入った魔法瓶が握られていた。

「うん？」

「あとどれくらい、続けられると思う？」

「……残りは今日を入れて十日分」

緑里は昼食時に残った食料を確認していた。冬のデナリでは一週間ほど荒天や強風が続くこともざらだ。もしかすると、今回の旅はここまでかもしれない。そう思いつつ口にはしなかった。言わずとも、シーラも理解している。

「疲れたね」

言うまいと思っていた台詞が、緑里の口からこぼれた。シーラも無言で頷く。

トラブルはあったものの、ここまでよくやっている。緑里は自分たちの挑戦をそう評価していた。しかし過酷な登攀と緊張の連続のせいで、心身の疲労はすでに極限に達していた。これまでの登山では経験したことのない、身体の芯がぐにゃりと曲げられたような、消し去りがたい疲労感だった。

どちらからともなく、明日は休養日とすることにした。日数に余裕はないが、この状態ではとても最終キャンプであるＣ７には挑戦できない。シーラもすぐに同意した。

就寝前。雪洞を片付けている最中、シーラの手が止まった。顔が蒼白になっている。

「どうかした？」

「……頭が痛い」

緑里はシーラの身に起こったことを瞬時に察した。

高山病だ。

緑里たちが採っている、大量の荷物を少しずつ運びながら山頂を目指す方法はカプセルスタイルと呼ばれる。ベースキャンプから一気に頂上へ登ろうとするアルパインスタイルに比べれば、高度順化はしやすい方法だ。

だが当然ながら、それは高山病にならないことを保証するわけではない。ここまで二人とも目立った症状がなかったことこそ、幸運だった。

「薬は？」

「まだ飲んでない」

シーラは急性高山病に使われるダイアモックスを持参している。だが可能な限り自力で高度順化するため、服用を躊躇していた。

「今のうちに飲んだほうがいい」

ダイアモックスが有効なのは初期だけだ。勧めに応じて、シーラは錠剤を飲んだ。幸い、緑里には高山病らしき症状は出ていない。

「ごめん。明日よくなるといいんだけど」

寝袋にくるまり、横になったシーラがつぶやいた。

「謝ることじゃない」

慰めではなく、それは緑里の本心だった。高山病は防ごうと思っても、必ず防げるものではない。立場が逆だった可能性も十分にあるのだ。シーラはもう泣き言は口にせず、じっと寝ていた。体調を回復させることに専念しているようだった。

緑里は身のまわりを整理し、床に就いた。

寝袋に入るなり強烈な睡魔に襲われ、雪と同化するように眠った。雪洞の外では風が空気を切っていた。


休養日を置いたのは正解だった。

翌日は昼から猛烈な地吹雪に見舞われた。雪の粒が波のように吹き上がり、ツェルトの隙間から入り込んでくる。C7へ辿り着くには、氷壁をよじ登る必要がある。もしもシーラに高山病の症状が出ていなければ、強行したかもしれない。こんな荒天のなかを登攀していたら、と想像するだけで背筋が冷えた。

薬の効果か、ひとまずシーラの体調は回復した。頭痛はほぼなくなり、身体の重さも取れたという。緑里も丸一日休んだおかげで気力と体力が戻ってきた。氷壁に備えてアイスアックスやアイゼンを点検し、爪を研いだ。

午後、ラジオを聞きながらエナジーバーをかじっていたシーラがふと言った。

「ここから先、どうする？」

言わんとすることは緑里にもわかった。登頂のための食料は、今日を除けば残り八日分しかない。Ｃ７への荷上げには、これまでと同様二日かかるだろう。下山には五日かかる見込みであり、山頂へのアタックに残されるのは一日だけ。それ以上粘れば、今度は下山時に飢えて死ぬかもしれない。

つまり、一日でも停滞すれば山頂には挑めない。

――潮時。

そんな言葉が脳裏をよぎったが、緑里はあえて振り切った。

「明日も吹雪だったら、潔く諦める。でもまだ山頂アタックが不可能なわけじゃない」

答えを聞いたシーラは、横になったまま薄く笑った。

「そう言ってくれてよかった」

緑里も微笑を返したが、内心は不安で一杯だった。本当に、食料をギリギリまで使う計画でいいのか。下山時に天候がひどく崩れたら。登高中に万が一荷物を失ったら。気にすればきりがない。

むしろ、無理なら諦めようという決心がついているからこそ、前進を選ぶことができた。最優先すべきは命だ。それがダニエルや真利子との約束でもあった。その日は祈るような気持ちで眠りに落ちた。

一夜明け、ツェルトをめくると快晴の空が広がっていた。

「行ける」

元気を取り戻したシーラが叫んだ。

C7との往復に八時間はかかる目算だった。朝食を済ませた二人は、八時過ぎにC6を出発した。氷壁を登るため、腰につけていたポールや、荷物を引くのに使っていたソリは置いていく。荷物は大型ザックだけだ。氷壁を登攀するための準備も済ませていた。ブーツにはアイスクライミング用のアイゼンを装着し、両手にダブルアックスを持つ。

腰にはハーネスを巻き、クレバス転落に備えて互いの身体をロープで結ぶ。道なき雪原に、二人のラッセル跡が一筆書きで刻まれる。

緑里は行く手にそびえる青い氷壁を眺めた。

ウエスト・バットレス。最大で斜度五〇度に達する雪氷の壁である。デナリ登頂の最も一般的なルートだが、それでも難度は相当高い。特に冬は硬い氷に覆われ、アイスクライミングを強いられる。足を滑らせればまず無事では済まない。口を開けたクレバスの底まで落ちるのは間違いなかった。

七年前、リタがデナリ挑戦の直前にモンブラン山塊に登ったのは、ウエスト・バットレスのリハーサルのつもりだったのか。徐々に高まる緊張のなかで、緑里はそんなことを考えていた。

緑里もシーラも、冬のデナリに登るのは初めてだった。それにもかかわらず妙に冷静でいられるのは、リタの後を追っているという意識のせいかもしれない。自分たちの行く手には親友が待っている。そう思えば、未知の冬山への恐怖も幾分やわらいだ。雪の上に跡《トレース》はないが、二人の心には消えない痕跡が残されている。

夏には硬い雪にまみれた岩壁という印象を与えるウエスト・バットレスだが、目の前にあるのは一面の氷壁だ。二、三百メートルはある。緑里はこれまで、甲斐《かい》駒ヶ岳や八ヶ岳《やつがたけ》でアイスクライミングの練習を幾度も積んできた。冬山登山での実践経験もある。それでも、これほど長い距離を登攀するのは初めてだった。天候には恵まれている。晴天で風もない。

「どっちが先に行く？」

緑里はシーラに問いかけた。

クライミングには、最上部からのロープでクライマーの身体を確保しながら登るトップロープという方法と、クライマー自身が登攀しながら途中で支点を作りロープを通すリードという方法がある。この登攀では誰も上からロープを下ろしてはくれないので、リードクライミングになる。

二人一組が基本で、登攀するクライマーと、安全を確保するビレイヤーに役割を分担する。もしもクライマーが転落したら、ビレイヤーがロープを引っ張って落下を防ぐ。一方が先に登り、ある程度まで進んだら安全確保の支点（ビレイ点）を作り、もう一方が後を追う。この繰り返しで壁を登りきる。

「先に行かせて」

シーラが躊躇なく言った。リードするクライマーは、ビレイ点ごとに交代することに決めた。

シーラは気負いのない様子で、鳥のくちばしのようなアイスアックスを氷壁に打ち込み、アイゼンを蹴り込んでいく。昨年のブラックバーンでもアイスクライミングは経験しているが、シーラの登攀技術は明らかに緑里よりも上だった。カメラマンの仕事に追われている緑里に比べて、シー彼女は日頃から訓練を積んでいる。

地上にいる緑里に氷の粒が飛んでくるため、少し後ろに下がる。着実に高さを稼いだシーラは、三〇メートルほど登ったところでいったん止まった。巨大なネジ釘のようなアイススクリューを二つ氷壁に打ち込み、カラビナにロープを通す。準備が済むと、シーラは手ぶりで緑里に合図を送った。

今度は緑里が登攀する番だ。全身に緊張をみなぎらせながら、両手に握ったアイスアックスを打ち込んでいく。右、左。凍てついた空気で固められた氷壁は、まるでコンクリートのようだった。振りかぶり、引っかけるようにしてどうにか刃を立てる。今度はアイゼンの爪を刻み込む。左、右。膝を伸ばして上体を起こす。この尺取り虫のような動きを延々と繰り返す。

二メートル、三メートルと、地面から離れるほど恐怖は増す。下を見るのが怖くなる。転落しても、上で待っているシーラがロープを引いてくれるはずだが、スクリューが荷重に耐えきれる保証はない。シーラの反応が遅れるかもしれない。クレバスへと続く道はすぐそこに開いている。

シーラの倍ほども時間をかけて、同じ高さに到達した。急傾斜の壁に倒れ込みたくなるのを我慢する。

「お待たせ。交代しよう」

声をかけたが、シーラは手を動かそうとしない。少しの間黙っていたが、やがて「提案なんだけど」と言った。

「この登攀では私がずっとリードをやったほうがいい」

緑里は顔をしかめた。リードを担うファーストクライマーのほうが、それに続くセカンドクライマーよりも体力を使う。片方だけがリードを担い続ければ、その一人にかかる負担は大きくなる。

不安を見透かしたかのように、シーラは明るい表情で言う。

「そっちのほうが、むしろお互い楽だと思うんだ。リズムを崩さなくていいし、ビレイの待ち時間も減らせるから」

クライミングの技術では、どう考えてもシーラに分がある。そのシーラからの提案を無下に却下するのも気が引けた。それに本音を言えば、緑里がファーストクライマーを務めるのはいささか不安でもあった。

「わかった。じゃあ、お願い」

そうと決まれば早い。シーラは頷くと、出発の準備をはじめた。墜落を防ぐために新たなアイススクリューを打ち込み、ロープを通す。その間、緑里は滑らかにロープを送れるようまとめておく。

登攀は順調に進んだ。じきにシーラが先行して緑里が後を追う、という一定のリズムが生まれてきた。

どんなに恐ろしい状況でも、慣れは生まれる。順調に進めばなおさらだ。アイスアックスの刺さり方が緩くても、ビレイ点が十分固定されていなくても、多少なら大丈夫だろうと高を括《くく》ってしまいそうになる。

「まだ半分も行っていないよ」

「気を緩めないで」

緑里とシーラは、緊張を失わないよう互いに声をかけ合う。

一時間ほど経過した頃には、疲労が強くなってくる。すり減った神経は反応を鈍くし、注意力を失わせる。視界がぼやけ、焦点が合わなくなってくる。凍える風も、雪崩の音も、目を覚ましてはくれない。

左足に力を入れた途端、ずるり、とアイゼンの爪が氷壁から外れた。両腕のアイスアックスと右足の爪で、かろうじて落下を免れる。宙に浮いた左足は、切り落とされたかのように無感覚だった。

「足元を見て」

ほとんど反射的に、シーラの声に従った。緑里は眼下に視線を移す。

巨大な青い壁を伝って、はるか下に雪原が広がっている。地上から一〇〇メートル以上離れているだろうか。三十階建てのマンションとほぼ同じ高さだった。ここから墜落すれば、即死以外はあり得ない。

「死なないで」

緑里は頷いた。緊張が緩んでいたのを見透かされていたのだ。恐怖心を刺激された緑里は体力を振り絞り、慎重に登攀を再開する。恐怖を飼いならす。とっくに理解したつもりだった柏木の言葉を、改めて噛みしめる。

二時間をかけ、二人は氷壁を登りきった。デナリ西稜《せいりょう》の平坦《へいたん》な雪原に辿り着くと、緑里は堪えきれず座り込んだ。腕も脚もはち切れそうなほど張っている。安堵すると同時に、手指の霜焼けが痛み出した。

「ありがとう。一人じゃ無理だった」

傍らに座るシーラに言うと、彼女ははにかむように笑った。

「私だって、一人ならとっくにクレバスの底だよ」

水分を補給しながら、緑里は改めて思う。自分もシーラも、一人では山頂どころかこの西稜にすら辿り着けなかっただろう。リタはそれを単独でやってのけた。誰にも頼ることなくクレバスをかわし、体力と精神の平衡を維持し、長い氷壁を孤独に登りきった。

山頂に近づくたび、彼女が歩んできた道のりの険しさを思い知る。

エナジーバーやナッツでエネルギーを補給してから、西稜を歩く。晴天下の白い雪原は光を反射するため、二人ともサングラスをかけた。薄暗い視界でも、進むべき方向ははっきりと見えている。

C７の予定地付近に荷物を埋め、少しだけ休んですぐに引き返す。もう日没まであまり時間がない。焦る気持ちを抑え込んで、二人はC６への帰路についた。


翌日も、夜明けから快晴だった。猶予は残り二日。天候次第では諦めることも考えていたが、まだ挑戦できると判断した。

緑里とシーラは荷物を背負い、朝早くに雪洞を発った。しばらく歩いた先で、再びウエスト・バットレスを登攀する。シーラが先行するのは変わらない。気力体力はすり減らされるが、リズムをつかんだおかげか、より短時間で登り切ることに成功した。

前日と同じルートを進み、西稜の雪原で昼食を摂る。標高五〇〇〇メートル。遠く離れた眼下には凍りついた氷河が横たわっている。あそこから出発して、とうとうここまでやってきた。

「こんなに晴れるなんて嘘みたい」

スポーツドリンクを飲んだシーラが言った。

「もっと荒れると思っていた？」

「例年通りならね。こんなに好天が続くなんて奇跡だよ」

「あと一日だけ、保《も》ってくれるといいんだけど」

エネルギー補給を済ませた二人は、Ｃ７への道のりを歩きだした。途中、赤いセスナ機が上空に現れた。ダニエルだ。緑里は無線の電源を入れてみた。前回は少しだけ交信できたが、低温のせいかまったく通じない。仕方なく、二人で大きく手を振って無事を知らせた。

ダニエルの存在は、二人にとって命綱のようなものだった。時たま飛んでくるセスナ機こそが、下界との限られた接点なのだ。もし遭難でもすれば、ダニエルに見つけてもらうほか生き延びる道はない。そして、そうなる可能性は十分すぎるほどある。

午後の日を背に浴びながら、尾根に足跡を刻む。

標高五二〇〇メートル、Ｃ７。最終キャンプである。すでにブラックバーンの山頂は越えている。到着した時には、日没まであと一時間強しか残されていなかった。感慨に浸る暇もなく、雪洞作りにとりかかる。

「雪洞、簡単でいいんじゃない？」

行きの食料は残り一日分。雪洞を使うのは今夜だけになるかもしれない。そのために多大な労力を費やすくらいなら、頭が入る程度の大きさに留めておいて、その分の体力を明日の山頂アタックに温存しておくべきだ。シーラはシャベルを動かしながらそんなことを言った。緑里は数秒思案する。

「できれば、ちゃんとした雪洞を作りたい。何があるかわからない」

緑里には、こんなに晴れるなんて嘘みたい、という先刻のシーラの言葉が引っかかっていた。確かに、冬のデナリと言えば厳しい気候条件に見舞われるのが常だ。しかし聞いていた話よりは天候がよく、穏やかな日が続いている。

それだけに、いつ荒天が到来するかが気掛かりだった。天候は運次第だ。いい目ばかりが出続ければ、そのうち裏切られるのではないかと不安になる。

「わかった」

シーラは緑里に従い、素直に雪洞を作りはじめた。C3までならこうはいかなかっただろう。彼女は緑里の判断を信じている。

日が沈んでからもヘッドライトをつけて、黙々と手を動かした。硬い氷の層にぶつかり、深くは掘り進めなかったものの、どうにか二人が寝られるだけの空間は確保できた。身体を入れるとほとんど余裕がない。もう少し広げたかったが、体力の限界だ。氷壁登攀で全身がぼろぼろだった。

「ここまでにしよう」

緑里の一言で作業は終わった。

ヘッドライトの光のなかで夕食を摂る。空は暗いが晴れているので、雪洞の外でコンロを使った。まずはひたすら雪を溶かして水を作る。スポーツドリンクにして水分を補給してから、インスタント食品を温めた。すでに午後九時を過ぎている。いつもなら就寝している時刻だ。

緑里の夕食は、親子丼、カレーライス、かぼちゃのポタージュ。デザートにはチョコレートを一枚。いずれも最終アタック前日のために取っておいた好物ばかりだ。インスタントとはいえ、冬のデナリの山中で、舌に慣れた日本食を味わえることに感謝する。

シーラは食に興味がないのか、だいたい毎日エナジーバーをかじっている。食事だけが楽しみの緑里には無理だが、決まったリズムを維持するという意味では一理あるやり方だった。

零下四〇度の闇のなかで食事を楽しんでいると、シーラが「あっ」と声を上げた。

「見て。後ろ」

言われるがまま振り返る。

夜の天幕に、巨大な光の帯がたなびいていた。青と白の入り混じった光が、立ち上る炎のように絶えず揺れている。緑里の魂が光の帯に巻き取られ、吸い込まれていく。

「北極光《ノーザン・ライツ》だ」

シーラがつぶやいた。

北極圏で見られるオーロラはノーザン・ライツと呼ばれる。冬のデナリでも観測できるとは聞いていたが、端《はな》から期待はしていなかった。頻繁に見られるものでもないし、出現する時間帯も夜更けが多い。

緑里はしばし呆然と空を見ていた。意思を持っているかのように動き続ける青い光は、夜空の海を泳ぐ生き物だった。デナリの上空を、光り輝く生命体が行き過ぎようとしている。緑里はただ、その雄姿に見とれていた。

「カメラ、カメラ！」

シーラに言われて、ようやく我に返った。慌てて一眼レフを引っ張り出す。

——これを撮らなきゃ、写真家失格だな。

思わぬ収穫を前に、緑里は懸命に一眼レフの設定を調節する。絶え間なくゆらめくオーロラを捉えるためには、シャッタースピードを遅くする必要がある。しかし、遅すぎればぼやけた光の塊にしか映らない。ＩＳＯ感度を調整しながら試行錯誤を続ける。

それにしても、見れば見るほど見事なオーロラだった。作品が溜まれば、いずれ三冊目の写真集を出版したいと思っている。このノーザン・ライツは間違いなく写真集のページに加わるだろう。

いつまでも撮っていたいが、身体は一刻も早く眠るよう命じている。眠気に急かされるように、緑里は仕方なくカメラをザックへ戻した。

食事の片付けを済ませ、寝袋へ潜り込む頃になっても、光の帯はまだ残っていた。このまま夜空に貼りついて消えないのではないか。詮無い妄想が頭をよぎる。

狭い雪洞の内部で、緑里とシーラは肩を寄せ合うようにして寝転んだ。身動きもできない狭さに、外気と変わらない凍えた空気、硬く冷たい氷の床。そんな環境でも、横になれば自然と睡魔はやってくる。

「ねえ、緑里」

まどろみかけた意識にシーラの声が届いた。

「ついにここまで来た」

「……そうだね」

眠りを邪魔されたことを少し煩わしく感じながら、答える。シーラは興奮のせいでなかなか寝付けないようだった。

「明日、アタックできるかな？」

「天気次第でしょ」

「それはそうだけど。晴れると思う？」

「そう願ってる」

生返事をしながら、緑里はほのかに苦笑を浮かべていた。少女時代のシーラは年齢よりも大人びて見えた。クールで冷静沈着。口数は少なく、目立つリタの陰にひっそりとたたずんでいた。

だがデナリに入ってからというもの、シーラの印象は変わっている。リタへの愛ゆえに心を閉ざす姿。登頂にこだわり焦る姿。生命の危機に襲われ涙する姿。最終キャンプまで来たことを無邪気に喜ぶ姿。今まで知らなかったシーラの顔が、山頂を目指す過程で次々と現れた。

緑里は一人、得心する。山を登るということは、強制的に自分をさらけ出すことなのかもしれない。だからこそ、真に山頂を目指す人間しか、そこに辿り着くことはできない。偽りの心で頂を目指す者を、山は決して受け入れない。

いつしか緑里は眠っていた。足元に開いた穴に落ちるような眠りだった。

翌朝、七時に目覚めた。

緑里の顔に氷の結晶が降り注いでいた。呼気に含まれる水分が、細かい氷粒となって降っている。

頭は冴えていた。睡眠時間は長くないが、気分がすっきりしている。深く眠った実感がある。筋肉痛は残っているが、支障になるほどではない。アタックに臨めるだけの気力体力は復活していた。

シーラは隣でまだ眠っている。緑里は静かに身を起こし、雪洞の出入口のツェルトをめくってみた。薄れはじめた闇が広がっている。さすがにオーロラは消えていた。

空は曇っており、星は見えない。ただし雪はない。風も弱い。快晴とはいかないが、アタックには適した天候だった。条件は揃っている。

「……奇跡だ」

本音を言えば、アタックできる可能性は五割より低いと思っていた。それほど連日、好天が続くわけがない。アタック当日の天気はきっと荒れる。そう考えることで、傷つかないよう先回りしていた節もあった。何しろ、今日が無理なら諦めるしかない。猶予は一日たりともないのだ。

だが現実は違った。二人を山頂へと誘《いざな》うような、穏やかな世界がそこにはあった。ちょうどシーラがうめき声を上げた。

「シーラ、外見て。行けるよ。山頂に挑戦できる」

昂ぶりを抑えきれず、緑里は横たわるシーラに話しかけた。だが、仰向けに寝ているシーラから返事はない。低いうめき声が聞こえてくるだけだった。

「起きてる?」

ランプをつけて顔を覗き込むと、瞼を閉じたシーラが苦しげに眉根を寄せていた。口の端から漏れる声は言葉にならない。皮膚は白く冷たい石膏《せっこう》のようだった。どう見ても尋常ではない。

緑里が肩に触れると、「揺らさないで」とか細い声がした。

「ごめん。どうしたの」

「……夜中から、身体が怠《だる》くて。頭がすごく痛い」

シーラが陥った状況を、緑里はすぐに理解した。高山病が再発したのだ。水分補給にも気をつけていたのに。ウエスト・バットレスの標高差のせいだろうか。

「薬は？」

「飲んだけど……全然よくならない……前よりひどい」

言葉を発するのも辛そうだった。顔が濡れているのは呼気が水に変わったせいか、あるいはおびただしい冷や汗か。いずれにせよシーラは登高を続けられる状態ではない。そして今日がアタックできる最後の一日だ。

シーラは山頂に挑むどころか、外に出て歩くことすらままならないだろう。この旅はここで終わりだ。緑里は感情に蓋をした。先刻までの高揚感が急速に萎えていく。

「ここまでだね」

口からこぼれた言葉に、シーラはいっそう眉をひそめた。

「何言ってるの？」

わずかに首だけを起こして睨む。その反応に緑里はむっとした。この体調で登るつもりなのか。どこまで自分を客観視できないのだろう。

「シーラ。気持ちはわかるけど、今回は諦めよう」

「そうじゃなくて。そりゃ私は、登頂なんかできない。雪洞から出るのも辛いんだから。それくらい理解している。でもあなたは問題ないでしょう？」

――まさか。

言わんとすることを察した緑里は、反射的に身震いをした。

「緑里単独でもアタックして」

「やめてよ！」

シーラの言葉に覆いかぶせるように叫んだ。

「二人だから、ここまで来られたんじゃない。どちらが欠けても辿り着けなかった。そう話したでしょう。なのに最後の最後で私一人なんて無理だよ」

緑里も、シーラも、リタにはなれない。彼女ほどの登山の才能も、技術も精神力もない。当の二人が、誰よりもそれを理解している。だからこそ力を合わせてここまで来たのだ。シーラがクレバスに落ちかけた時は、緑里が引き上げた。緑里が氷壁を前に墜落しかけた時は、シーラが先導した。

単独なら、とっくに死んでいた。

「一人でなんて行けない。行けるわけない。私、死にたくない」

大袈裟《おおげさ》ではなく、一人で山頂を目指せば死ぬだろうと、緑里は思った。頭上を旋回するダニエルよりも、腰につけたポールよりも、シーラの存在こそが最大の命綱だった。その命綱を断たれれば、緑里は丸腰になる。

雪洞に小さな声が響く。

「緑里なら、いける」

シーラは仰向けのままじっと雪洞の天井を見ていた。雪氷を削り取った無骨な白い天井。そこに緑里が映っているかのように語りかける。

「そんなこと……」

「立場が逆なら、どうしていた？」

シーラの顔の半分に、ＬＥＤの光が当たっている。

「緑里が高山病に倒れて、私が元気だったとしたら。あなたは、私がここで停滞することを望むと思う？　正直に答えて」

緑里は乾燥した唇を噛む。シーラは答えを知ったうえで訊いている。緑里の心の奥底に、登頂への渇望が潜んでいることもわかっている。

「早く」

急き立てられ、仕方なく緑里は答えを口にする。

「……シーラだけでも山頂に登ってほしいと思う」

「決まりだね」

そう言った瞬間、彼女の口の端に淡い笑みが浮かんだ。

シーラも辛いはずだった。他に誰もいない冬山でたった一人、高山病の症状に苦しみながら一日を過ごすのはさぞかし不安だろう。それに、リタの後を追って冬のデナリに入ろうと言い出したのはシーラだ。その彼女自身が、山頂目前でギブアップを余儀なくされた。悔しくないはずがない。

それでもシーラはパートナーを送り出すことを選んだ。緑里は無言のうちに手渡された覚悟を一息で呑み込む。ここから先は一人だ。けれど、一人じゃない。自分の内側にはシーラが、リタがいる。

「わかった」

緑里は躊躇を振りきり、雪洞を出た。ヘッドライトをつけ、日の出前の暗い雪原にしゃがみ込む。昨夜デポした荷物を掘り出し、シーラと分配する。緑里のザックには六日分の食料を詰めた。手早く準備を済ませた緑里は、仕上げに深呼吸をした。凍てついた空気が肺に侵入し、内側から身体を刺す。痛みとともに覚醒のステージが上がる。これでいい。ここから先は誰も助けてくれない。自分の身体と精神だけが頼りだ。朝食は中華丼とみそ汁、羊羹。食べ慣れた風味のおかげで平常心が蘇る。

支度を終えた緑里は雪洞に顔を突っ込んだ。シーラの顔にはわずかに血の気が戻っていたが、依然、起き上がるのは難しいようだった。苦労したが、しっかりと雪洞を作っておいたのは正解だった。狭くても、風雪からシーラを守ってくれるはずだ。

「行ってくる。今日中に帰ってこなかったら、一人で山を下りて。いい？」

シーラは素直に頷いた。身を翻した緑里の背中に「待って」という言葉が追いすがった。シーラの紫色の唇が、かすかに震えている。

「死なないで。あなたは生きて」

緑里は、シーラの目の奥でたゆたう絶望に気が付いた。彼女はリタを喪《うしな》った日のことを思い出している。緑里がリタと同じ顛末を辿る可能性は十分ある。もう二度と、あの悲しみを味わいたくない。緑里の耳にはシーラの悲鳴が聞こえた。

真顔のまま緑里は言った。

「生きて戻る。約束する」

あなたは生きて、とシーラは言った。それは、リタの死を受け入れた証拠だった。

これ以上、シーラの視界を暗い影で覆うわけにはいかない。

雪洞の外に出れば、微風が緑里の頬を撫でる。デナリ山頂の方角へと光を向けた。今のところ天候が崩れる徴候はないが、いつ風向きが変わるかわからない。彼女の機嫌がいいうちに登頂しなければならない。

足を踏み出せば、残されるのは一人分の足跡だけだ。

わずかに風が勢いを増してきた。


緑里は南峰と北峰の間にあるデナリ・パスへ向かった。そこからデナリの最高点、南峰を目指す。

白い山肌が朝焼けに燃えている。

緑里は一人、雪原にブーツの跡を刻んでいた。

神経は最高潮まで研ぎ澄まされている。まだ日が昇りきっておらず、辺りは暗い。だが緑里にはクレバスの気配が鋭敏に感じられた。実際には影や表面の凹凸でわかるのだが、目というより直感で判断していると言ったほうが正しかった。かつてないほど山の表面がよく見える。何者かが乗り移ったようだった。隠れた亀裂を避け、着実に斜面を登る。

見上げれば、南峰付近は雲に隠れていた。徐々にだが、天候は悪化している。昨日までのような快晴でないことは、出発時からわかっていた。それでも風が弱く、アタックには差し支えないと判断してC7を発ったのだ。多少、崩れることは織り込みずみだった。些細《ささい》な兆候に過ぎない。だが、平常心はわずかな綻びから破れる。錐《きり》で開けたような小さな穴が、一歩進むごとに押し広げられていく。本当に天気は保つのか？　吹雪に見舞われたらどうやって過ごすのか？

次々に浮かぶ不安を振りきって進む。

デナリ・パスへ続く急斜面を着実に登る。五感が研ぎ澄まされていると感じる時こそ、慎重さが必要だった。慣れや油断は、危険と隣り合わせだ。

神経の鋭敏さと対照的に、身体は重かった。

特に疲労が蓄積されているのは脚だ。ウエスト・バットレスの氷壁登攀で、残っていた体力を根こそぎ奪われた。ふくらはぎは石のように固く、腱《けん》が伸縮するたびに激痛が走る。股関節の動きは、着せ替え人形のようにぎこちない。

重いザックを支えてきた両肩は、小指で押すだけで歯を食いしばるほど痛い。背中も板のように固まっている。全身の筋肉が熱を持ち、緑里の意思に抵抗している。だるい。しんどい。すべて放棄したい。頭のなかは投げやりな言葉で一杯だった。

今すぐ荷物を放り出して、雪上に寝転びたい。次の一歩で終わりにしよう。そう思いながら足を踏み出し続ける。

登頂への渇望と、投げ出してしまいたい衝動がせめぎあっていた。

二時間ほどかけて、ようやくデナリ・パスへ到着した。南北の峰の間に位置する鞍部《あんぶ》。立ち止まって水分を補給する。改めて見渡せば、周囲の山々はすべて眼下にある。今、緑里はアラスカの頂上に手をかけようとしている。

想定より若干遅れているが、まだ取り戻せる。それよりもやはり天候が気になった。

南峰に続く稜線上は、いつの間にか霧に包まれている。アーチディコンズ・タワーという岩峰を目印にするつもりだったが、霧のせいでまったく見えない。こまめに方角を確かめながら進むしかない。

少しずつだが風も強まっている。顔に当たる風が、痛い。肌が今にも凍りつきそうだった。雪だけは降ってくれるな、と祈りながら緑里は再び歩きはじめた。

辺り一面が白雪に覆われている。デナリに入ってからというもの延々と雪の上を歩いてきたが、霧のせいもあってか、周囲には広大な雪原以外何も見えない。彼岸との境界に迷い込んだような心地だった。痺れる瞼を懸命に開く。

膝の上まで積もった雪をひたすらに踏み分ける。ただ歩くだけでも億劫だというのに、積雪はその辛さを二倍三倍に増やす。

休憩から再開してすぐ、息苦しさを感じた。視界が白くかすみはじめる。酸素不足だ。しかしこんな中途半端な場所で立ち止まるわけにもいかなかった。南峰を目指して足を動かし続ける。

霧はさらに濃くなる。乳白色の湖に落とされたようだった。視界が閉ざされただけで、心臓がぎゅっとつかまれたように苦しくなる。肉体に刻まれた疲労感は、ただの痛みへと変化しつつあった。

——立ち止まって休憩したほうがいい。

耳元で自分の声がささやく。だが、止まれば二度と歩けない。

「こんなに、辛かったっけ」

緑里はあえて口に出した。自分の声を聞けば、わずかに心細さがやわらぐ。

昨日まではそばにシーラがいた。前後を交代しながらラッセルし、休憩ではとりとめのない会話をし、時に苛立ちながらも一緒に登ってきた。そのシーラがいないだけで、こんなにも辛く苦しいのか。

ゴーグルの内側で涙がこぼれた。水滴は目の端で瞬時に凍りつく。冬のデナリでは、泣くことさえ容易ではない。

「シーラ……」

たまらなくシーラに会いたかった。今頃、彼女はどうしているだろう。硬く冷たい雪洞で、たった一人、高山病と闘っている。魔法瓶に沸かした湯を入れてきたが、ちゃんと水分は取っているだろうか。そもそも彼女を一人で置いてきてよかったのか。いっそここで諦めて、すぐにでも引き返すべきではないか。

——霧に包まれて登れなかった。そう話せばいい。

——余力を残して下山するためには、ここで引き返すべきだ。

戻るための言い訳がいくつも頭をよぎる。

後ろ髪を引かれながら、それでも緑里は足を止めなかった。どんな言い訳を口にしたとしても、ここで引き返せばシーラは責任を感じる。いったん行くと決めたのなら、進める場所まで進むのみだ。

限界はとうに超えていた。

時おり旗を立てながら緑里は歩く。どれだけ遠くても、目的地までの距離がわかれば歩き続けられる。反対に、ゴールの見えない旅は精神を蝕《むしば》む。一人で濃霧の雪原を進むのは、永遠の苦役を強いられているのと同じだった。

リタはベースキャンプからここまで単独で来た。その心身の強靱さを改めて思う。

——そう言えば。

ダニエルが最後にリタと通信したのも、この辺りだったはずだ。晴れていれば、白い野原を横切る人影を見つけるのはさほど難しくない。ただ、今はこの霧だ。仮にダニエルが上空に来ていたとしても、緑里を発見するのは不可能だろう。

ここで遭難すれば誰も助けには来られない。六日分の食料はあるが、普通に食べれば下山まで保たない。緑里は果てしない雪原を歩きながら、その実、目に見えない細い綱の上を渡っている。

本当に、この方向で合っているのか。次の一歩が崖へと続いてはいないか。不安に駆られ、足が止まりそうになる。ホワイトアウトの末に転落し、亡くなった登山者の例は枚挙にいとまがない。落ちれば登頂どころか、生還すら危うい。

一歩進むごとに筋肉が、膝や足首の関節が、悲鳴を上げる。もう歩けない、と訴えてくる。出発した時は満ちていたはずの気力が、霧と風に吸い取られていく。瞼や頬が感覚を失っていく。手や足の霜焼けが痛みを増す。全身が歩くことを拒絶している。

横からの風は一段と強くなっていた。積もっていた雪を巻き上げ、地吹雪になりかけている。

——まずい……。

緑里は完全に目論見《もくろみ》が外れたことを思い知った。

穏やかな風と良好な視界。この二つが、アタックの条件のはずだった。しかし今や、その条件はいずれも破れてしまった。

デナリへ登る前に読んだ、遭難記録を思い出す。この山に吹く強風は並大抵ではない。デナリ・パスを吹き抜ける風は時速二〇〇キロにも達する。マイナス四〇度の極低温下での体感温度はマイナス一四八度。凍りついた両手は倍の大きさに膨れ上がって機能を失い、両足はブーツに入らなくなるほど腫れあがる。凍傷の痛みは肘や膝にまで至り、行動する一切の気力を失わせる。このまま風が強まれば、歩けなくなるのはもちろん、じっとしているだけでも肉体は壊死《えし》するだろう。その先に待っているのは当然、死だ。

がたがたと奥歯が震える。寒さのせいだけではない。抑えきれない恐怖が溢れて、毛穴から噴き出している。

——ここをどこだと思っているの。冬のデナリだよ。

シーラの叱責がこだまする。

そうだ。ここは東京の街中ではない。世界有数の難峰なのだ。何もかもが揃うことなどあり得ない。

——死にに行くなよ。恐怖を飼いならせ。

柏木の台詞がまた蘇った。

私は死にに来たんじゃない。登りに来た。膝を折って遭難するのはいつでもできる。

緑里の頭のなかで、無数の声が響く。シーラの。柏木の。カナックの。真利子の。ダニエルの。家族、友人、仕事仲間、無数の人々の声が行き交う。その声に励まされ、かろうじて歩を進めた。雪原で緑里は一人だった。だが、内側には数えきれないほどの記憶を抱えている。たくさんの人がいる。黙って風に耐え、歩き続ける緑里に話しかけてくる。その声に耳を傾けることで、どうにか意識を保つことができた。

霧のなか、突如数十メートル先に岩峰が出現した。それがアーチディコンズ・タワーだと気づくのに、数秒を要した。

「合ってた」

安堵のつぶやきが漏れた。思わず座り込む。

少しだけ岩峰に接近し、岩陰で休息をとった。歩けなくなるのは怖かったが、さすがにエネルギー補給が必要だ。

霧のせいで時間感覚まで失っていたが、時計を見ればとうに正午を過ぎている。帰りの時間を考えれば猶予はほとんど残されていない。エナジーバーとココア、クッキーで昼食にする。甘さが浸みる。食欲を失っていないのは幸運だ。

大雪原は渡り切った。岩峰から先は南峰の頂上へと続く最後の斜面だ。山頂は間近に迫っている。

緑里は今一度、自問した。本当に行くのか。状況はあらゆる面で悪化している。濃霧のうえ、風は勢いを増しつつある。心身も限界だ。ちょっとしたミスや注意不足が死に直結する。焦って進めば、きっと命を落とす。

浅い呼吸で酸素を取り込みながら、考える。

再度、南峰を見上げる。雲は先刻よりも薄くなっているようだ。もしかすると、多少は視界が利くかもしれない。最も霧が濃い地点は過ぎつつある。風は気になるが、南峰まではどうにか辿り着けるだろう。

雪さえ。雪さえ降らなければ、行ける。

それが結論だった。

最後の腹ごしらえをした緑里はザックを背負い直す。関節の動きが不自由だった。全身が重く、どこをとっても疲れていない箇所がない。今や緑里は気力だけで動いていた。

あと少しで、リタの見た景色を目の当たりにできる。


緑里は考える。高校一年の夏、古本屋で一冊の写真集を手にしていなければ、今頃どこでどうしていただろう。

あの時買った写真集は今も持っている。見返すことは滅多にないが、そこに写っているサウニケは緑里の原点だ。この島に行きたい、という想いが彼女を写真家にした。そしてその延長線上に、冬のデナリがあった。

当時は、北米最高峰に挑戦するなんて想像もしていなかった。燃え尽きた元バスケット少女に未来なんて見えていなかった。ただ、熱中できる何かをひたすらに求めていた。

背負ったザックのなかで一眼レフが眠っている。Ｃ７を出発してからというもの、一度も出番はない。登るのに必死で撮影どころではなかった。

――いっそのこと、置いてくればよかった。

ダウンジャケットの懐にはレンズ付きフィルム、いわゆる使い捨てカメラを忍ばせていた。山頂での撮影はこれで十分だ。けれど写真家としての性《さが》か、シャッターチャンスに遭遇するかもしれないと思うと、愛機を持参せずにはいられなかった。

南峰の稜線へと続く斜面を登る。全身が熱い。どこもかしこも、炎症を起こしているようだった。

目を凝らせば、クレバスの影が潜んでいる。こんなところまで来て滑落など、悔やんでも悔やみきれない。緑里は鈍くなりはじめた神経を再び研ぎ澄まし、雪上を回り込んでクレバスを避けた。

高度を増すにつれて、霧が薄くなってくる。読み通りだった。ただし、風も強くなっている。横殴りの風が身体を軸から揺さぶり、体熱を奪っていく。舞い上がった雪が礫となって緑里を打つ。

風の勢いに思わず立ちすくんだ。このまま風速が上がれば動けなくなる。進むも戻るも不可能だ。遭難の二文字がよぎる。

その時だった。

締め付けられるように、頭が痛み出した。とっさに内心で嘆く。

――ここまで来て！

高山病だとすぐに理解する。薬はＣ７に置いてきた。

――このバカ。

自分に悪態をつく。今飲めば頭痛がやわらいだかもしれないのに。キャンプに戻るまで薬の助けは借りられない。高山病を抱えて山頂を目指し、下山するしかない。これがデナリ・パスなら登頂は諦めていただろう。だが、ゴールはもう手が届く距離にある。

吐き気はなかった。緑里は歯を食いしばって痛みに耐え、目を見開いて雪上を凝視した。雪を踏み抜いて落下することに比べれば、頭痛くらいどうってことはない。無理やり己を鼓舞して進み、どうにかクレバス帯を抜けた。手足の感覚はほとんどなくなっている。

ついに緑里は、南峰の頂点へと続く最後の稜線に立った。

急斜面を登りきればそこは山頂だ。雪は膝の下あたりまで積もっている。もう一歩たりとも歩けない。身体は叫んでいるが、耳を貸すことなく右足を踏み出す。しっかり踏みしめたはずのブーツの足が滑る。連日の晴天で雪が緩んでいるせいか、緑里の踏ん張る力が衰えているせいか。

心臓が、今までにないほどの速さで鼓動している。全身に血を送り、零下四〇度に達する凍てついた世界で、持ち主を生かすため懸命に動いている。

一歩ごとに身体の平衡を確認する。油断した瞬間に転落しそうだった。再び足が滑り、思わず両手をついて這いつくばる。地吹雪をまともに浴び、顔が凍りつく。視界は真っ白だった。緑里はもがくように斜面を前進した。

頭痛は激しさを増している。拍動のたび、錐を揉みこむような鋭い痛みが走る。緑里は舌を噛み、その痛みでごまかそうとしたが、血の味が滲むだけだった。

筋肉痛のあまり、あらゆる箇所が内出血を起こしているかのように痛む。思い通りに動く関節はないと言っていい。肘、膝、腰、肩、首。すべてが錆《さ》びついた蝶番《ちょうつがい》のようだった。きしむ音を聞きながら、無理に動かす。手足が腫れ、グローブやブーツが擦れるだけで皮膚が焼けるようだった。

いつしか、霧は完全に晴れていた。曇天の下に南峰がそびえている。振り返ればデナリ・パス、そして北峰も見下ろすことができた。登る場所はもう、ここしかない。雪の塊にしがみつくようにして、緑里はじりじりと頂上に接近する。

南峰を見据える視界を、風に乗った一片の雪が飛んでいった。嘆きより先に笑いが漏れた。

――勘弁してよ。

最後の最後で試練のフルコースだ。

大量の雪が、瞬く間に視界を侵食した。ブリザード。風雪は強まる一方だった。

――ここまで来たら、引き返せない。

摩耗した神経と、疲弊した肉体。消えない頭痛。急斜面でのラッセルに、猛吹雪。南峰は再び姿を隠した。それでも緑里は登る。

山頂への道のりが途方もなく長い。あと少し、と思ってからどれくらい経っただろう。まだ歩いていられるのが不思議なほどだった。もはや、執念だけで動いていた。

靄がかかった頭のなかに、再びたくさんの声が響く。だが緑里は、すでにそれらを聞き分けることができない。ノイズの濁流となって流れ込んでくる。寒さと疲労と痛みで、意識が飛びかけていた。

――緑里。

一瞬、鮮明に声が響いた。懐かしい声。

——緑里、聞いて。

リタだった。思わず辺りを見回すが、視界に入るのは吹雪の白だけだった。だが間違いなく声は聞こえる。

「リタ？　いるんでしょう？」

風雪に向かって緑里は叫ぶ。

——落ち着いて。叫ぶと体力を消費する。

ノイズは消え、リタの声だけが耳に届いていた。緑里の目に涙が滲む。

——どこにいるの。怖いよ。もう、登りたくない。

——登るかどうかは、あなたが決めればいい。

リタの声音はどこまでも穏やかだった。ブリザードに巻き込まれていることすら忘れ、暖かな部屋で会話をしているようだ。緑里は冷たい雪に足を踏み入れる。

——どうすればいいか、わからないの。

——私はあなたたちが来るのを待っているから。

それきり、リタの声は消えた。

——行かないで。もう少しここにいて！

どんなに引き止めても応答はない。

ゆっくりと視線を上げると、ブリザードの奥に確かに人影が見えた。半透明の壁の向こう。青いダウンジャケットを着た背中は、今まさに山頂へ辿り着こうとしている。

「リタ！」

緑里は雪を散らしながら、跳ねるように山頂へと急いだ。もう人影は見えない。けれど山頂に至ればまた彼女に会える。疲れも痛みも忘れて、緑里は駆け登った。雪を手でかき分け、がむしゃらに前進する。

あれは幽霊なのだろうか。現実にリタが生きているはずがない。緑里のなかの冷静な部分がそう告げている。

だが、それでもよかった。幽霊であっても、リタとまた会えるなら。

斜面を一気に登りきった緑里は、平らな場所に出た。遮るものは何もない。体温で温められた呼気は、細かい氷粒となって吹き飛ぶ。覚束《おぼつか》ない足取りで歩いていた緑里は、間を置いて、足元に小さな杭が刺さっているのに気づいた。その標識が示す意味を理解し、思わず地面に膝をつく。

——ここがデナリの山頂。

北米大陸で最も高い場所。これ以上登ることができない、最高点。

ようやく、辿り着いたのだ。

幾度も挫けそうになった。それでもとうとう、登頂を果たした。実感はない。雪が止んだら、もっと高い別の峰が現れるのではないか。そんな妄想を振り払う。

ついさっき、ブリザードの向こうに見えた友人の姿が見当たらない。

「リタ！」

もう一度緑里は叫ぶ。烈風にかき消され、声はいずこかへ消える。

辺りを見渡す。三六〇度を雪の壁に囲まれたかのようだった。手を伸ばした先すら見えない雪と風の世界。

太陽の光は雲に遮られているというのに、なぜか、雪の粒が輝いていた。きらめく雪の結晶が風に乗り、緑里を包み込んでいた。まるで水晶の破片が舞い踊っているようだった。目がくらみそうなほどの眩しさが、網膜に焼き付く。これほど美しい雪を緑里は見たことがなかった。

完全なる白銀。その言葉を自然と思い出していた。天国があるとするなら、こんな情景かもしれない。緑里は酷寒のなかで、浮遊するような感覚を覚えていた。これは幻の風景なのかもしれない。だが高山病による頭痛も、全身の疲労も消えてはいない。やはり現実なのだ。

あらゆる音は遠ざかり、緑里は沈黙のなかにいた。鼓膜が痛くなるほどの沈黙のなかで、彼女の声を求めた。

――お願いだから。

グローブをはめたまま、懐からレンズ付きフィルムを取り出す。一眼レフで撮影している余裕はない。レンズを自分の顔に向ける。今、どんな顔をしているだろう。産毛も凍りついているはずだ。顔がこわばって動かない。

――お願いだから姿を見せて。

祈りながらシャッターボタンを押す。登頂の証である杭もカメラに収める。

白い光に抱かれた緑里は、しばし恍惚《こうこつ》としていた。長い旅の目的地に到着したのだという実感が、遅ればせながら湧いてくる。しかし長居は無用だった。気象条件は最悪と言ってもいい。すぐに安全な下山方法を考えなければならない。

そう思いながら、緑里は動くことができなかった。一分が経ち、二分が過ぎても、山頂から足を踏み出すことができない。この場所のどこかに、リタがいるはずだから。

緑里は、ファインダーに顔を近づける。

カメラが発明されたのは幽霊を撮るため。柏木の言葉が正しいのなら、何枚でも撮ってやる。たとえ瞳が凍りついても、指先が肉体としての役目を失っても、彼女の姿を捉えるまでは諦めきれない。

白い虚空に向かって幾度かシャッターボタンを押し、放心した表情で顔を上げた。そこにはやはり降りしきる雪があるだけだった。

「緑里」

声がした。

今度は頭のなかではない。確かに、現実の音だった。

「リタ?」

緑里は左右を見渡す。そこにあるのは風と雪だけである。

「緑里」

再び声がする。真後ろ。

緑里は身体を反転させる。

ベリーショートの黒髪。彫りの深い顔立ち。青いダウンジャケット。肌は陶器のように綺麗で、なめらかだった。雪はその姿を透かして降り注いでいる。ブリザードのなかで、彼女はほのかに笑っていた。

七年前と同じ若さのままで、リタ・ウルラクはそこにたたずんでいた。

「リタ!」

涙がゴーグルの内側を伝い、隙間から滲み出し、氷の粒となって飛んでいく。身体の芯が震え、指先まで痺れる。はっ、はっ、と喘ぐような呼吸は酸素の薄さのせいではない。

やっと。やっと、会えた。

数歩歩み寄った緑里は、力一杯リタを抱きしめた。幻覚ではない。その証拠に、緑里の腕には温かな感覚があった。リタの体温が伝わってきた。

「……会いたかった」

応じるように、リタは緑里の背中に腕を伸ばした。彼女に抱かれながら、緑里は溢れる涙を止めることができなかった。

「頑張ったね」

リタの声が耳元で聞こえる。耳当て付きのキャップを被っているのに、耳たぶに彼女の吐息を感じた。

「リタがいなくなって、寂しかった」

「皆には申し訳ないと思ってる。実力不足だった」

「違う。謝るのは私のほうだから」

緑里はそっと身体を離し、正面からリタを見た。

「あなたのこと、疑っていた。本当にごめん」

多くを語る必要はなかった。リタはそれだけですべてを了解したようだった。微笑したリタは言う。

「仕方ないよ。私は登山家として守るべき、最大のルールを守れなかった」

意味するところはすぐにわかった。必ず生還すること。その決め事を、リタは果たすことができなかった。腫れた目の縁から、とめどなく涙が流れる。自分だけがここに立っていることに、ひどく罪悪感を覚えた。

「シーラと一緒に来られればよかったんだけど」

「緑里のせいじゃない。私はずっと待っているから。また、いつでも会える」

嗚咽が止まらない。何百回と再生した無線の記録と同じ声。輝ける風雪のなかで、緑里はそれを聞いていた。

「今度はシーラと来るから。約束する」

リタは頷いた。

「もう、後悔しないで」

リタは再び微笑んだ。次の瞬間、うなるような音とともに、風が彼女をさらう。瞬きの間にその姿は消えた。

緑里は叫ばなかった。どんなに呼んでも彼女は戻ってこないとわかっていた。耳の奥では残響がこだましている。リタの言葉は何度でも心に浸みこんでいく。

後に残されたのは一面に広がる雪のカーテンだった。光り輝く銀色の壁は、鏡のようにそこに立つ者を映している。緑里は上気した顔で涙を流す自分自身に、たしかにリタの面影を見た。風にさらわれた涙の粒が凍り、きらめきながら流れていく。その光はどんな星々よりも美しい。

緑里は悟った。

生きている者たちの世界と、ここではない世界とが出会うその瞬間、二つの世界を包みこむ閃光。それこそが、完全なる白銀だった。

もう孤独ではない。

これから長い下りの道のりが待っている。私もシーラも、一人じゃない。この山にいる限り、いつでもリタが見守ってくれる。だからむやみに恐れることはない。登頂した誇りを胸に帰還すればいい。

――ありがとう、リタ。

あなたはこの世界からいなくなった。けれど、これからも私たちと一緒に生きていく。

白銀に抱かれたあなたを決して忘れない。この先も、ずっと。


帰路には四時間を要した。

疲労は限界を通り越していたが、生還の二文字だけを思い浮かべて歩き続けた。ここで倒れれば、リタと会ったことをシーラに伝えられない。登山家としての最大のルールを破りたくないのは、緑里も同じだった。

途中で雪が止んで視界を確保することができた。運はまだ残っている。

日没後にＣ７へ帰着した緑里は、ろくに荷解きもせず雪洞の手前で座り込んだ。シーラの顔を見た途端、安堵で力が抜けたのだ。

「緑里」

雪洞から顔を覗かせていたシーラが近づいてくる。風はまだ止んでいない。

「大丈夫？　怪我は？」

ヘッドライトをつけたまま、緑里は首を横に振る。幸い、身体のどこにも異変はない。高山病による頭痛も弱まった。ただし、全身を極度の疲労が覆っていた。重力が倍になったかのように身体が重い。それでも口を動かす。

「山頂、踏んできた」

傍らにしゃがみこんだシーラの目が見開かれた。

「成功したの？」

「ほんの少しだけど……山頂に立てた……写真も撮った」

緑里はかすれた声で伝えた。ゴーグルもしていないシーラの素顔が、くしゃっと泣き顔になる。

「すごいね。緑里、すごいよ。おめでとう」

「二人で登ったから……シーラも、おめでとう」

それは慰めではなく、偽りない緑里の本心だった。一人ならここまで来られなかった。この登頂は二人で勝ち取ったものだ。一方だけが祝福されるのはおかしい。

「リタにも会えた」

「そう。羨ましいよ」

シーラは緑里の発言を、微塵も疑わなかった。

「私もリタに会いたかった」

「リタは、ずっと待っているって……後悔しないで、と言っていた」

その言葉を聞いたシーラは、瞼を閉じ、歯を食いしばった。やがて耐えかねたように、グローブをはめた手で顔を覆う。指の隙間から低い嗚咽が漏れ、慟哭《どうこく》へと変わる。凍る暇もないほど涙が零《こぼ》れ落ち、硬い氷の表面を溶かしていく。背中を曲げてうずくまったシーラは、声を張り上げ、泣き続けた。

やはり会わせてあげたかった、と緑里は思う。しかし今日が最後のチャンスではない。生きて帰れば、またデナリに登ることはできる。

雪洞に戻って風をしのぎ、水分を補給した。とっておきの白あん羊羹をかじったが、石のように硬く凍っていたせいで、うまく食べられなかった。

シーラの症状は軽くなってきたらしい。翌日は昼まで休養してから、下山を開始することにした。きっと途中でダニエルのセスナ機にも会える。だが、まだ油断はできない。疲れが溜まり、集中が切れた下山時に事故と遭遇するケースは少なくない。領事事務所で話した玉木は、ヨーロッパ隊の一人が帰りに亡くなったと言っていた。帰るまでが登山だ。

緑里は寝袋に入るなり、金縛りにでもあったように動けなくなった。身体が休養を欲している。疲れているはずだが、目が冴えて眠れない。

「ねえ、緑里。一つだけ訊きたいんだけど」

シーラも昂ぶりを抑えきれない様子だった。

「山頂からは何が見えた？」

雪氷の天井を見つめながら、数時間前に見た景色を思い起こす。輝けるブリザードに囲まれた幻のような光景を。緑里はゆっくりと空気を吸い、一息で告げた。

「完全なる白銀」

X
epilogue

銃声が島の空気を震わせた。

緑里は辺りを見回すが、人影は見えない。島のどこかで住民がエアライフルを使ったのだろう。子どもが遊びで海鳥を撃ったのかもしれない。初めてサウニケを訪れた時もそんな光景に出会った。

ウインドブレーカーを着た緑里は、再び一人で海岸沿いを歩きだした。冷たい海風が頬を撫でる。夏だが、午後六時半ともなれば空気は冷たい。日は沈む気配がなく、屋外は真昼のように明るかった。夏のアラスカは日が長い。

立ち止まり、護岸に視線を落とす。十五年前よりも海は近づいている。

この海岸で、十代のリタは温暖化を止めるのだと語った。結局それは叶わなかった。温暖化は止まらず、島は着々と沈んでいる。コンクリートで護岸を固めることもできず、住民たちの転居費用を集めることもできなかった。サウニケの住民は減り、ますます村は寂れていく。

再び銃声が響いた。波音を聞きながら、歩く。

リタの行動は無駄だったのだろうか。

そんなことはない、と緑里は思う。

彼女はサウニケの危機を訴え、環境問題の象徴となった。たとえひと時であっても、人々の関心はリタを通じて環境保護へと集められた。かつて起こった大波は、今でも余波となって世界中に行き渡っている。彼女の活動が温暖化抑止の潮流に勢いを加えたのは、間違いなかった。

有名になることはリタの目的ではなかった。それはあくまで手段であり、目的は、人々の目を故郷に向けさせることだった。そういう意味で、リタ・ウルラクは登山家として成功した。

女性初、という称号を意識して狙っていた彼女はしたたかでもあった。有名にさえなれれば、故郷に注目を集められさえすれば、あとはどうでもよかったのかもしれない。

だが登山者としての緑里はまだ、そこまで割り切れない。

今年二月。藤谷緑里が冬季デナリ登頂に成功したという報は、概ね祝福をもって受け止められた。シーラ・エトゥアンガとの女性タッグが達成したことについて、快挙と評する登山家もいた。そういう賞賛を受けるたび、緑里は顔で笑って心で不満を漏らした。

――私たちが男だったら評価されないわけ？

女性二人組、という冠をいちいち被せられることに、緑里はうんざりした。確かに冬季デナリ登頂を果たした人物には男性が多いが、だからといって女性であることをことさらに強調されるのは心地よいものではない。

シーラにそんなことを漏らすと、彼女はけろっとした顔で答えた。

——言わせとけばいい。いずれたくさんの女性が高峰を制覇する。そうしたら、男か女かなんて関係なくなる。

緑里とシーラは、取材のたびにリタのことを話した。デナリに消えた友人を追っての登頂、というドラマは多くの記者の心をつかんだ。リタ・ウルラクの名前は徐々に、表舞台へ蘇りつつある。

デナリの話をする時、緑里は必ず山頂で撮った写真を見せる。レンズ付きフィルムで撮った〈完全なる白銀〉だ。猛烈なブリザードを写した一葉はただ白いだけで、他には何も映されていない。けれど緑里は知っている。そこには、二つの世界が交わる一瞬が焼き付けられている。

見た人の反応はまちまちだった。驚いてみせる人、引いたような表情を見せる人、あまり関心のない人。どんな反応であっても、緑里は構わないと思っていた。

写真は柏木にも見せた。

——私の記録したい一瞬が、撮れました。

柏木の事務所へ帰国報告に訪れた際、そう言葉を添えて一葉を渡した。柏木は数秒視線を注いでいたが、顔を上げると、無表情で言った。

——これで終わりではないだろう?

答えは決まっている。はい、と緑里は頷いた。

取材ではリタの写真を求められることもあった。そういう時、緑里は決まってブラックバーンでのセルフポートレートを提供するようにしていた。リタの母パルサには、緑里の裁量で自由に使っていい、と許可を取っている。

下山後、シーラはリタがブラックバーンに挑戦した際の資料を引っ張り出し、スタッフが作成したという登攀ルートを確認した。案の定、本物の山頂と間違えて、別の峰へと続く道を記していた。計画の甘さがリタの目を曇らせ、偽りの頂上へと足を向けさせた。

——リタが登ったのは偽物の山頂だったみたい。

国際電話で聞いた、シーラの悲しげな声は鮮明に覚えている。自分がルートを引いていればそんなミスはさせなかった、と言いたげだった。

腕時計を見れば六時四十分になっていた。七時に町はずれの墓地で集合する約束をしている。そろそろ向かう頃合いだ。緑里は海岸沿いを離れ、木造住宅の間を通って墓地の方角へと歩き出した。


リタ・ウルラクの遺体が発見されたのは、七月下旬だった。

青いダウンジャケットを着た女性の遺体が、デナリ・パス付近で雪に埋もれているところをアメリカ人登山隊に発見された。後頭部を負傷しており、位置関係から、下山中に滑落して岩肌に頭を打ち付けたものとみられる。遺体を見つけた登山隊の一人は、後にこう証言した。

——我々が通りかかった時、たまたま雪が緩んで遺体の腕が出ていた。まるで、ここにいるぞ、と主張するようだった。

零下のデナリであっても、腐敗を完全に止めることはできなかった。山を下ろされた遺体を最初に確認したのは、タルキートナまで足を運んだパルサ・ウルラクだった。レンジャーのシーラはパルサに同行していたが、遺体と対面する段になって、席を外すよう言われた。

確認を終えたパルサは青い顔で告げた。

——あなたの記憶のなかでは、綺麗なリタのままでいさせて。

パルサの証言で、遺体の女性はリタ・ウルラクだと判定された。七年を経て、リタの死は確定した。緑里とシーラが登頂したのと同じ年に遺体が発見されたのはいかにも運命じみていたが、そこに意味を見出そうとは思わなかった。

必要以上に、リタを神格化するつもりはない。

遺体は棺に移されてサウニケに送られ、持ち物は遺族へ返却された。アウトドアブランドのロゴが入ったシャツやブーツ。使い物にならなくなった無線機。ザックには食料や燃料が残っていた。乾燥大麻やパイプは入っていなかった。

荷物のなかに、一台のデジタルカメラがあった。

遺品の整理を手伝ったシーラは、パルサの許可を得てデジタルカメラのデータを吸い上げた。残念ながらデータの大半は破損していたが、ほんの一部、残っているものもあった。デナリ山頂へ到達するまでの間に撮影したと思しき、一面の白い雪原、立ちはだかる青い氷壁、おびただしい星が瞬く夜空。

写真はすべて緑里のもとにも送られた。リタの登頂を裏付けるような写真は見つからなかったが、もはやどうでもよかった。緑里はリタが登頂に成功したと確信している。それよりも、彼女が辿ったルートを追体験できることのほうが重要だった。リタが最後の山旅で撮った写真のすべてを、緑里は網膜に焼き付けた。

そのなかに、吹きすさぶ雪嵐を収めた一枚があった。全面が白く輝き、一見して何が撮りたかったのかわからない。だがそれを見て、緑里は即座に意図を了解した。

これは、山頂からの景色だ。完全なる白銀だ。

山頂の標識や、セルフポートレートなどなくても緑里にはわかる。リタは、カメラには写らなかった何かと出会ったのだ。

遺体はサウニケの墓地へ埋葬された。墓は遺体が見つかる前からつくられている。葬儀は行わず、パルサが一人で弔ったとシーラから聞いた。だからそのひと月後、再びシーラから来たメールに、緑里は戸惑いを覚えた。

〈一緒にリタを見送らない？〉

すでに埋葬は済んでいるはずだ。緑里は返信を打つ。

〈葬儀はやらないんじゃなかったの〉

〈葬儀の時しか墓地を訪れちゃいけないなんて決まりはない。個人的に弔うのは私たちの自由でしょう。リタが帰ってきたのに、挨拶もしないままでいいの？〉

シーラの言う通り、リタの遺体が故郷へ帰還したことは気にかかっていた。遺体と直接対面することはできなくても、別れは告げられるはずだ。そうしないと、いつまでも次の段階へ進めないようにも思えた。

緑里は喫緊の仕事がないことを確認してから、返事をした。

〈私も弔いたい。サウニケに行こう〉

返信を受けたシーラはパルサに墓参の許可を得た。当日はパルサも同行することになった。

X

epilogue

それから数日が経ち、緑里は再びサウニケの地に立った。墓参の前日に到着した緑里は、一日かけて島を歩きまわった。この地は写真家としての原点だ。それなのに、長い間訪れていなかったことを密かに恥じた。

海岸沿いを離れた緑里は、やがて墓地に到着した。

生い茂る草むらのなかに数十の十字架が並んでいる。白く塗られた木材でつくられた十字架は、水色の空を背負って無言でたたずんでいる。

奥側にある十字架の前で、パルサとシーラが待っていた。緑里を含めて、三人とも普段着だった。足元には花が捧げられている。赤、青、黄、白、紫。色とりどりの弔花がちりばめられていた。他の十字架にも花は供えられていたが、リタの十字架の周りはとりわけにぎやかだ。

「お待たせ」

声をかけると、二人が振り向いた。シーラはデナリを登った時にはベリーショートだったが、最近はまた髪を伸ばしている。パルサは少しやつれた様子だったが、それでも気丈に微笑んでみせる。

「緑里。ちょうどよかった、これ」

シーラは抱えた花を突き出す。

「……花を供えればいいの？」

「そう。好きなだけどうぞ」

緑里は両手で花をすくいあげた。青や赤が入り混じり、見ていると気分が明るくなる。日本の供花《くげ》とはいささか趣きが違っていたが、リタにはこちらのほうが似合っていた。

十字架の真下にそっと花を落とす。緑里の手からこぼれた花々は、他の花と溶け合って鮮やかな絨毯となった。シーラとパルサもめいめいに花を供える。

「もう一つ、いいかな」

緑里は二人に尋ねた。手には一葉の写真があった。

「それは？」

シーラに問われ、無言で手渡す。

そこには、サウニケで撮った若い三人の笑顔が写っていた。二十歳だった緑里。十三歳だったシーラ。そして、十七歳のリタ。曇天と荒れた海を背に、三人は心からの笑顔を見せている。

写真を返したシーラは、ふう、と息を吐いた。泣くのを堪えているようだった。

「リタにも、見せてあげて」

緑里はたくさんの花に埋めるように、写真を供えた。

風が十字架の間を吹きわたり、沈黙が訪れる。緑里は反射的に両手を合わせた。パルサは瞑目し、胸の前で手を組んでいる。シーラは黙ってうつむいていた。明るい空だけが、しばし三人を見つめていた。

誰からともなく顔を上げる。シーラが「行こう」と言い、連れ立って墓地を離れた。この後はパルサが夕食をふるまってくれる。

「あなたたちは、これからも山を登るの？」

先を歩いていたパルサが二人に尋ねた。

「そのつもりです」

X
epilogue

「今年の冬もデナリに行く予定」

緑里とシーラが口々に答える。冬のデナリに再挑戦することは、下山した直後に二人で決めていた。今度こそ、揃って山頂に立つため。意気揚々と計画を語る二人とは対照的に、パルサは憂い顔を見せた。娘を山で喪った母親としては当然の反応だった。

「緑里の家族は賛成しているの？」

「全然、賛成していません。やめると言ったら喜ぶと思います」

デナリ登頂後、帰国した緑里は真利子からさんざん説教された。いい歳なんだから登山や冒険はやめて落ち着いた生活をしろ、という内容だった。三十五にもなって親から説教されるのは情けなかったが、それだけ心配をかけたということだろう。緑里は反論しなかったが、もちろんやめるつもりもなかった。

未知の自然へ飛び込み、その時に感じた心のありようを記録することこそ、己の写真家としての使命だと理解していた。サウニケで。夏の原野で。冬の山々で。美しい一瞬だけでなく、心象に映った風景を記録する。

それこそが、自分の仕事だった。

リタがデジタルカメラで最後に撮った、真っ白な雪嵐。他の誰が見てもその意味はわからないだろう。だが緑里とシーラにだけは伝わる。リタがその一枚を撮った瞬間に覚えた、神経の昂ぶりが。

綺麗な風景を切り取ることだけが、自然を撮ることではない。佇《たたず》むカリブーを撮る瞬間の情愛。たなびく光の帯を撮る瞬間の畏敬。孤高のワタリガラスを撮る瞬間の寂寥《せきりょう》。そこには確かに、撮影者の心が固定される。

写真は時を止める。緑里がデナリの山頂で撮影した完全なる白銀。リタと再会した一瞬は、シャッターボタンを押したことで永遠となった。

山頂に至るまでの道のりは、楽しいことばかりではなかった。バスケットボールに捧げた中学時代、写真家として過ごした十数年、そしてリタやシーラと過ごしてきた時間。それらすべてに光があり、影がある。きっとこの先も、無数の苦と楽が待っている。

ただ、自信を持って言えることが一つある。緑里が写真を撮る限り、それらの瞬間は生き続けるということだ。懐かしく温かな気持ちになる写真があれば、見返すだけでつらくなり胸が塞がる写真もある。十年、二十年が経ち、そうした写真の連なりを目の当たりにする時、緑里はようやく自分の人生を受け入れられる。過去を忘れ去ってしまわず、血肉に変えることができる。

今後も緑里は、幾度となく完全なる白銀へと還り、幾度となくリタと再会するだろう。

「どうして、そこまでして山に登るのかね」

パルサは呆れたように嘆息した。

「それは、どうして生きているの、というのと同じ質問だよ」

シーラが応じた。

緑里は密かに苦笑いする。その通りだ。

私が生きていくにはこうするしかない。未知の自然へと飛びこみ、まだ知らない感情と巡り会い、その瞬間を永遠へと変えることが、生きる術だと信じている。厄介な性分だと自分でも

X
epilogue

思う。だが本当の意味で生きる術を知っているというのは、実はとても幸せなことではないだろうか。

緑里は頭上を見上げた。真昼と同じ明るさの空が広がっている。ぼんやり眺めていると、晴天の果てに一瞬、北極光《ノーザン・ライツ》がきらめいた気がした。巨大な光の帯がゆらめき、雲の陰へと消え去る。緑里は眉を寄せ、目を凝らすが、光は二度と現れなかった。

口元に自然と笑みが浮かんだ。

この空は、デナリとつながっている。すべては地球上にある。無口な写真家も、心配性の母親も、島から消えた元家出少年も、歴戦のブッシュパイロットも、同じ空の下にいる。緑里も、シーラも、そしてリタも。

この島はいずれ、なくなるかもしれない。住民はいなくなり、リタが眠る墓地も水底へ沈んでしまうのかもしれない。それはひどく寂しく、虚しい想像だった。

けれど、空は消えない。たとえすべての陸地が水没しても、私たちはひとつなぎの空で結ばれている。高まる水位は生活の場を奪い、人々を片隅へと追いやるが、それでも空を分断することはできない。

私たちは、いつでも同じ惑星にいる。どこにいても。何をしていても。

「明るい夜がそんなに珍しい？」

じっと空を見上げている緑里に、シーラが軽口を叩いた。

「ノーザン・ライツが見えただけ」

緑里の答えに、シーラはふっと笑った。

花の香りが鼻先をくすぐった。墓地の方角から風が流れている。それは、リタからの返事であるように思えた。

——また、行くからね。

もう一度風が吹いた。緑里は頬にその温かさを感じながら、新しい一歩を踏み出した。

主要参考資料

・『山の旅人　冬季アラスカ単独行』栗秋正寿（閑人堂）
※本書5ページ上段の図は、栗秋正寿氏、閑人堂・首藤閑人氏のご協力のもと作成しました。
・『冬のデナリ』西前四郎（福音館書店）
・『アラスカへ行きたい』石塚元太良・井出幸亮（新潮社）
・『極北のひかり』松本紀生（クレヴィス）
・『人と自然がであう場所　僕のデナリ国立公園ガイド　月刊たくさんのふしぎ　２００９年12月号』野村哲也（福音館書店）
・『アラスカで一番高い山　デナリに登る　月刊たくさんのふしぎ　２０２０年４月号』石川直樹（福音館書店）
・『極北へ』石川直樹（毎日新聞出版）
・『グリズリー　アラスカの王者』星野道夫（平凡社）
・『森と氷河と鯨　ワタリガラスの伝説を求めて』星野道夫（文藝春秋）
・『デス・ゾーン　栗城史多のエベレスト劇場』河野啓（集英社）
・『空蓮房　仏教と写真』谷口昌良・畠山直哉（赤々舎）

写真家の山内悠さんには、雑誌連載時に作品をご提供いただいただけでなく、数々の貴重なお話を聞かせていただきました。その他、多くの方々から執筆に関するご助力をいただきました。ご協力いただいた皆様に、この場を借りて御礼申し上げます。

本書は「ＳＴＯＲＹＢＯＸ」２０２２年１月号～８月号に連載した作品を、加筆改稿したものです。

本作品はフィクションであり、実在の事件・人物・団体などには一切関係ありません。

写真
RAKU 44／shutterstock
ブックデザイン
鈴木成一デザイン室

岩井圭也（いわい・けいや）
一九八七年生まれ、大阪府出身。北海道大学大学院農学院修了。二〇一八年、『永遠についての証明』で第九回野性時代フロンティア文学賞を受賞し作家デビュー。著書に『文身』『水よ踊れ』『生者のポエトリー』『最後の鑑定人』『付き添うひと』などがある。

完全なる白銀

二〇二三年二月二十二日　初版第一刷発行

著者　岩井圭也
発行者　石川和男
発行所　株式会社 小学館
〒一〇一-八〇〇一 東京都千代田区一ツ橋二-三-一
電話 編集〇三-三二三〇-五九五九
販売〇三-五二八一-三五五五
DTP　株式会社昭和ブライト
印刷所　萩原印刷株式会社
製本所　株式会社若林製本工場

造本には十分注意しておりますが、印刷・製本など製造上の不備がございましたら「制作局コールセンター」（フリーダイヤル〇一二〇-三三六-三四〇）にご連絡ください。（電話受付は、土・日・祝休日を除く九時三十分~十七時三十分）

ISBN 978-4-09-386672-9